VICTOR BONINI

COLEGA DE QUARTO

COPYRIGHT © FARO EDITORIAL, 2015

Todos os direitos reservados.
Nenhuma parte deste livro pode ser reproduzida sob quaisquer meios existentes sem autorização por escrito do editor.

Diretor editorial **PEDRO ALMEIDA**
Preparação **TUCA FARIA**
Revisão **GABRIELA DE AVILA**
Capa **OSMANE GARCIA FILHO**
Projeto gráfico e diagramação **OSMANE GARCIA FILHO**
Imagem de capa © **LENA OKUNEVA | TREVILLION IMAGES**

Dados Internacionais de Catalogação na Publicação (CIP)
(Câmara Brasileira do Livro, SP, Brasil)

Bonini, Victor
 Colega de quarto / Victor Bonini. — 1. ed. — São Paulo : Faro Editorial, 2015.

 ISBN 978-85-62409-50-9

 1. Ficção brasileira 2. Ficção de suspense I. Título.

15-04986   CDD-869.93

Índice para catálogo sistemático:
1. Ficção de suspense : Literatura brasileira 869.93

3ª reimpressão brasileira: 2019
Direitos de edição em língua portuguesa, para o Brasil, adquiridos por **FARO EDITORIAL**

Avenida Andrômeda, 885. Sala 310.
Alphaville – Barueri – SP – Brasil
CEP: 06473-073 – Tel.: +55 11 4208-0868
www.faroeditorial.com.br

Não cabem no hospital os que conheço;
que remédio senão curá-los fora?*

O enfermeiro dos doidos
2 de abril de 1831

* Publicação jornalística que teve apenas um exemplar, veiculado no período final do reinado de D. Pedro I, época de muita discussão política entre radicais e moderados. "O enfermeiro dos doidos" tinha este nome porque se propunha, por meio de seus textos, a curar aqueles que tinham ideais federalistas ou republicanos.

PARTE I
LOUCURA   **11**

PARTE II
TURVO   **121**

PARTE III
LUCIDEZ   **245**

0. MEDO

Eric queria muito contar a verdade para ele. Na verdade, era a única coisa que o levou até aquela mesa de bar. Estavam os dois sozinhos, abastecidos de cerveja, já no nível em que se fala sem pensar — a oportunidade perfeita. Mas a mesma dificuldade de antes o impedia de verbalizar.

— Fala, velho. O que está rolando? Você... não está normal — e encarou os olhos assustados de Eric.

Claro que ele não estava normal. Ninguém estaria. Eric abriu a boca e a deixou aberta. Pensou bem nas palavras que usaria.

"Cara, sabe quando você está sozinho em casa no meio da madrugada e ouve a geladeira estralar? Ou um barulho de passos na cozinha, tipo em um filme de terror? E pode jurar que..."

Foi aí que Eric decidiu que não valia a pena continuar. Sentiu vergonha do próprio pensamento — de tão absurdo, infantil e irreal que parecia. Nem mesmo aquela meia dúzia de cervejas o faria se soltar.

— É viagem. Deixa quieto.

O outro suspirou.

PARTE I
LOUCURA

1. ELE ESTÁ AQUI

À meia-noite da quinta-feira, Eric chegava de volta a seu apartamento, desacompanhado. Sem bafo de álcool, sem amigos, sem namorada. Eric se despedira de seu amigo após as onze e meia. Cada um, então, seguiu em direção à própria casa, ambos dispostos a descansar, porque a noite seguinte seria pesada — e só terminaria na manhã de sábado.

Eric destrancou a fechadura da porta principal e girou a maçaneta. Sua primeira visão do apartamento foi imediatamente atraída para a televisão — ligada, o clarão da tela banhando os móveis, como lâmpadas estroboscópicas, desorientadas, cada hora iluminando um canto da sala.

Por um segundo, Eric não se moveu. Respirou fundo, hesitante. Caminhou silenciosamente até o sofá, agarrou o controle remoto nas mãos trêmulas e desligou. A propaganda de cerveja cessou na hora e o silêncio esperado finalmente chegou. E, agora, era quase tangível.

Eric ficou na mesma posição por alguns instantes, vacilante. Tinha certeza de que deixara a televisão desligada. Nem sequer a ligara durante o dia. Então, manteve o silêncio, atento a qualquer barulho. Qualquer um.

Sem perceber nada mais anormal, Eric relaxou. Correu a mão pela parede e ligou os interruptores, iluminando completamente a sala de estar luxuosamente mobiliada. Voltou a ligar a TV — que passou a servir de companhia — e seguiu para a cozinha, agora despreocupado em andar sem fazer ruído.

Apesar de já passar da meia-noite, o cansaço ainda não chegara e Eric sentia-se com ânimo de se ocupar antes de ir dormir. A verdade era que, ultimamente, preferia ir se deitar apenas quando já estivesse com bastante sono. Assim, dormia sem um instante sequer de demora; sem que precisasse escutar a voz da escuridão chamar baixinho o seu nome.

Decidiu pegar algo para comer. Abriu o armário de pães, apanhou um bolo com recheio de chocolate, rasgou a embalagem e largou-a, desleixadamente, em cima da pia. Não se preocupou em fechar a porta do armário, jogar o lixo fora; sua mente estava em outro lugar naquele momento. Seu rosto se contorcia, ora com semblante de medo, ora de preocupação.

Ao entrar no banheiro, de súbito, conteve os passos. Surpreendeu-se com o armário espelhado acima da pia entreaberto, exibindo o pente e o fio dental pela fresta da portinhola. Eric fechou-a com todo o cuidado — claro que a fechara antes de ir ao encontro com os amigos — e voltou sua atenção ao seu objetivo inicial: a escova de dentes. Mas não pôde evitar que os olhos se fixassem, assustados, no espelho por alguns segundos. Encarou com receio a própria figura, sem adivinhar o que poderia acontecer.

Contendo o espanto, Eric saiu dali. Foi quando descobriu a cama do quarto de visitas desfeita e se deparou com um par de chinelos que não era seu sob o sofá. "Ignore-o", decidiu.

Foi então que reparou na embalagem do bolo sobre a pia. Invadido por um surto de organização, passou a recolher esse e outros pacotes velhos largados pelo apartamento e enfiou tudo na lata de lixo, que já quase transbordava.

Eric agarrou o saco preto e saiu do apartamento pela porta da frente, que deixou entreaberta às suas costas, virou à esquerda e caminhou em direção ao latão para o lixo dos moradores, ao final do corredor dos apartamentos. Este, silencioso como se preenchido por vácuo, era comprido o bastante para conter portas de mais de dez apartamentos.

Por fim, Eric chegou à lixeira. Largou o saco e girou nos calcanhares — para, de novo, estacar ali.

Seus olhos se arregalaram com a visão. Apesar do escuro, mesmo com a distância, mesmo que não pudesse discernir contornos claros do que chegava à sua vista, Eric enxergou. Viu a silhueta de um homem entrar no seu apartamento pela porta entreaberta. O medo invadiu seu corpo na forma de uma sensação gelada que lhe percorreu a nuca causando-lhe calafrios.

Não era sua imaginação. Vira mesmo um homem entrar em seu apartamento. Julgara que sua suposta neurose se limitasse às pistas a serem achadas no imóvel. Nunca sonhara que a coisa chegaria a esse ponto de exposição. Não supunha que chegaria a vê-lo pessoalmente — o seu colega de quarto invisível.

Eric, ainda imóvel, tentava raciocinar. Sentiu a chave do carro em seu bolso. Deu meia-volta e chamou o elevador de serviço.

2. LYRA

Sentado à escrivaninha, ante uma pilha de folhas de sulfite, Conrado Bardelli ocupava-se com algo que odiava. Mas, acima da atividade que exercia, odiava a si mesmo, porque poderia muito bem ter recusado o tédio que enfrentava — não fosse sua boca irritantemente educada.

— Divórcios... — ele repetia, revoltado, revisando uma série de papéis que detalhavam a vida particular de um casal, que, por sinal, Conrado chegara a conhecer muito bem.

Jantares aos sábados, visitas nos aniversários, madrugadas de dança. Douglas e Fabiane costumavam chamar o advogado, amigo da família, para todo tipo de confraternização social. Conrado, como bom companheiro dos dois, não faltava quando intimado a mais uma das celebrações do casal — cônjuges que pareciam dedicar um ao outro um amor utópico.

Mas, agora, passadas tantas comemorações, o casamento estava acabado. E, como as festas, a separação deixava uma ressaca poderosa como rastro. Todo esse peso caía imediatamente sobre os ombros de Conrado Bardelli, que suspirava à medida que se dava conta da carga que tão estupidamente aceitara.

"Tem como você tratar do *meu* divórcio, Lyra?", Douglas rogara, enfático, dando a entender que, após a separação, Conrado deveria ser amigo do ex-marido e odiar a ex-mulher. "Você foi sempre tão próximo da gente. Não sei de ninguém melhor pra mexer com essa papelada... E, você sabe, é *tão difícil* pra mim. E pra Fabiane..." Ele insistira tanto no pedido que Conrado acabara cedendo, com aquele tolo sorriso que claramente nunca precedia decisões prudentes.

— Como odeio divórcios...

Àquela hora da noite, Conrado podia apostar que Douglas já estava na cama com alguma outra loira, enquanto cabia ao amigo advogado — "o grande Lyra!" — solucionar, ainda, o desfecho do relacionamento anterior com Fabiane.

Foi um susto quando o interfone da sala de visitas tocou. Conrado emperrou na posição, ergueu o olhar para a porta. O movimento era uma resposta automática ao toque de qualquer campainha — uma paralisia que só cessava quando Conrado se certificava de que Dirce atendera ao telefone. Porém, às duas da madrugada, fazia tempo que a secretária partira. O advogado estava sozinho.

O chamado do interfone se repetiu, intenso, agudo, muito mais alto do que quando soava durante o dia. Na madrugada, parecia ganhar mais voz. E foi a ela que Conrado obedeceu, quando se tocou de que não haveria Dirce para calar os toques repetitivos.

O barbudo de meia-idade se ergueu, pensativo, e passou pela porta do escritório, antes semiaberta. Encontrou a sala de visitas deserta, entregue à escuridão e à madrugada, agora, incomodada apenas pela incessante campainha que vinha do aparelho sobre a mesa de Dirce.

Curioso, Conrado atendeu:

— Pois não?

— Doutor Conrado? — o timbre do porteiro noturno cantou. — Não tinha certeza se o senhor ainda estava aí...

— Ainda estou, sim. Mas quer que eu vá pra casa? Vocês, por acaso, vão fechar o prédio?

Apesar de seu escritório funcionar naquele edifício há anos, Conrado ainda não conhecia as normas que regiam o condomínio durante a noite. O motivo não poderia ser mais óbvio: pouquíssimas vezes ele passara as madrugadas ainda à escrivaninha.

— Não, eu fico aqui até de manhã, senhor.

— Sei, sei. Então, o que foi? — Ele acariciou a volumosa barba, já meio grisalha.

— É um menino, doutor Conrado. Um rapaz. Ele quer falar com o senhor.

— Ele está aí?

— Já está subindo pro escritório do senhor... — o guarda afirmou, a voz meio fraca, como se consciente da imprudência de seu dono.

— Como assim, já está subindo?

O guarda noturno — de cujo nome Conrado não se lembrava — desmanchou-se em uma sequência de perdões. E como Conrado não era de se irritar facilmente, disse:

— Tudo bem, já foi.

— Mas o senhor pode ficar tranquilo, o rapaz não tem cara de gente suja. O rapaz é firmeza.

Conrado Bardelli só veio a entender o significado exato de "firmeza" quando girou a maçaneta e puxou a porta principal. Ele se deparou com um jovem ruivo de cerca de vinte anos, trajando calça jeans de grife e uma camiseta impecavelmente branca que trazia no peito o nome de uma sofisticada marca de roupas. O tecido da camiseta, colado na pele do rapaz, ressaltava os músculos do peito e dos braços — os quais, ironicamente, não eram protuberantes. No pulso esquerdo, via-se um relógio de tela brilhante e pulseira de couro com o qual se compraria um carro popular. O jovem, como um todo, parecia o garoto propaganda de uma série de marcas internacionais.

Ficava claro que, para o guarda noturno, "firmeza" era sinônimo de *playboy*.

3. O VISITANTE INESPERADO

— Você é o Conrado Bardelli?

O advogado conferiu o jovem de cima a baixo. Nunca recebera uma visita vestida daquele jeito antes.

— Sou sim. Você deve ser filho de algum cliente meu... — Ele deixou a frase no ar, sem que soasse nem como uma afirmação, nem como uma indagação. Era uma tática para que não se traísse, caso tivesse a obrigação de reconhecer o rapaz.

O outro apenas respondeu:

— Não. — Tinha os olhos meio arregalados, o rosto ansiando tranquilidade sem realmente atingi-la.

Conrado Bardelli não sabia por onde começar.

— O senhor subiu... Veio sem que o porteiro te admitisse.

— Desculpa. É que eu não queria ficar esperando.

Agora, o advogado tinha certeza sobre o sotaque. Forte e característico como era, só podia ser do Rio de Janeiro. Mas o que fazia um jovem carioca e rico em seu escritório às primeiras horas da madrugada?

— Como sabia que eu estava aqui? — Conrado resolveu seguir uma ordem de perguntas.

— Vi teu carro.

— Sabe qual é o meu carro? Nós nos conhecemos?

— Não, eu só ouvi falar de você — o jovem respondeu, vago, dando os primeiros sinais de que gostaria de entrar efetivamente na sala de visitas e deixar o umbral.

— É? Entra.

Receoso sobre o que poderia acontecer a seguir, Conrado preferiu acomodar o visitante inesperado na sala de visitas mesmo. Sentou-se de frente para o jovem, que mantinha o corpo ereto acomodado na ponta da poltrona. Os olhos do rapaz passearam pelo ambiente. A indagação veio a seguir:

— Você está sozinho?

— Sim.

— Achei que trabalhasse com algum outro advogado da firma, sei lá.

— Não, eu trabalho sozinho. E mesmo se trabalhasse com outros... Bom, são duas da manhã.

O garoto concordou.

— Mas você não me falou como me conhece e como sabe qual é o meu carro — prosseguiu Conrado, que, por sinal, utilizava raramente seu Fiat em São Paulo.

— Só tinha um carro aí embaixo. Chutei que deveria ser o teu. E sei lá, acho que você é famoso.

— Famoso? Como detetive particular? É para isso que me quer, não é? O que quer que eu investigue?

De repente, o rapaz nivelou a cabeça e mirou assustado o homem barbudo à sua frente.

— Como... como sabe que vim te procurar pra esse tipo de serviço?

Conrado deixou um sorriso contorcer os lábios, que logo tornaram a se abrir:

— Em primeiro lugar, o senhor chega aqui de olhos esbugalhados, cara assustada e se senta na beira da poltrona, como se estivesse pronto pra saltar dela ao menor sinal de perigo. O senhor está obviamente preocupado, receoso. Depois, vira pra mim e diz que não sabia que eu trabalhava sozinho como advogado. Ora, o cliente que vai pela primeira vez a uma firma de advocacia, no mínimo, já pesquisou sobre ela. E o senhor ainda chegou de madrugada... Não deve ser divórcio.

"Pelo amor de Deus, que não seja divórcio!"

O silêncio seguinte não durou muito. O rapaz, alterado, pôs-se a rir, vendo a saída de seu problema ali mesmo.

— Você é bom. Sim, é disso que eu preciso...

— É questão de costume. Os anos me ensinaram a diferenciar muito bem aqueles que procuram um advogado daqueles que querem resolver uma situação sem chamar a polícia.

Novamente, o garoto se exaltou:

— A polícia? O que você quer dizer? — Não aguardou a réplica. — Não é nada disso que você está pensando. Juro. Drogas, crime, não tem nada a ver...

— Eu não estou pensando em nada. Dou minha palavra — Conrado proferiu com a voz calma. — É questão de experiência, de novo. Se você veio atrás de mim como detetive particular, eu, primeiro, recomendo, como na maioria das vezes, que o senhor fale com a polícia.

— Não tem o que falar com a polícia... Vão me chamar de louco. De novo.

— Nesse caso, procure um psicólogo.

— Mas você quer fugir do trabalho, cacete?! Quer perder cliente? — O recém-chegado percebeu sua agitação indiscreta e, por isso, voltou a se acalmar. — Além disso, eu já procurei um psicólogo. O doutor Armando. Mas não adiantou.

Conrado alisou a longa barba e, pela primeira vez, o jovem pareceu percebê-la. Os olhos dele se abriram um pouco mais.

— Mas — Conrado chamou de volta a atenção — o senhor confia em mim para ajudá-lo?

— Bem, sim.

— Nesse caso, pode começar me dizendo seu nome.

Ele coçou o queixo antes de informar, incerto:

— Eric.

— Só Eric?

— Eric Schatz.

Conrado refletiu um pouco e teve a impressão de que já ouvira aquele sobrenome antes. Não se surpreendeu com a constatação.

— Muito bem, Eric Schatz. Sou todo ouvidos.

No entanto, antes, Bardelli sentiu os pulmões carentes pedirem por ventilação. Levou a mão ao bolso do paletó.

— O que é isso que você pegou?

— Uma bombinha. — E o detetive a levou à boca, pressionando o botão.

— Bombinha?

Pela intimidação de Eric, a impressão era de que Conrado segurava uma arma.

— Sim. Eu sofro de asma, Eric Schatz.

Os dois emudeceram, ao passo que o detetive devolvia a bombinha à sua posição de origem.

— Preciso que você tire uma história a limpo pra mim — disse Eric, num tom quase autoritário, como de quem não espera uma negativa no caminho.

"O garoto vem de madrugada e acha que estou à disposição dele", matutou o detetive. "Típico de gente rica."

— Que tipo de história?

Eric Schatz refletiu por alguns instantes, e seu rosto demonstrou desconcerto. Ele abriu a boca em uma primeira tentativa, mas logo tornou a fechá-la, inseguro sobre o significado que suas palavras transmitiriam. Houve uma longa hesitação. Quando o jovem tornou a abrir a boca, porém, julgava-se pronto para desembuchar, resoluto, convicto do que dizia — como quem tivesse ensaiado a frase durante todo o caminho de vinda. Talvez, realmente, tivesse. Ele só não estava tão certo quanto ao impacto que suas palavras, meticulosamente escolhidas, poderiam causar.

Puxou o ar.

— Estão querendo me fazer de louco, Bardelli.

A simples frase fez com que os neurônios de Conrado Bardelli disparassem em pensamentos. Sentia-se instigado pela deixa, sedento por um mistério com o qual pudesse se ocupar — e era improvável que o garoto tivesse em mãos algum problema como divórcio. Tudo, menos divórcio!

Afinal, ter deixado o rapaz entrar talvez não tivesse sido uma decisão ruim.

4. LOUCURA?

— Eu já pensei em tudo e descobri que só pode ser isso. Querem me ver imaginando coisas, *dizendo coisas* para que possam apontar pra mim e falar que estou delirando, que devo ir para algum sanatório, sei lá...

Não obstante as palavras desesperadas, o tom de voz de Eric era perfeitamente são. Ele se expressava como um convincente homem de negócios.

— Em primeiro lugar, quem quer isso? — Conrado se interpôs.

— Não sei. Não sei exatamente. Até suspeito de quem possa ser, mas é pura... intuição.

Conrado girou o pescoço e nada falou. O movimento interrogativo, no entanto, disse tudo. Incentivado a continuar, Eric não se demorou com as reflexões.

— Pode ser alguém da faculdade.

— O senhor estuda?

— Faço direito, aqui em São Paulo.

"É por isso que ele se expressa bem", concluiu Conrado Bardelli.

— Meus pais ainda moram no Rio. Eu sou de lá, você deve ter percebido.

O barbudo concordou e, no embalo, perguntou qual motivo levaria alguém a achar que Eric estava ficando louco.

— É complicado explicar. Contei só para duas pessoas até agora: minha namorada e o psicólogo que procurei. O doutor Armando parece ter acreditado na minha história. Quer dizer, ele disse... — Eric Schatz baixou o rosto, em dúvida se deveria prosseguir narrando o problema.

— Eu vou acreditar. Fique tranquilo, eu entendo o senhor. No meu papel de detetive particular, uma das atividades mais exaustivas é fazer com que as pessoas acreditem em mim. Seja porque não tenho a mesma autoridade que um delegado de polícia, seja porque as revelações que faço são, às vezes, incríveis. O fato é que tenho que investir com teimosia nas minhas habilidades de persuasão. O senhor, como estudante de direito, já deve ter pensado dessa forma.

— O trabalho de um detetive e de um advogado são mesmo parecidos nesse ponto — o rapaz reconheceu, a cabeça aquiescendo repetidamente como a de uma tartaruga. — Bom saber que posso contar com a tua compreensão. A situação é a seguinte: já há alguns dias, tenho a impressão de que... bem... de que não estou mais morando sozinho em meu apartamento.

Conrado o conteve.

— Mas o senhor mora sozinho?

— Sim, desde que vim do Rio. Meu apartamento tem um quarto para hóspedes que quase nunca é usado, só quando algum amigo meu dorme em casa. Ou seja, duas vezes na vida. De resto, na maioria dos dias, fico sozinho.

— Sei. E agora o senhor está ouvindo vozes? — Conrado arriscou, percebendo, ao som de sua própria fala, quão absurda era sua suposição.

— Não, não vozes. Barulhos. Barulhos pelo apartamento, mas também não é só isso. Venho reparando em sinais que supostamente provam que tem mais alguém no apartamento além de mim. Sinais para me deixar louco, só pode ser. Pistas de que tenho um companheiro com quem divido o apartamento.

O dr. Bardelli estava instigado; seu cérebro, agora satisfeito com a nova charada, desculpava o resto do corpo pelo fato de ainda estar em plena atividade na madrugada.

— Que tipo de pistas?

— Uma escova de dentes nova, recém-usada, por exemplo. Surgiu na minha pia! Foi a primeira pista. Ou chinelos que também não são meus; esses eu descobri hoje. Chego em casa e dou de cara com a televisão ligada, acordo no meio da noite com o barulho da descarga, com o micro-ondas ligado...

— Isso é... incrível — falou o detetive para si, o olhar perdido. Depois, para o interlocutor, mudou a entonação: — Mas nas ocasiões dos barulhos e da descarga, você não ia ver o que era?

— Até ia. O problema é que durmo de porta fechada, eu não tinha certeza se realmente tinha ouvido. E não dava tempo... Não que eu estivesse com medo... Quer dizer, eu também estava grogue de sono... Sei lá, caramba! — Eric se exaltou de tal forma que, ao dar por si, já estava erguido da poltrona, a mão no rosto.

— Não se preocupe.

Mas o pedido não fez real efeito. A calma e a desenvoltura do homem de negócios desapareciam e o estudante começava a se estressar como um garotinho mimado.

— Eu não devia ter vindo...

— Seu Eric, para tudo tem uma explicação.

— Eu sei, caramba, eu sei! Querem me fazer de trouxa! É a única explicação. Mas que imbecil ia fazer isso comigo? — ele gritou, irado, e uniu à raiva uma sequência de palavrões, expelidos com aspereza pelo sotaque carioca.

— Se serve de consolo... — Conrado se pôs de pé, ainda muito tranquilo a despeito dos palavrões lançados — ... a maioria das pessoas que vêm aqui também fica descontrolada.

Não serviu de consolo. Em resposta, Eric virou-se com agilidade — a ira marcada nos olhos — e deu a entender que xingaria o detetive particular. Suas palavras, no entanto, vieram mais polidas:

— Não sou como a maioria, Bardelli. Eu tenho *dinheiro*. Posso pagar dez vezes mais do que você pedir; em dinheiro vivo — afirmou com uma arrogância insuportável.

Conrado Bardelli irritou-se com essa atitude e decidiu que não era pai do menino para educá-lo, muito menos para aguentar suas ofensas. Preferiu voltar a se sentar e agir de forma displicente.

Eric Schatz estava tão vermelho quanto seu cabelo e andava de um lado para o outro, perdido em preocupações. Parecia indeciso sobre o que fazer, ao mesmo tempo em que pisava com força no chão de madeira, pouco se importando com a indelicadeza de seu ato.

— Ele... Sim, ele também mora lá... — Entre os murmúrios entrecortados do rapaz, essa foi a única frase que Conrado conseguiu discernir.

Até que, num dado instante, Eric fincou os pés no chão e buscou na fisionomia de Conrado Bardelli qualquer ajuda. Com o olhar

— como estava apavorado agora! —, queria que o detetive lhe entregasse a solução.

— Já me sugeriram mudar de apartamento, Bardelli — o estudante disse, enfim. — Já me sugeriram que eu fugisse! Escutou bem? Que eu juntasse todos os meus bens e saísse o mais rápido possível de meu próprio apartamento! Um apartamento que comprei há menos de um ano! Já me deram conselhos absurdos...

Conrado o cortou:

— E não sugeriram que o senhor chamasse a polícia?

O rapaz arregalou os olhos uma última vez. A seguir, repetiu:

— Eu não deveria ter vindo... O Zeca bem que me avisou.

Eric Schatz fez uma pausa dolorosa, sintoma de uma atitude talvez mais desesperada.

— Eu... só queria terminar com isso tudo de uma vez... — Naquele momento, ele deu a impressão de que ia se entregar ao pranto. — Eu, realmente, não deveria ter vindo.

E, sem prévio aviso, Eric Schatz deu as costas e partiu, deixando a porta aberta ao passar.

Mas Conrado Bardelli não permitiria que a curiosidade lhe tirasse de vez o sono, que já seria curto. O advogado seguiu os passos do jovem e saiu pela porta da frente. Eric nem sequer esperara o elevador: ele já descia às pressas as escadas em caracol que levavam ao térreo e, agora, devia estar dois andares abaixo. Conrado não podia ver o visitante, mas o ouvia pular os degraus.

— Seu Eric! — Lyra berrou para as escadas, debruçado sobre o corrimão. — Seu Eric, responda, por favor.

O ritmo dos passos nas escadas diminuiu.

— Não sugeriram *mesmo* que o senhor chamasse a polícia? Hein?

E com uma intensa exclamação final, que soou como um rugido pelos dez andares do edifício, o jovem retrucou:

— *Não!*

Conrado Bardelli voltou ao escritório, fechou a porta e suspirou. Chacoalhou a cabeça, confuso. Aquela era a primeira indicação de que algo estava mais errado do que parecia.

5. SCHATZ

O detetive particular não demorou muito para largar os papéis do divórcio e ir embora para casa. Depois de ter analisado tantas exigências de Fabiane quanto ao processo, era hora de Conrado cuidar de suas próprias exigências.

Tirou o carro da garagem e fez o caminho até seu bairro. Os semáforos desligados eram um colírio para seus olhos sonolentos e colaboravam para que a rota fosse feita em menos da metade do tempo rotineiro. Talvez por isso o advogado não tivesse deitado a cabeça sobre o volante e tirado um cochilo durante o percurso. Até que, enfim, Conrado chegou ao edifício sem causar acidentes.

Mas Bardelli não dormiu imediatamente. Curioso, ele fez força para que os olhos não cedessem ao sono e abriu o *notebook*. Enquanto esperava o sistema se iniciar, o barbudo escovou os dentes e vestiu um pijama improvisado — um *shorts* velho e a primeira camiseta branca e lisa que viu. Em seguida, penteou a barba e sentou-se à escrivaninha. A tela principal do computador já lhe dava as boas-vindas.

Schatz.

Ele digitou o sobrenome na barra de busca da internet e, como resultado, foi direcionado ao site da Viva Editorial. Diversas capas de revista irromperam, em sequência, na página, como grãos de milho que explodem em pipoca. Quando o carregamento terminou, fez-se no monitor uma extensa vitrine de publicações, divididas entre mensais e semanais. Acima delas, um *slogan* vinha junto do nome da empresa e afirmava que a Viva era uma editora voltada a todo tipo de brasileiro.

Conrado estava prestes a rir disso quando reparou que, ao lado do *notebook*, uma das semanais da Viva jazia aberta. Seu sorriso se desfez e ele voltou os olhos castanhos para a tela.

Na seção "História", o internauta era apresentado a um relato sobre as origens da editora — cuja sede nascera no Rio de Janeiro e migrara, na década de 70, para a cidade de São Paulo, mantendo a primeira sucursal carioca ainda em funcionamento para preservar a história da Viva e, consequentemente, do próprio Brasil. O relato era tão enviesado quanto algumas das próprias revistas da editora.

E, em meio ao texto e às figuras antigas, o sobrenome Schatz saltou aos olhos várias vezes. O descendente de alemães Stephan Schatz fora um dos sócios da associação que fundara a editora Viva. Seu filho, Eustáquio, era hoje o presidente da empresa — o único herdeiro dos membros originais que havia prosseguido entre os altos cargos.

Os últimos dois parágrafos da biografia se ocupavam em descrever as qualificações de Eustáquio, sem deixar as altas formações acadêmicas de fora, e terminavam descrevendo o pesar do presidente quando seu pai, Stephan, faleceu em 2003. À direita, uma foto panorâmica mostrava um amontoado de pessoas visitando o velório de Stephan Schatz, cujo corpo fora velado no saguão da primeira sede da Viva Editorial.

A "Galeria de Fotos" exibia imagens organizadas por décadas, desde 1950. Personalidades históricas brasileiras posavam ao lado dos sócios originais e, com o passar dos anos, ao lado de Stephan apenas. Fotografias expunham marcos como a construção do prédio em São Paulo, a inauguração da nova sede, a comemoração dos cinquenta anos da empresa, e fixavam datas para cada acontecimento. Eram muitas fotos, e Conrado passou os olhos por todas elas, mesmo que somente para ler as legendas e conferir datas. Muitas fotos, muitas datas, muita gente.

Porém, pouco Eustáquio. Conrado percebeu que Eustáquio Schatz não aparecia com destaque em nenhuma. Ao contrário: sua esposa, Miranda, é que era vista apertando a mão do prefeito de São Paulo e posando diante da nova reforma do edifício comercial — fotos nas quais o presidente deveria figurar.

Conrado voltou ao site de busca e procurou pelo nome Eustáquio Schatz nas imagens. Os resultados foram desanimadores. Eram figuras de revistas, fotos dos escritórios e mais imagens de Miranda Schatz — baixinha, rechonchuda, o cabelo enrolado caindo sobre os ternos, diferentes a cada foto — cumprindo seu papel de diplomata da empresa e encimada por legendas como: "A esposa do presidente Eustáquio Schatz, Miranda Schatz, cumprimenta o deputado..." ou "recebe o prêmio...".

Ao fim da madrugada, as únicas fotos que Conrado achara de Eustáquio eram de pelo menos dez anos antes. A mais recente de todas estava escondida na quarta página dos resultados e era pequena demais para se ter uma boa noção da fisionomia daquele homem de negócios tão misterioso e que parecia se esconder atrás da esposa e agir por meio dela.

Conrado Bardelli amaldiçoou-se por estar indo dormir ainda mais curioso do que antes de acessar o *notebook*.

6. CHAMADA NOTURNA

Conrado Bardelli odiava telefones.
  Claro que não era o tipo de opinião que ele saísse por aí expondo em conversas; somente os verdadeiros amigos do advogado eram capazes de perceber isso. Mas o fato era esse: o telefone era o único meio de comunicação que Conrado detestava — dava-lhe nervoso ter que escutar o que uma pessoa dizia sem poder encará-la e enxergar em seus olhos as verdadeiras intenções.
  Era para a distância entre as duas pessoas, portanto, que Conrado dirigia seu ódio. À impessoalidade da conversa.
  Como se não bastasse, havia ainda o toque. A maldita campainha do telefone, que cismava em assustar o dr. Bardelli quando soava através dos recintos. Pior ainda quando tocava de madrugada...
  Às quatro e meia da madrugada, foi isso o que aconteceu.
  — Mas que... Mas que grande... — Ele não conseguiu terminar, pois não soube escolher o palavrão ideal diante de um cardápio tão variado de opções que surgiu em sua mente.
  O toque se repetiu. Conrado suspirou.
  Muito bem acomodado em sua cama, o detetive tateou o criado-mudo até sentir a superfície lisa do telefone com os dedos. Quando o fez, puxou o fone desajeitadamente.
  — A-Alô — sua voz cambaleou para fora da garganta.
  — Bardelli? — Esta entonação estava mais consistente, apesar de insegura.
  Conrado consultou o relógio da cabeceira.
  — São quatro e meia da manhã.
  — Bardelli. Eu... não sei o que fazer...
  — Mas é claro que você não sabe, são quatro e meia da manhã...
  A pessoa do outro lado soltou um gemido de impaciência e desespero.
  — Você disse que eu poderia confiar em você!
  Conrado finalmente se deu conta de quem se tratava. Eric estava ainda mais arrebatado do que quando haviam se encontrado, poucas horas antes. Por esse motivo, o advogado aguçou a atenção e sentou-se sobre os lençóis.
  — Seu Eric!

— Bardelli, eu... eu não tenho outra opção...
— Espera, calma! Respira. — O mais velho fez uma pausa para ele mesmo respirar. — Eu acredito, sim, no senhor. Tá? Eric?

O outro lado da linha permaneceu absolutamente muda; o chiado da linha telefônica foi o único som que Conrado ouviu por vários segundos. O detetive chegou a desconfiar, em dado instante, de que o ruído se tratava, na verdade, de ressonâncias de um choro coibido.

— Seu Eric... — ele arriscou para provar verdadeira ou falsa sua suspeita.

Surtiu efeito.

— Bardelli! Eles querem mesmo me ver louco! — E o eco da sentença de Eric soou de maneira incomum pelo ambiente onde ele se encontrava. — Todos eles!

— Por que está falando tão baixo? Aconteceu alguma coisa desde que o senhor veio me procurar?

— Chega de me chamar de senhor, cacete!

O eco estranho foi ouvido novamente.

— Desculpa. Aconteceu alguma coisa desde que você veio? — Desta vez, Conrado Bardelli preparou os ouvidos para a resposta; não apenas para o conteúdo dela, mas também para o som de fundo.

— Ele existe. Na minha mente! *Existe*! — Eric despejou ao telefone.

Isso gerou um novo eco, desta vez, claramente... Como Conrado o descreveria? Abafado?

— Você está no seu apartamento? — o detetive perguntou, de repente.

Hesitação.

— Sim...

— Onde? Em que lugar do apartamento? — ele inquietou-se.

— Eu... No banheiro — informou Eric, o timbre instável.

— Com a porta fechada?

Mas logo depois, ouviram-se três ou quatro batidas baixas em algum objeto sólido, seguidas de um longo instante de silêncio.

— Seu Eric?

O silêncio voltou a reger aquela ligação telefônica. O chiado confundiu-se com fungadas rápidas, como se Eric Schatz estivesse tentando se recuperar do pranto. Conrado Bardelli pôde imaginá-lo enxugando os olhos marejados pelas lágrimas e pelo medo.

— Eu tenho que ir, Bardelli.

E a ligação se encerrou.

7. SALTO PARA A LUCIDEZ

— Boa noite, seu Gustavo — cumprimentou o morador que adentrava o condomínio residencial, acompanhado do céu claro que anunciava o raiar do sol.

O certo seria já dizer "bom dia".

O porteiro Gustavo, já beirando os cinquenta anos e ainda mantendo no rosto um sorriso infantil que ostentava uma falsa inteligência, meneou a cabeça para o homem de terno e gravata que passou. "O cara do 202", pensou com seus botões, "Júlio". E como acompanhava a vida dos condôminos com uma assiduidade que poucos deles imaginavam, Gustavo logo descobriu o motivo pelo qual Júlio voltava depois das cinco e meia para o apartamento. "Deve ter comido a amante até de manhã."

Dali a pouco, uma mulher de mais ou menos trinta anos e roupa social passou pela portaria no sentido oposto, em seu caminho para o trabalho. Gustavo ergueu as sobrancelhas, animado com a paisagem. "Tão cedo, Carlinha?", e ele passeou os olhos pelo corpo atraente da moça, o sorriso esperto instalado no rosto, enquanto a moradora Carla saía pelo portão sem sequer mirar o porteiro.

Gustavo bocejou, estalou os dedos e conferiu o relógio atrás da cadeira onde estava sentado. Ainda faltavam trinta minutos para o fim de seu turno. Xingou o destino em voz alta e aproveitou o embalo para insultar o chefe:

— Aquela bicha morfética...

Só depois percebeu que passava à frente outra moradora, de terno e saia, partindo para sua jornada diária — uma senhora idosa que, ao ouvir as ofensas, chacoalhou a cabeça com um semblante de extrema desaprovação. Mas Gustavo deu de ombros, voltando a sorrir daquela forma que só ele admirava.

E tão repentino quanto o fim da vida, ouviu-se um estrondo altíssimo. Tão alto que o porteiro despencou da cadeira. Desconcertado com a queda risível, Gustavo, de início, não deu atenção à origem do barulho. Levantou-se, irritado, e desamassou a camisa. Só em seguida se perguntou o que poderia ter se passado para provocar tamanho estrondo.

Uma batida seca, intensa — que fora ouvida por todo o quarteirão. Algum morador teria acidentalmente explodido o fogão a gás enquanto fervia o café? Gustavo duvidou, certo de que ouvira o barulho ali perto, no térreo daquele mesmo condomínio. Ergueu-se e saiu à procura pelo território do conjunto residencial.

Foi então, regado às primeiras luzes do sol, que Gustavo achou a fonte do ruído, sobre o caminho de pedra à esquerda do prédio. E arregalou os olhos, muito assustado. Mais ainda: aterrorizou-se, desesperou-se, o sorriso petulante desaparecendo por completo de seu semblante.

Jazia ali um corpo. Um corpo destroçado pela queda.

8. WILSON

Conrado Bardelli não demorou muito para ser reintroduzido no caso do colega de quarto invisível. Aconteceu naquela mesma sexta-feira.

Ao meio-dia, o advogado debruçava-se ainda sobre as tais minúcias que Fabiane determinara depois de iniciado o processo do divórcio. Um péssimo início de dia, que começara com uma madrugada maldormida e interrompida por aquela ligação que Conrado recebera de Eric. Claro que, depois de cortado o telefonema enigmático, o advogado não conseguira mais adormecer.

Assim sendo, o barbudo decidira partir de uma vez para o escritório. Desfrutara das ruas tranquilas de São Paulo sem o trânsito caótico das manhãs e chegara ao trabalho antes mesmo de Dirce.

— Chegou antes das oito, doutor Conrado?

— Cheguei antes das sete, Dirce... — ele confessou à secretaria, sentindo as grossas bolsas de olheira chacoalharem debaixo dos olhos conforme falava.

Conrado ocupou-se durante toda a manhã. Focado como estava, não se deu ao trabalho de mirar o relógio uma vez sequer. Nem mesmo se assustou quando o interfone de Dirce berrou, pouco depois de o sol estar simetricamente no topo do céu.

Numa sequência lógica de fatos, não demorou para que Dirce surgisse à porta do escritório.

— Doutor Conrado? Desculpe interromper.

O barbudo ergueu o rosto. Dirce era uma senhora miúda, pouco mais de cinquenta anos, com o corpo magro e frágil, que nesse dia estava metido em um vestido social um tanto quanto largo. Mesmo assim, Conrado imaginava facilmente aquela peça de roupa sendo vendida na seção infantil da loja.

— Não tem problema, Dirce, eu já estava terminando. Algum cliente veio me procurar? É aquele que quer a guarda da filha?

— Não, é um delegado de polícia — a voz dela, suave e simpática, parecia anunciar a vinda de um príncipe.

— Ah, não diga...

— Já está subindo.

— Mas você já o liberou, Dirce?

— Na verdade, doutor Conrado, o porteiro ligou só pra avisar que o homem já estava subindo.

"E, assim, descobrimos o grande mal deste condomínio."

— Está bem. — Conrado distanciou-se da mesa em que trabalhava e esticou as costas. — Pode voltar pra sua escrivaninha, Dirce. Avise pelo ramal quando o delegado chegar.

— Claro, doutor Conrado, com licença. — A senhora saiu, o cabelo preso em coque agitando-se com o giro.

Menos de um minuto depois, Conrado ouviu vozes na sala de visitas — uma delas grossa e encorpada, como a de um cantor de ópera — e levou a mão ao comunicador, esperando a ligação interna.

O toque veio e foi interrompido de imediato:

— Pois não, Dirce, o que deseja? — ele falou com sorriso e entonação teatrais.

— Está aqui o delegado de polícia, doutor Conrado. Ele diz ser seu amigo.

Conrado Bardelli já suspeitava de quem fosse.

— Sei, sei. É o que todos dizem — brincou. — Qual deles é?

Dirce distanciou o fone da boca e fez uma pergunta ao homem de voz grave. A resposta, alta, foi ouvida por Conrado Bardelli do outro lado da porta.

— Delegado Wilson, doutor Conrado.

— Ah, sim, eu ouvi daqui de dentro.

— Posso deixá-lo entrar?

Conrado abriu o sorriso ainda mais.

— Pergunte do que se trata.

Mais uma vez, Dirce colocou o fone no pescoço e indagou baixinho ao oficial de polícia. Este, porém, pareceu se cansar e, no instante seguinte, avançou para a porta de Conrado Bardelli. Entrou sem que Dirce — que também conhecia muito bem o delegado — o detivesse.

— Que brincadeira engraçada.

— Você está violando meu local de trabalho — o advogado apontou. — Vou te processar.

O homem a quem se dirigira tinha bigode e usava um distintivo de delegado sobre uma camisa branca GG. Não porque fosse gordo — apesar de Wilson, com o passar dos anos, ter ganhado alguns pneus rebeldes na barriga. Mas estes passavam despercebidos quando vistos junto do todo: um corpo beirando os dois metros de altura, munido de músculos trabalhados durante anos de pleno exercício representando o exército brasileiro e, mais tarde, a polícia civil. Na metade da vida, o delegado Wilson Validus — grande, sério e competente — era uma das figuras mais representativas do Departamento Estadual de Homicídios e de Proteção à Pessoa de São Paulo. Já havia um bom tempo ele desenvolvera uma mão aguçada para resolver casos de homicídio — e um bom faro para identificar criminosos. Sua taxa de êxito era muito superior à de seus companheiros de profissão, o que dava ao dr. Wilson uma visibilidade louvável no meio.

Porém, isso tudo porque ele levava um truque no bolso, uma artimanha que lhe garantia os segredos de cada caso com uma facilidade milagrosa e fascinante. Essa carta na manga vinha de vinte anos atrás — e possuía uma barba longa, já grisalha e inconfundível.

— Pra que todo esse teatrinho com a Dirce?

— Não sei até que ponto posso confiar na sua palavra... — Conrado abriu os braços, o sorriso amigável e incontido invadindo o rosto. — ... de que de fato você é um delegado.

— Cale a boca e responda. — Wilson sorriu também, conforme liberava as sílabas. — O seu número de telefone é 3224-7102?

— Vai me chamar para sair?

— Nem que me paguem. — Foi a vez de Wilson abrir os braços.

— Então, sim, é o meu número. — Conrado se ergueu e cumprimentou o dr. Wilson com um aperto de mão demorado.

Em seguida, o homenzarrão se acomodou em uma cadeira do outro lado da mesa, enquanto o detetive particular se sentava em sua posição costumeira.

— Me diz uma coisa, Lyra: por que é que toda vez que alguém morre nesta cidade, você está envolvido?

Conrado Bardelli sentiu-se renovado ao ser chamado pelo apelido no meio do ambiente de trabalho, deixando de lado as cerimônias sociais como "senhor" ou "doutor".

— Não esqueça que em muitas dessas vezes foi você quem me jogou no meio do problema. — Lyra sacudiu as sobrancelhas para cima e para baixo. — Mas qual é a da vez? O Douglas e a Fabiane resolveram se matar?

Wilson franziu o cenho e chacoalhou a cabeça.

— Que Douglas e Fabiane?

— Ah, quem me dera...

Wilson pigarreou e seguiu em frente, unindo os dedos sobre a mesa numa pose burocrática.

— Vou te contar uma história. Acordei hoje puto da vida, atolado até o pescoço de trabalho com o caso de um imbecil que resolveu cortar a garganta da namorada porque ela não quis dar pra ele de madrugada. Aí, antes mesmo de eu tomar meu café com leite, recebo uma ligação do diretor. Um moleque que resolveu se matar justamente hoje de manhã, na hora do *rush*. Suicídio, né, mas não custa dar uma olhada. Tudo bem, faz parte, é o meu trabalho. Fui checar o local, era um prédio de rico de Higienópolis. Encontrei o corpo quase despedaçado... uma queda de quinze andares... depois, fiz uma vistoria pelo apartamento. O telefone sem fio do cara estava jogado no chão do banheiro. Eu pensei: "Ele deve ter ligado para alguém antes de se matar, claro." Afinal, o maluco não deixou nenhum bilhete de suicídio. Pois bem, o que seria o mais óbvio? Que ele tivesse ligado pra mãe, pra namorada, pro melhor amigo, não sei quem mais. Pra explicar por que diabos ele quis se jogar da janela. Mandei que buscassem o último número para o qual ele ligou. Mas aí descubro que ele não ligou pra mãe, pra namorada, pro melhor amigo. *Ele ligou pra você!*

9. CULPA

— Ele se matou? Aquele garoto, o Eric? — Conrado deixou as frases escaparem e identificou na própria voz os vestígios de culpa. — O rapaz veio me pedir ajuda, me ligou de madrugada falando que não sabia o que fazer... E eu não entendi! — Lyra levou as mãos à cabeça: — Puta merda! Eu deixei que ele se matasse!

Lyra então migrou para uma emoção sensivelmente diferente. Começou a acariciar a barba, acompanhado por uma onda de confusão que transmutou seu rosto.

— Mas ele... Ele não...

Foi quando Wilson decidiu consolar o amigo:

— Calma, Lyra, você não tinha como saber... Ninguém nunca sabe o que se passa dentro da cabeça de um suicida.

O advogado olhou o delegado com um interesse súbito. A lâmpada acendendo sobre sua cabeça era quase visível na mente caricatural de Wilson.

— Pois é isso. Exatamente! Não sei o que se passa na cabeça de um suicida. Mas, mesmo assim, eu *sabia* o que se passava na cabeça daquele rapaz. Eu entendia a angústia dele, eu compreendia suas ações... E podia apostar que ele não seria capaz de fazer algo assim tão extremo!

O dr. Wilson curvou-se na cadeira e aproximou o corpo, instigado pela linha de raciocínio que Lyra desenvolvia.

— Ele se jogou do apartamento?

O delegado confirmou lentamente.

— Da janela do próprio quarto. Foram quinze andares de queda, Lyra. Um cadáver horrível.

— Deve ter sido agonizante... — Conrado deixou a frase no ar.

— Sim, foi uma queda longa. Um dos piores jeitos de se matar, na minha opinião. — Wilson esperou a reação seguinte do amigo.

Bardelli, entretanto, simplesmente pensava e nada dizia, com aquele mesmo semblante circunspecto.

O delegado, então, prosseguiu:

— Foi o porteiro quem achou o corpo. Ficou bastante assustado depois; um daqueles sujeitos que pensam já terem visto de tudo na vida, mas que se impressionam com o menor dos problemas. Ah, e os vizinhos encheram o saco da nossa equipe. Um bando de intrometidos sem ter o que fazer; atrapalharam toda a cena...

O dr. Wilson corrigiu a postura e encarou o amigo do outro lado da mesa com uma curiosidade crescente. Até que não pôde mais suportá-la:

— Bom, mas do que vocês dois conversaram quando ele te ligou?

— Eu e o garoto? — Lyra levantou a face. — Um assunto estranho. Mais do que apenas um assunto estranho, eu acho. O motivo do suicídio, talvez.
— O motivo? Jura?
— Ele não deixou carta de explicação, né?
— Não. — Pausa. — Quer dizer que você sabe por que o moleque se matou? — O homenzarrão agitou-se no assento. — O que foi?

Conrado Bardelli liberou o pouco ar dos pulmões asmáticos e levou a bombinha à boca, buscando na dose uma inspiração para o início de seu testemunho.

— Foi tudo muito recente. Começou ontem à noite...

10. ROYAL RESIDENCE

Conrado Bardelli já havia reparado naquele conjunto residencial antes, não muito grande, mas alto e bonito no bairro de Higienópolis. No terreno que ocupava, as duas torres se erguiam com uma imponência que fazia com que os prédios vizinhos parecessem feitos de peças de montar infantis.

Os dois portões, um localizado após o outro no acesso ao conjunto, se abriram em sequência e liberaram o caminho para que Conrado e Wilson entrassem no Royal Residence. Logo na portaria, foram recepcionados por um senhor negro de rosto melancólico, o porteiro do turno da tarde.

— Sou o delegado que já tinha vindo hoje cedo — Wilson anunciou, colocando a cabeça para além do vidro entreaberto da portaria.

Do lado de dentro, o porteiro mirou os recém-chegados com olhos arregalados e nada disse, apenas concordou. Parecia assustado com a visão de mais detetives entrando em sua área de trabalho.

O dr. Bardelli balançou a cabeça em cumprimento — que não foi correspondido — e seguiu o delegado Wilson. Eles percorreram um caminho de pedras, em meio a um jardim repleto de arbustos e árvores altas. Uma bela ironia para uma cidade quase sem vegetação.

— Foi ele o porteiro que achou o corpo? — Conrado quis saber, quando pegaram o caminho da esquerda em uma bifurcação.

— Não, foi outro, chamado Gustavo. O seu Gustavo ainda está aqui. Antes de eu sair, mais cedo, ele disse que iria à administração pra almoçar e depois ficaria por lá.

— Sei...

Passaram por uma porta envidraçada e se viram no *hall* da torre esquerda. Tapetes longos, que variavam entre tons de vermelho e branco, preenchiam o chão, enquanto quadros de paisagens paradisíacas, pintados em preto e branco, decoravam as paredes, disputando espaço com janelas que iam do piso ao teto.

O saguão tinha o formato de um L e suas extremidades eram ocupadas por conjuntos de sofás e baixas mesas de centro. Para dar o toque decorativo final, sólidas e brilhantes barras de metal repousavam dentro de enormes vasos transparentes, colocados nos espaços vazios que as esquinas dos sofás formavam. A junção criava um ambiente excessivamente moderno e passava, num primeiro momento, a sensação de importância.

Foi assim que Lyra se sentiu enquanto esperava o elevador. Importante. Mas, depois, lembrou a si mesmo que não morava ali e veio a decepção. Ele era só um advogado.

Lyra lançou um olhar para Wilson, como se buscando consolo por se ver de volta à mediocridade da sociedade paulistana.

— Décimo quinto andar... — o delegado falou sozinho, pressionando o botão correspondente no painel do elevador.

Assim que as portas se fecharam e a subida se iniciou, Lyra indagou:

— Os pais do Eric foram avisados?

— A mãe dele veio logo cedo e já foi embora.

Conrado Bardelli franziu o cenho.

— A Miranda Schatz? Como ela veio tão rápido do Rio?

Wilson arqueou as sobrancelhas.

— Como você sabe o nome da mãe dele?

— Andei fazendo minha lição de casa.

O delegado olhou torto para o amigo, desconfiado de que tivesse deixado escapar algum detalhe importante sobre a família de Eric.

— Ela está passando a semana aqui em São Paulo — Wilson confidenciou, ao passo que o elevador diminuía a velocidade até parar. — Por causa da empresa do marido, se não me engano.

As portas se abriram e eles desceram num corredor tão longo que Lyra precisou estreitar os olhos para enxergar a janela no outro extremo.

— Deus, quantos apartamentos tem este lugar? — o advogado deixou escapar, estupefato.

— Uns dez. — Wilson não deu real atenção e continuou andando pelo corredor de paredes brancas e portas pomposas, cujo padrão de qualidade ia aumentando conforme se seguia em frente. Parecia que as entradas faziam questão de competir entre si.

A porta do 1510-A não era diferente. Quem a analisasse naquele dia, com sua madeira clara e sólida, impecavelmente envernizada, não arriscaria dizer que ela escondia o cenário de uma tragédia recente.

Isso, lógico, se não reparassem na faixa amarela de polícia que cobria toda a entrada.

— Só há um policial agora — Wilson informou seu amigo, lendo seus pensamentos. — O Gilberto. O resto da equipe foi embora, logo depois que o corpo foi removido lá de baixo. Agora, já está tudo mais calmo, ainda bem. O tumulto mesmo aconteceu de manhã. Quando chegamos aqui, os vizinhos esperavam na sala de estar. Imbecis. Comprometendo a cena toda. Os outros curiosos estavam lá embaixo, dando uma olhada no cadáver.

— Espera, na sala de estar? — Conrado estranhou. — Mas como os vizinhos entraram? A porta da frente não estava trancada?

Como se invocada, a porta principal foi aberta, e o dr. Wilson entrou, seguido de Lyra. A sala de estar que os recebeu não era ampla, mas exibia móveis de alto padrão e duas largas janelas cobrindo a lateral. Elas estavam agora ocultas por cortinas de poliéster, que impediam que muita luz entrasse naquele espaço dominado pela penumbra.

Os dois detetives apertaram a mão do policial que se encontrava lá dentro, de guarda, em frente à TV, tão imóvel quanto um boneco de cera. Logo que Wilson voltou a atenção ao seu colega, Conrado iniciou:

— Do que você suspeita, Wilson?

O delegado arqueou uma sobrancelha.

— Como assim?

Lyra deu uma risada — que mais soou como um suspiro — e se pôs a caminhar pela sala de estar e conhecer o apartamento. Então, disse:

— Em primeiro lugar, você me trouxe aqui. A um cenário de suicídio aparentemente comum. *Suicídio*, Wilson, algo que não é a minha especialidade, algo que não consigo solucionar porque nem sequer consigo compreender. E você sabe disso. Claro, eu falei com o suicida antes de ele se jogar da janela, mas lá no meu escritório deixei claro que nada disso fazia sentido pra mim. Mas você, curioso como sempre, não fez nenhuma pergunta. Por quê? — Agora, ele se virou para Wilson. — Eu arrisco dizer que é porque você também não vê sentido nessa história.

11. DURMA BEM

— Não é bem isso... — Wilson puxou Conrado pelo ombro e o encaminhou a um recinto além da sala, atravessando um corredor.

No caminho, Lyra percebeu que passaram pelo banheiro, mas foi pela porta seguinte — uma à esquerda — que os dois entraram.

— Este é o quarto do rapaz — o oficial anunciou, apesar de a apresentação ser desnecessária.

O advogado olhou em volta. A cama de casal se encontrava logo ao lado deles; estava feita, mas as ondas no edredom demonstravam que o corpo de Eric estivera deitado sobre ele no dia anterior — talvez antes que o jovem se jogasse da janela, para dentro de um sono do qual nunca acordaria.

— O quarto está tão... arrumado — observou Lyra, e ficou claro que algum detalhe na limpeza o intrigava.

Em frente à cama, fixa na parede à altura do peito, uma televisão de tela plana fazia conjunto com uma estante de madeira clara, esta, suportando alguns aparelhos eletrônicos como: leitor de Blu-ray e videogame. Mais ao lado, alguns papéis sobre uma escrivaninha longa — provavelmente anotações da faculdade — e um monitor tão grande que parecia ser outra TV. O computador que o acompanhava era igualmente impressionante, com seu *design* transparente dando apenas uma ideia de quanto o conjunto deveria ter custado.

— Foi ali. — Wilson apontou para a parede oposta.

E Conrado sentiu os pelos se eriçarem; um sentimento idêntico a quando ele via, pela primeira vez, a arma de um crime.

— Sim... A arma do crime...

A janela era realmente comprida e alta, vinda do teto e chegando até a altura da cintura. Fazia-lhe companhia uma cortina blecaute cor de creme, agora aberta, com suas duas faces puxadas, uma para cada lado.

— Ele caiu bem naquele meio. — O delegado apontou para fora da janela, indicando um caminho de pedra abaixo, rodeado por plantas rasteiras.

O pavimento e as folhas verdes ainda traziam uma lembrança da morte. Os funcionários já deviam ter lavado o lugar, porém a tonalidade forte de vermelho insistia em permanecer ali, ostentando o contorno do cadáver contra o chão como se marcado por giz.

— Eu quero, Lyra, que você tire isso a limpo.

Conrado manteve o olhar no caminho de pedra, quinze andares abaixo, e sentiu um mal-estar quando imaginou como seria cair daquela altura. A acrofobia o fez remontar imediatamente à foto da queda de *Janela para a morte*, de Raymond Chandler, e o detetive subitamente se viu pronto a despencar naquele vão, como fizera o falecido personagem Horace Bright.

— Lyra?

— Eu ouvi.

— Você entende o que quero dizer, não é?

Silêncio.

— Não tenho do que suspeitar — Wilson seguiu em frente. — Ninguém tem. Já disse, eu vim como delegado curioso a pedido do diretor. O doutor Souza até pediu pra que eu não fosse visto, porque se um jornalistinha de merda desses me vê perto do morto, vai dar manchete dizendo que não foi suicídio, que foi homicídio e que o DHPP já está investigando. Aí vira aquela porra toda. E não é nada disso, ninguém suspeita de nada...
— Ele fez um intervalo sugestivo demais. — Mas o garoto foi procurar você. Justo você. Não me parece comum um suicida procurar um detetive particular horas antes de se matar. Não pode ser coincidência. E ainda mais com a história que você me contou, sobre ele ouvir barulhos...

Wilson recuperou o fôlego.

— E, além disso...

— E, além disso, ninguém no DHPP quer perder tempo investigando um caso de suicídio sendo que ninguém reclamou, nenhum jornal deu manchete, ninguém citou homicídio. É isso? — Lyra terminou pelo amigo.

O homenzarrão ficou escarlate e concordou, devagar.

— Que coisa linda — Bardelli ironizou. — É melhor dizer que o menino se matou porque aí dá pra sair mais cedo do trabalho na sexta-feira. Que bela polícia.

— Mas você tem que entender a situação. Quem vê tudo de fora e não sabe o que o menino te contou pode jurar que foi suicídio. Está escrito na testa do garoto que ele se jogou da janela.

— Tá, e é melhor deixar as coisas assim? Melhor não investigar? Colocar o moleque na gaveta do IML, cobri-lo com o lençol e desejar que ele durma bem?

Foi a deixa para que Wilson ruborizasse mais. Bufar e enrijecer — estas foram suas únicas reações naqueles minutos em que lhe foram esfregadas contra o bigode as falhas de sua polícia. Os lábios dele tremeram, sem que ruído algum saísse pela boca. Mas, em seguida, Conrado deu um tapinha reconfortante no ombro do companheiro, que pediu, imóvel:

— Lyra, pelo amor de Deus, não começa...

— Eu sei, eu sei. Você também não pode tomar decisão nenhuma em nome da instituição.

— Exatamente.

— Eu também sei que você concorda comigo. — Conrado prosseguiu, antes que Wilson reclamasse: — E vou ajudar, sim.

Wilson pulou para as explicações:

— Isso não quer dizer que eu vou jogar tudo na sua mão, Lyra! Você sabe que com qualquer prova que você conseguir eu vou poder chamar a atenção do doutor Souza e...

— Só te peço livre acesso ao edifício e uma semana de prazo.

"Pelo menos", Conrado pensou, "será uma semana livre do Douglas e da Fabiane".

12. AQUI MORA MAIS ALGUÉM

Ao sair do quarto do falecido Eric Schatz, Conrado Bardelli prestou atenção, pela primeira vez, à porta exatamente em frente. Tentou a maçaneta e liberou acesso a um recinto pouco menor do que o quarto do anfitrião, mas que também continha uma cama de casal e um armário longo para roupas. As paredes de um azul claro passavam algo de sereno pelo ar; um convite harmônico para que o visitante tirasse os sapatos e repousasse sob as cobertas brancas, como se nada da cidade grande pudesse atingi-lo dentro daquelas paredes.

Ali, no quarto de hóspedes, Lyra vagou mergulhado em concentração, acompanhado pelos olhos de um apático dr. Wilson.

— Acha que a gente encontra alguma coisa no quarto de visitas?

Conrado não respondeu; austero, dava a impressão de que esperava descobrir alguma coisa apenas passeando pelo ambiente, talvez por difusão.

Até que, de repente, o detetive particular ficou de joelhos e, então, se deitou de barriga no chão. Meteu o braço debaixo da cama.

— Mas que...? — Wilson aproximou-se.

O barbudo voltou a se erguer. Usou uma das mãos para, discretamente, tirar o pó da camisa azul. A outra mão segurava aquilo que Lyra buscara sob o leito: um par de chinelos brancos com tiras azuis.

Wilson estreitou os olhos para enxergar melhor seu objeto de estudo.

— Me deixa adivinhar: você também duvida que esses sejam chinelos que o Eric simplesmente abandonou.

Lyra concordou e se lembrou da visita que Eric Schatz lhe fizera. Na verdade, relembrar aquela visita era só o que Conrado conseguia fazer nas últimas horas.

— O garoto citou estes chinelos. Disse que surgiram do nada. Devem ser do seu imaginário companheiro de apartamento, ou colega de quarto, que seja. — Fez uma pausa, olhando fixo para os chinelos de borracha, a sola um pouco desgastada pelo uso. — Agora, eu me pergunto se eles realmente chegaram a ter um dono.

— Você quer dizer que acredita nessa história patética de colega de quarto? — Wilson sacudiu a cabeça. — Você só pode estar brincando!

— Essa história já causou uma morte. Só por esse fato, não é mais patética.

Wilson sentiu o ego ser atingido por aquela contestação. Mas a fisionomia concentrada de Conrado demonstrava que o barbudo não falara por mal. Simplesmente, havia feito uma observação e, agora, continuava a analisar, muito atento, os dois chinelos, a cena toda congelada.

Permaneceram na posição por um minuto completo, como se brincassem de estátua.

— Mas eu também não acredito realmente em tudo isso. — Conrado encarou o dr. Wilson. — Não em tudo.

13. AS PRIMEIRAS DÚVIDAS

Ainda no quarto de hóspedes, o delegado não fez cerimônia e se sentou no colchão, amassando as cobertas, antes, tão perfeitamente arrumadas. Lyra — perfeccionista — sofreu com isso por dentro.

— Recapitula essa história pra mim. — Wilson suspirou e cruzou as pernas. — O tal do Eric chegou ao seu escritório de madrugada procurando ajuda. Como acha que ele sabia que você estaria até tarde especialmente ontem?

— Não, não acho que ele soubesse. Acho mesmo que ele decidiu me procurar numa hora aleatória e deu sorte de me encontrar trabalhando naquele momento.

— Coincidência, então?

Lyra deu de ombros.

— Elas têm de existir, não é? Ou então... — O barbudo franziu o cenho.

— Ou então...?

— Nada. Enfim, o Eric chegou e me pediu ajuda. Queria que eu descobrisse o que tinha por trás de toda essa piada. Ele acreditava ser uma piada pra deixá-lo louco.

— Para deixá-lo louco? — A testa do delegado se franziu. — Não sei qual era o tipo de senso de humor dele. Mas, pra mim, não parece piada.

— Pois é, foi o que pensei. — Conrado cruzou os braços e seus olhos perderam o foco, perdidos no espaço. — De todo modo, o rapaz estava convencido de que poderia resolver tudo num círculo fechado, como se não fosse uma investigação séria. Disse que desconfiava de alguém, talvez da faculdade, mas por pura intuição.

— Ele citou nomes?

— Não. Não naquele momento... — Lyra puxou pela memória a cena que vira pouco antes de Eric sair em disparada do escritório. — Espera... Se eu me lembro bem, ele chegou a citar um amigo... Um tal de... Putz...

Wilson esperou a memória de Conrado funcionar.

— Falou de um tal de... Zeca? É isso? É, acho que é esse o nome.

— Zeca?

— Sim. O Zeca, pelo jeito, tinha alertado o Eric a não me procurar.

Anuindo, o delegado ordenou a si mesmo que não se esquecesse daquele nome.

— Quer dizer que nosso amigo Zeca sabia de tudo...

No entanto, Lyra já tinha a atenção voltada para outro ponto.

— Também ouvi o Eric dizer alguma coisa como "ele também mora lá".

— Ele quem, o Zeca?

— Não sei.

O detetive particular fez um intervalo no diálogo e decidiu refletir sobre aquela colocação. Foi então que o radar interno de Lyra captou um deslize. Ele percebeu que algum detalhe daquilo que eles haviam discutido não se encaixava no resto. Conrado fechou os olhos e tentou identificar o que era. Sim, ele podia sentir, definitivamente, que uma informação não batia com as outras... Mas qual?

O fluxo de pensamentos foi interrompido pelo dr. Wilson:

— Pedi para o síndico segurar o porteiro da manhã até agora pra que a gente pudesse trocar uma palavra com ele. O homem já deve estar cansado de esperar.

Conrado Bardelli compreendeu o recado e devolveu os chinelos para debaixo da cama com uma anuência.

— Mas o que me deixa mais incomodado... — Bardelli deu de ombros. — ... é o motivo pelo qual Eric não procurou a polícia.

Wilson descruzou as pernas e endireitou a coluna, pronto para entrar nas deduções.

— Ele não achou que o caso fosse sério, talvez.

— Mas ele se matou por causa disso! — Lyra chacoalhou os braços no ar. — Caramba, se o cara se matou porque achava que estava ficando louco, então, o caso era, sim, sério! O moleque não iria se suicidar só porque vinha escutando barulhos pelo apartamento!

O dr. Wilson admitiu que não havia sobre o que discutir — ainda mais porque poucas vezes vira Conrado Bardelli tão aborrecido com a falta de respostas. E ao pensar nelas, o homenzarrão decidiu que essa era a sua vez de calar e matutar sobre o pouco material que tinha em mãos.

E se deu conta de que não sabiam de nada. Afinal, por que Eric se matara? Na ausência de uma carta de suicídio, faltava alguma explicação concreta para que ele tivesse subitamente decidido se jogar da janela. Sabiam apenas que o estudante de direito estava cada vez mais preocupado com o mistério do colega de quarto que o cercava. Mas o garoto seria capaz de se matar em função de sua possível neurose?

Outra solução cabível seria a de que Eric havia sido induzido ao suicídio. Este, sim, um crime que poderia ser investigado e punido.

Por outro lado, Conrado descrevera o jovem como alguém desesperado, sim, mas não extremista a ponto de acabar com a própria vida tão de repente. Lyra dissera que, na visita da noite anterior, Eric nem sequer se mostrara convencido de que o mistério do colega de quarto poderia ser real. Mesmo assim, aquela história parecia ter traçado, de fato, a morte do jovem.

Ainda existia, contudo, outra questão em aberto.

— O que foi exatamente que o Eric te falou por telefone de madrugada?

Lyra deu as costas para o delegado e caminhou até a janela na parede oposta. Ficou a mirar algo lá fora.

— Ele estava perturbado demais, eu já disse. Contendo os nervos, mas *realmente* perturbado, com uma postura muito diferente daquela de antes. — Lyra se virou para o amigo. — Disse que o companheiro de apartamento existia, mas não se demorou muito nesse assunto. Ele tinha se trancado no banheiro, o que sugere que estava se escondendo. E não falou muita coisa. Abandonou o telefone assim que ouviu um barulho.

— Sabe o que foi?

— Não faço a menor ideia. Só uma batida. Não arrisco nem mesmo chutar o que possa ter sido. Só sei que, depois disso, ele desistiu de falar comigo.

Os dois se calaram, intrigados com o mistério que pairava naquele mesmo apartamento, impregnado nas paredes. Passaram os olhos ao redor, como se pudessem vislumbrar em qualquer lugar do cômodo alguma resposta sobre o que se passara ali, poucas horas antes.

Sem amparo das paredes, Conrado Bardelli voltou a dar as costas a Wilson e mirar a paisagem de São Paulo através daquela comprida vidraça. Sério, o detetive particular martelou:

— Aconteceu alguma coisa com o Eric entre o momento em que ele saiu do meu escritório e a hora em que me ligou. Algo que o fez mudar de comportamento. Agora me diz: o quê?

14. O SÍNDICO

Ivan Fortino completaria, em breve, oito anos como síndico do Royal Residence. O aniversário lhe garantiria o posto de síndico que mais tempo permanecera no cargo — um feito não tão respeitável, caso se levasse em conta que as duas torres haviam sido erguidas apenas duas décadas antes.

Mesmo assim, Ivan podia se vangloriar de ter realizado no condomínio mudanças "veneráveis", segundo ele, pois fora capaz de aliar os mais discrepantes interesses dos moradores e agradar à maioria. Presenciara a abertura de uma nova piscina e a instalação de elevadores mais modernos sem que lhe chovessem reclamações pelo aumento da mensalidade.

Mas nunca, em oito anos, seu conjunto residencial fora palco de um suicídio.

— Isso tudo é *horrível*, doutor — Ivan dizia a Wilson, a voz afeminada ressoando pela sala da administração, um recinto amplo, de paredes azuis e teto de madeira baixo. Depois, apontou as mãos para Conrado e buscou compreensão: — O senhor também não acha?

— Ah, com toda a certeza. — Bardelli encenou uma expressão de reconforto. — É... horrível.

— Pois é! Uma morte, aqui! No meu Royal Residence! *Horrível* — o síndico repetiu, o corpo tremendo de uma maneira escandalosa.

No entanto, o que Ivan Fortino não assumia era que a morte, em si, não era o que mais o incomodava. Todo ano, um ou dois idosos eram levados de seus apartamentos porque haviam falecido em decorrência das mais variadas doenças da velhice. Também acontecia de algum morador não resistir ao câncer ou à hepatite e morrer de repente em sua cama. Era natural e até conferia um luxo tradicional ao condomínio, remontando à época em que as pessoas morriam em casa e seus velórios eram feitos com o corpo estendido sobre a mesa de jantar.

O problema era *especificamente* o suicídio. Não que o seu Ivan preferisse os homicídios; ele, na figura de síndico que agradava a todos, estampava a bandeira da paz e do respeito cordial — aquele do "bom dia, como vai?" de elevador. Só que, no caso de um assassinato, o crime poderia ser atribuído a um louco, alguém que não se encaixava na sociedade e deveria, por isso, ser isolado numa penitenciária.

O suicídio, por outro lado, indicava que a pessoa estivera infeliz. E a última impressão que Ivan queria que relacionassem ao seu Royal Residence era a de insatisfação. Só de pensar que o público poderia considerar o Royal Residence como sinônimo de tristeza e descontentamento, ele já sentia as pernas bambas. Pois, necessariamente, significava seu fracasso como anfitrião.

— Agora, me conta: o que eu digo pro novo proprietário do 1201-B? Ele vem morar na torre direita e disse que escolheu o condomínio justamente por ser calmo. Óbvio, sempre foi. E aí, do nada, um rapaz decide se jogar da janela do décimo quinto?! Aqui! — Ele deu um suspiro profundo, quase de choro. — A mudança do homem chega amanhã. E agora, doutor, o que eu digo quando ele chegar com os filhos e der de cara com uma *viatura*? Hein? Der de cara com *o senhor*?

Wilson não se ofendeu. Mas também não mostrou o menor sinal de compaixão pelo problema do síndico.

— Por falar em mudança — Conrado disse —, o condomínio aqui tem bastante movimento de proprietários?

— Em que sentido?

— As pessoas se mudam muito? Muitos apartamentos pra vender, pra alugar? Muitas mudanças?

Ivan deixou a boca aberta e sua expressão pareceu irritada. Dizia: "Jura que você está perguntando isso? Olhe à sua volta!"

— Se meu condomínio é uma bolha imobiliária? Não, não é. — Era a deixa que Ivan precisava para lascar elogios a seu condomínio e, por extensão, a si próprio. — É tranquilo, como um lar deve ser; faço questão de que seja assim. As pessoas vêm e ficam, porque gostam do estilo. É difícil achar outros prédios por aí que tenham o mesmo padrão que o meu Royal Residence. Não tem festa até tarde, é proibido fumar em qualquer área pública, a piscina não é para as crianças ficarem gritando. Tem uma série de restrições.

— E tem quem não se enquadre nisso?

— Sempre tem. Mas esses nem ficam. Dão uma olhada e vão embora. Eu já falo pro corretor que só é pra indicar os apartamentos daqui para quem tem a classe necessária.

— *Necessária*?

— Se é que o senhor me entende.

— É um vestibular para eleger os moradores, é isso?

Ivan não foi atingido pela ironia. Ao contrário, concordou com ela:

— É exatamente isso. Deveria ser e vai continuar sendo enquanto eu for o síndico. — Ele arrefeceu os ânimos e olhou para o delegado; depois, de volta para Conrado. — Olha, desculpe se fui rude. Sei que parece meio duro. De fato, é. Mas é o que faz as pessoas gostarem daqui. A gente da administração faz de tudo pra que os moradores tenham a intimidade que querem, sabe? É o lar deles, e lar é sinônimo de calmaria, de tranquilidade, de uma vizinhança harmônica. Então, é por isso que eu digo: quer morar aqui? Vai ser com a imobiliária que nós queremos e tem que compartilhar da nossa ideia.

Lyra concordou com veemência, como se impressionado.

— Que imobiliária é essa?

Ivan olhou torto para Conrado, em dúvida se deveria passar o contato a um estranho que poderia não ser qualificado para morar no Royal Residence. O síndico, porém, sentiu os olhos do delegado Wilson pesarem sobre si e decidiu que o melhor seria obedecer. Foi até sua mesa e tirou dois cartões da gaveta.

— Aqui. O senhor deve falar com este corretor. — Ivan deu um cartão na mão de Wilson e outro na de Conrado.

— O seu Gustavo ainda não foi embora, né? — perguntou o delegado de polícia.

— Ele deve estar na garagem. — Ivan balançou a cabeça sobre o pescoço cheio de dobras, estas, fatidicamente, causadas pela idade. Idade que, por sinal, o síndico não revelava a ninguém. — O pobre seu Gustavo estava desesperado de manhã, vocês precisavam ver. Perguntem pra dona Aparecida! Ela ficou com o seu Gustavo assim que ele descobriu o corpo...

Conrado Bardelli, que já estava de saída ao lado de Wilson, conteve-se antes de deixar a administração.

— Por falar na dona Aparecida — ele se exprimia com modos muito polidos —, podemos conversar com ela depois?

Ivan Fortino dirigiu um olhar suspeitoso aos dois detetives. Por um minuto, desconfiou de que eles iriam importunar seus empregados com perguntas insistentes e instalar a desordem em seu condomínio. Ele ponderou como seria a repercussão de tudo aquilo na mídia — jornais descrevendo o Royal Residence como o cenário de uma tragédia e de gente que pensava em se matar. Foi então invadido por uma sensação de desespero e o instinto de autodefesa mandou-o expulsar aqueles dois enxeridos de seu prédio.

Contudo, mais uma vez, Ivan não viu outra saída senão ceder aos desejos da polícia. De outra forma, as consequências poderiam ser ainda mais desastrosas.

— Eu vou chamar a dona Aparecida — o síndico garantiu, com a voz seca. — Enquanto isso, podem ir descendo para conversar com o seu Gustavo.

Eles saíram da administração e viraram à esquerda, Wilson na dianteira. Conrado ia mais lento, atrás, porque lia o cartão da imobiliária enquanto andava.

CELSO LIMA
CORRETOR DE IMÓVEIS
IMOBILIÁRIA CONCÓRDIA

15. SEU GUSTAVO

Um lance de escada abaixo, Conrado e Wilson encontraram um homem pequeno, de cabelo escuro rente à cabeça e bigode desleixado, sentado na guarita do primeiro subsolo. Seu Gustavo encarou os dois detetives com uma arrogância muito típica dele — uma atitude que combinava com o sorriso malandro do qual o porteiro tanto gostava.

Sim, o sorriso voltara depois do susto. Seu Gustavo se sentira exposto e desprotegido demais quando saiu gritando pelo território do Royal Residence, após a descoberta do corpo. Gustavo mal se lembrava de que, inconscientemente, correra até a administração, onde dona Aparecida coava o primeiro bule de café do dia. Lá, Gustavo chorara, como um garotinho, no ombro da mulher, antes que Aparecida lhe desse um calmante e fosse ela mesma tomar as providências. O seu Ivan, ainda de pijama e chinelos, também fora lhe oferecer consolo — uma humilhação para Gustavo, que não conseguia controlar os nervos enquanto até o chefe afeminado mantinha-se são.

No entanto, os dois homens que vinham conversar com Gustavo agora não o haviam visto chorar e berrar e, decerto, desconheciam essa fraqueza. Por isso, o porteiro se decidira a fingir que aquele escândalo nunca acontecera. O sorriso esperto parecia a ferramenta ideal para esse fim.

— Seu Gustavo? — Wilson questionou quando já estava perto da guarita, onde podia firmar seus olhos nos do porteiro.

— O senhor quem é?

Wilson já não apreciou o tom do outro. A conversa, ele descobriu, deveria ser friamente calculada, como um plano de ataque.

— Sou o delegado do DHPP Wilson Validus. Este é Conrado Bardelli, detetive particular.

— Ah, não é da polícia? — indagou o homem sentado, cutucando os dentes com a língua.

— Sou, DHPP é polícia civil.

— Não você. O outro.

— Não, não sou. — E então Bardelli abriu um sorriso e os braços: — Mas, que diferença faz, não é?

Seu Gustavo riu alto e bateu palmas, ridicularizando as profissões daqueles dois investigadores. Só depois ele percebeu que poderia ter sido vítima de uma ironia fina.

A seguir, Gustavo se deu conta de que aquele homem de quase dois metros de altura e distintivo ridículo — não importando o que estivesse escrito nele — lhe dirigia algumas palavras:

— ... descobriu o corpo, seu Gustavo, e não quero que o senhor se sinta mal ou se assuste de novo por ter que pensar na manhã de hoje mais uma vez...

Gustavo o odiou instantaneamente.

— ... mas precisamos muito que nos conte como foi.

O porteiro estralou os dedos e manteve o irritante sorriso inalterado.

— Não me assustei, só pra você saber. E não foi nada de mais. Eu estava sentado na portaria, ouvi um barulho e fui verificar. Estavam lá. Os pedaços do moleque.

Apesar de sua força de vontade em permanecer indiferente quanto ao que narrava, seu Gustavo sentiu o estômago revirar quando citou os "pedaços do moleque". Ressurgiu na memória aquela cena do cadáver estraçalhado no chão; seu nariz foi revisitado pelo cheiro de sangue e carne humana se sobressaindo ao aroma das flores do jardim. Gustavo sentiu um calafrio na espinha e precisou fazer muita força para não perder o equilíbrio naquele momento.

— Que horas eram, o senhor se lembra? — Wilson tomava a dianteira das perguntas.

— Sei lá. Umas cinco e quarenta, talvez. É, cinco e meia, por aí.

— Havia mais alguém com o senhor?

— Tinha uns moradores chegando e saindo pela portaria.

— E se lembra de alguém em especial que possa precisar o horário?

Seu Gustavo bufou e buscou na memória, a contragosto. Lembrou-se da senhora que passara no exato segundo em que ele soltara palavrões em voz alta e xingara o seu Ivan. Aquela velha que o encarara de maneira reprovadora.

— Não lembro de ninguém — ele mentiu; melhor que a velha ficasse desconhecida a dedurá-lo para o chefe.

— Sei... — O delegado cruzou os braços. — E o senhor conhecia bem o seu Eric?

— Não. Por que eu conheceria o moleque?

Foi Lyra quem respondeu, entrando na conversa como se para dar suporte a Wilson e desequilibrar aquela batalha:

— O senhor é o porteiro daqui. Deve conhecer um pouco da vida dos condôminos...

— Não. — O porteiro chacoalhou a cabeça. — Não me meto na vida de ninguém. E, sinceramente, esse tal de Eric me cheirava igual a qualquer outro desses filhinhos de papai que estão por todo este bairro.

Quando questionado adiante, seu Gustavo declarou que não reparara em nenhuma conduta diferente de Eric. Portanto, não havia sequer imaginado que o rapaz estava prestes a se matar.

— E eu já disse, nem conhecia o moleque — o funcionário reforçou. Depois, deu de ombros. — Também não vejo razão pra vocês estarem aqui. Esse tipo de gente se mata quando vê pela frente o mais simples dos problemas. Sabe como é, né? É gente que não foi acostumada a viver de verdade, gente que recebe tudo mastigadinho, esses frescos. Aposto que esse Eric se matou porque descobriu que a namorada dava pra outro.

Gustavo terminou o sermão com os olhos vermelhos de ódio — um ódio pela classe dominante que já devia acompanhá-lo desde o berço.

Conrado agradeceu pela conversa e alcançou Wilson, que já subia a escada sem se despedir do porteiro.

— Desse aí não tiramos mais nada — o delegado apostou quando atingiram o andar térreo, longe dos ouvidos do seu Gustavo.

— Não sei...

Conrado Bardelli foi vago na resposta. Isso fez com que Wilson repensasse se não havia deixado alguma coisa escapar.

Na guarita, seu Gustavo recostou-se na cadeira e observou a escada por onde os dois detetives tinham saído. Um minuto depois, seguro de que os homens não voltariam, Gustavo puxou o telefone de sobre a mesinha. Entre os papéis na mesa, achou uma nota de rascunho que continha uma sequência de números. Digitou-a no aparelho e esperou três toques até que a pessoa do outro lado atendesse.

— Alô. Sou eu, o Gustavo. Tem polícia na área. É... Acabaram de sair daqui, me fizeram algumas perguntas. Eu não respondi nada ainda, claro... Mas você precisa me dar algum tipo de... isso. Ajuda, é, ajudinha. Para eu ficar quieto, né?

16. A AJUDA DE DONA APARECIDA

Ela já havia sido trazida pelo seu Ivan e esperava a chegada dos dois detetives. Quando viu Wilson Validus adentrar a administração, Aparecida Gonçalves — uma senhora baixinha e rechonchuda na casa de seus cinquenta anos — sentiu-se inexplicavelmente intimidada pela estatura daquele homem. Sentada à mesa do síndico, ela podia jurar, olhando dali de baixo, que aquele indivíduo tinha o dobro de sua altura. A mulher tremeu sem querer.

O homem que vinha logo atrás, no entanto, conseguiu suscitar um efeito diametralmente oposto em dona Aparecida. Ela percebeu-se confortável perto daquele senhor de barba ajeitada e camisa limpíssima e simpatizou com ele de imediato. Como se não bastasse, o cumprimento do tal Conrado Bardelli havia sido tão cortês que dona Aparecida desejou que existisse uma cópia mais jovem daquele homem para que ela pudesse apresentar à sobrinha. "Podia ser com a barba menor, talvez..." E devia ser rico. "Pobre nenhum tem essa elegância."

— Os senhores estão servidos pro almoço? — o seu Ivan convidou após os cumprimentos.

— Obrigado, seu Ivan. — Wilson lançou um raro sorriso simpático.

— Obrigado sim ou obrigado não?

— Obrigado não. Mas obrigado. — E, desta vez, ele não sorriu.

O síndico ouviu outro agradecimento vindo do detetive particular e, depois, partiu do recinto. Seu rosto, ao fechar a porta atrás de si, trazia resquícios claros de preocupação.

— Pois então, dona Aparecida. Que dia, não?

Estavam os três sentados em volta da mesa principal da administração. A faxineira do prédio vestia uma calça jeans antiquada e apertada, que mostrava o contorno gorducho de suas pernas e do quadril. A camiseta era de um algodão branco e simples, parcialmente escondida pelo avental cor de creme, este bordado com tiras avermelhadas de tecido. As únicas tonalidades que combinavam em toda aquela mistura eram o marrom dos chinelos e dos olhos.

Aparecida Gonçalves lançou um risinho a Conrado e concordou.

— Nem me diga! Ai, seu Conrado... é Conrado, né? O senhor precisava ver! Que coisa chocante, sabe, aquele corpo jogado no nosso jardim... Um menino lindo...

— A senhora chegou a vê-lo? — Conrado indagou, como se impressionado.

— Ah, sim, cheguei! Vi tudinho! E não me desesperei feito o seu Gustavo, não. Sempre fui uma mulher forte, sabe, seu Conrado? Quando precisa, sou assim. Igual quando a minha irmã fraturou a perna. O senhor precisava ver. — Os olhos brilhavam de autoadmiração. — Todo mundo fugiu pro banheiro passando mal por causa do machucado. Ninguém queria ver. *Eu*, seu Conrado, é que fui lá e ajudei a levar a minha irmã pro hospital, olha só.

Wilson pigarreou e pôs os braços sobre o tampo de madeira.

— A senhora foi primeiro ver o corpo e depois chamou a polícia?

Pelo semblante intimidado de dona Aparecida, Wilson compreendeu que seria melhor deixar Lyra fazer as perguntas seguintes.

— Não... Eu chamei a polícia assim que o seu Gustavo explicou tudinho. Depois é que fui pro térreo ver o seu Eric. Ai, que tragédia!

— Fez bem, fez bem — incentivou o barbudo, com a entonação agradável. — Eu sei que é chato falar sobre isso, dona Aparecida, mas a senhora deve saber que é necessário...

— Ah, sim, eu entendo como ninguém. — A gorducha se ajeitou na cadeira. — E, além disso... Bom, é meio que minha obrigação, né? Responder em nome do condomínio. Sou eu a zeladora daqui.

O tom orgulhoso dava a impressão de que ela se apresentava como a presidente da República.

— E, pelo que o seu Ivan me falou, a senhora também faz a limpeza de alguns apartamentos do prédio — Lyra falou, esperando confirmação. Quando a zeladora fez que sim, ele prosseguiu: — E a senhora limpava o apartamento do Eric, é isso?

— Sim, sim, todo sábado à tarde, que era quando o seu Eric costumava sair. Foi por isso que tomei a liberdade de subir até o apartamento dele para ter certeza de que era ele que tinha se jogado.

— Quer dizer que a senhora não ficou junto do corpo até a polícia chegar?

— Não, não. — Os músculos do rosto dela enrijeceram. — É que, de verdade, de verdade mesmo, eu não tinha certeza de que era o seu Eric. O corpo dele estava de rosto pra baixo e... bom, não dava pra reconhecer logo de cara. Uma coisa horrível. Só achei que fosse ele mesmo por causa da roupa que estava vestindo, uma que eu costumava ver no guarda-roupa dele. De qualquer forma, eu precisava ter *certeza*, sabem? Então, peguei o elevador e fui até o décimo quinto. O seu Raimundo, do 311-A, tinha descido pra descobrir que barulho tinha sido aquele, e quando ele me viu pegando o elevador, foi junto comigo até o apartamento do seu Eric. A gente bateu umas cinco vezes antes de fazer alguma coisa. Achei que a gente ia ter que derrubar aquela porta, sabe, seu Conrado? Mas aí a gente viu que ela estava destrancada. A gente entrou e então se deu conta de que o seu Eric não estava mesmo lá. O pior de tudo é que a janela do quarto dele estava aberta. Lá embaixo, dava pra ver o corpo. Quer dizer, ele tinha mesmo se jogado.

Dona Aparecida chacoalhou a cabeça com um pesar sensível. Conrado estendeu a mão para acalmá-la.

— Agora já foi, dona Aparecida.

— Sim, eu sei. Mas acho que aquele menino poderia ter tomado um rumo diferente, sabe, seu Conrado? Um rapaz tão jovem, tão bonito e com um futuro, assim, bonito, né? Aí ele decide logo se matar?

— Ela suspirou, os olhos vazios, transparecendo compaixão. — É uma pena mesmo. E de uma forma tão terrível... O seu Eric poderia não ter feito isso com ele e com a gente. Eu nem *imaginava* que ele seria capaz de fazer algo assim.

Era a esse ponto que Conrado queria chegar.

— Quer dizer que a senhora não acha que ele era do tipo suicida?

— Ah, seu Conrado, de jeito nenhum! — dona Aparecida soou convicta, a gordura dos braços balançando conforme a mulher os mexia sobre a mesa. — Tem alguma coisa estranha nisso, seu Conrado.

— Mas a senhora conhecia o Eric?

Agora ela pareceu desconcertada.

— Não muito bem. Quer dizer, eu fazia a faxina do apartamento dele uma vez por semana. A gente batia um papo de vez em quando. Mas o negócio é que quando você conhece o apartamento de alguém, você sente que conhece essa pessoa intimamente. — As mãos de dona Aparecida gesticulavam à medida que ela falava. — Não tem nada mais revelador do que a vida particular das pessoas, seu Conrado. Por isso é que conheço bem os meus patrões e posso garantir que o seu Eric não seria capaz de se matar.

— Não? — Lyra apoiou a cabeça nos punhos. — Então o que a senhora sugere?

Aparecida Gonçalves fitou o dr. Wilson pela primeira vez, como se buscasse nele alguma ideia do que dizer.

— Bom, aí eu já não sei. Mas tinha alguma coisa errada lá em cima.

— No apartamento?

— É, seu Conrado. É que o dia da minha próxima faxina seria amanhã, sabe? Ou seja, o apartamento já devia estar uma zona. Mas mesmo depois de uma semana inteira, o apartamento estava muito...

Aparecida abandonou a frase no ar. Conrado a estimulou:

— O apartamento estava muito...

— ... arrumado.

17. O ENIGMA DA ARRUMAÇÃO

Wilson e Lyra subiram de novo até o apartamento de Eric Schatz, acompanhados de dona Aparecida. O policial que estivera lá havia descido poucos minutos antes e trancado a porta principal. Por isso, Wilson vinha na frente, seguido por Conrado Bardelli e dona Aparecida, que esperaram, pacientes, enquanto o homenzarrão tentava encontrar a chave certa no molho.

— Por que alguém arrumaria o apartamento antes de se matar? — perguntou-se dona Aparecida, ingênua. — Quer dizer, eu acho que ele já não devia se importar com mais nada, não é mesmo?

A fechadura foi destrancada e a maçaneta girada. Entraram os três em fila indiana, Lyra por último, atento às reações da faxineira. Ela se dirigiu ao centro da sala de estar, logo em frente à TV, e olhou ao redor, os olhos estudiosos, agora, buscando sinais de limpeza — não de sujeira, como Aparecida fizera todas as outras vezes que entrara ali.

A passos rápidos, a faxineira seguiu com seu corpo volumoso até o quarto de Eric e, depois, voltou para a sala.

— Eu só queria ter certeza de que tinha visto certo hoje de manhã. A cama está mesmo arrumada. Sabe quando o seu Eric arrumava a cama? Sabe? Nunca!

Sem parar de falar, ela se dirigiu à cozinha e voltou de lá com uma expressão vibrante.

— Vem ver isso aqui, seu Conrado. O senhor também, delegado. Olhem só! A louça. Ele lavou a louça!

Como Aparecida apontara, os pratos e copos no escorredor ao lado da pia ainda estavam úmidos. Deviam ter sido lavados tarde na madrugada.

— Todo sábado, seu Conrado, eu vinha aqui pra lavar a louça da semana. O seu Eric *nunca* lavava a louça. É dessa geração, eles são todos meio desleixados, meio folgados. O senhor tem filho ou sobrinho? Então. O seu Eric tinha esse montão de pratos e de copos pra não ter que lavar nada durante a semana.

"Sim", pensou Conrado, "isso seria muito típico de um rapaz como Eric Schatz".

O que mais capturou a atenção de Conrado Bardelli, entretanto, foi indicado pela faxineira só depois de dez minutos de busca por outros vestígios de arrumação. Após descobrir os jogos de videogame arrumados na estante do quarto, dona Aparecida virou-se para o lado e arqueou as sobrancelhas ao visualizar o armário.

— Será que ele arrumou as roupas também? — ela falou mais para si mesma do que para os investigadores.

Ao abrir as duas portas de madeira, porém, Aparecida encontrou as roupas em um estado diferente. A pilha de camisetas diminuíra consideravelmente.

— As roupas... — Ela tocou no monte de camisetas, sentiu o tecido, depois escancarou as gavetas do armário. — Elas sumiram.

Dr. Wilson enrugou a testa e se aproximou com agitação.

— Como assim, sumiram?

— Tinha mais, doutor Wilson. Olha isso aqui, esse pouquinho de camiseta. Não é quase nada do que ele costumava ter. E os *shorts* e as calças, tem só um pouco de cada aqui.

Wilson constatou aquilo por si mesmo. Conrado, ao seu lado, explorou outra parte do armário e descobriu que a quantidade de cuecas e meias ali dentro não era suficiente para sequer uma semana sem roupas lavadas.

— O senhor acha que ele foi roubado? — a mulher fez a pergunta com o rosto assustado. — Ai, meu Deus! E se um ladrão entrou aqui, roubou as coisas do seu Eric e depois jogou o pobrezinho da janela?

Dona Aparecida levou a mão ao peito num desespero incontido. E foi confortada por Lyra, que a fez se sentar na cama.

— Calma, dona Aparecida, fique calma, não deve ter sido nada disso — o advogado a tranquilizou. — Mas eu queria que a senhora me dissesse uma coisa. Por um acaso, o Eric tinha malas aqui?

Ela deixou a ansiedade de lado e esboçou uma atitude curiosa, sua testa franzida sob o cabelo desarrumado.

— Ele tinha algumas, sim. Quando o seu Eric ia ver os pais, no Rio de Janeiro, era eu quem costumava fazer as malas dele, e depois desfazia e arrumava tudo quando ele voltava. — Ela então apontou o roliço dedo indicador para uma portinhola no topo do armário. — Eu guardava as malas ali.

Wilson foi mais rápido que seu colega. Mesmo se Conrado tivesse chegado primeiro, teria que pedir ajuda ao delegado para alcançar o puxador do nicho mais alto daquele armário.

Quando a portinhola rangeu ao se abrir, eles logo descobriram o motivo pelo qual as roupas estavam desaparecidas. Talvez estivesse ali também a explicação para o apartamento estar arrumado daquela forma.

Dona Aparecida girou a cabeça, confusa como uma criança que não compreende um truque de mágica. Isso porque, ao se erguer e ficar na ponta dos pés, enxergou uma mala de tecido cheia e com o zíper puxado. Reconheceu-a como uma das que costumava arrumar e desfazer quando Eric pedia. Wilson puxou a descoberta para fora do nicho e deitou-a sobre a cama.

— Então essa é uma das malas, dona Aparecida?

O detetive particular deixou que seu amigo agisse. Quando Wilson calçou luvas e puxou o zíper, descobriu um bolo de roupas dentro — todas as desaparecidas do armário. Aparecida Gonçalves tomou ar para falar, insegura:

— O... o seu Eric estava indo viajar?

18. ROQUEIROS TAMBÉM CHORAM

Não havia muito mais para extrair do Royal Residence. Conrado Bardelli e o dr. Wilson conversaram com os vizinhos que mais cedo haviam estado em companhia do cadáver de Eric Schatz e entrado em seu apartamento. Eram famílias curiosas que não tiveram o que acrescentar. "Eu só ouvi o barulho e fui até o jardim ver o que era", disse uma. "Eu entrei no 1510-A porque vi a zeladora entrando e fui atrás pra ajudar", explicou outro.

O 1510-A, por sinal, havia passado por uma busca rápida encabeçada por Wilson e pelo delegado do Departamento de Polícia local. Eles tiveram a ajuda de dona Aparecida para apontar o que estava fora do lugar. Estantes, armários, debaixo da cama. Nada, eles averiguaram. Lyra ajudou pouco na tarefa; a maior parte do tempo passou acomodado no sofá da sala, as reflexões espelhadas como miragens em seus olhos castanhos.

Uma hora depois, eles se despediram de dona Aparecida, seguros de que não havia mais o que ser descoberto entre as roupas do armário ou os papéis da escrivaninha. Nada ali explicaria aquele suicídio. Quem analisasse o apartamento, por sinal, diria que seu anfitrião decidira viajar, não se entregar ao fim da vida.

Lyra e Wilson desceram no elevador em silêncio absoluto — uma mudez que ambos entendiam como um contrato de sigilo para que conversassem apenas no carro e evitassem ser ouvidos. Discutiriam o caso na viatura, no caminho para o almoço, ou lanche da tarde — afinal, já passava das quatro da tarde.

Mas, ao saírem pela portaria, observaram que um homem de cabelo comprido, escuro e desajeitado estava debruçado entre as lâminas de vidro, conversando baixinho com o porteiro da tarde. Pelo canto do olho, Conrado viu a preocupação estampada na face do jovem mulato quando o rapaz articulou o nome "Eric".

O advogado parou. Wilson estranhou.

— Lyra...?

Conrado já tinha dado as costas e voltado alguns passos. O rapaz de cabelo longo virou-se assustado quando percebeu o barbudo se aproximar.

— O senhor quer falar com o porteiro? — ele perguntou, seus longos fios balançando com o vento e multiplicando os nós.

Conrado reparou no sotaque carioca. E também na camiseta preta, do Black Sabbath.

— Não, não — Lyra respondeu e fez um cumprimento com a cabeça para o porteiro de rosto melancólico. Depois, mirando o aparente roqueiro: — Tive a impressão de que o senhor estava falando sobre o Eric. É isso? O senhor o conhecia?

Naquele instante, Conrado Bardelli pôde ver o corpo do rapaz congelar. Seu rosto ficou lívido de um segundo para o outro e estampou um indecifrável vazio. Os braços dele se esticaram junto ao corpo, como se rendido diante do adversário.

— Eu... O Eric e eu... Amigos.

A resposta foi excessivamente truncada, como se ele não respirasse para falar. Parecia asmático.

— Ah, poxa, eu lamento muito...

— Fomos amigos desde pequenos — o jovem revelou, baixando o rosto para escondê-lo. — Desde... crianças.

Os dois hesitaram.

— Conrado Bardelli — o detetive particular forçou uma apresentação.

O homem de cabelos longos apertou a mão do mais velho.

— Eu sou... Zeca. Zeca Carvalho.

Para surpresa de Zeca, Lyra mostrou os dentes brancos num sorriso animado. Um sorriso que continha também algo de muito intimidador.

— Muito prazer, Zeca Carvalho.

— O senhor é da polícia?

— Não, sou detetive particular. Aquele... — Indicou com a mão o homenzarrão atrás de si, ainda alheio a tudo. — ... é o delegado.

— Ah...

Como que invocado, o oficial veio para perto da conversa.

— Wilson, eu estou aqui conversando com um amigo do Eric. O nome dele é Zeca.

Como Conrado podia apostar que aconteceria, os olhos de Wilson brilharam quando ele ouviu o nome e apertou a mão do jovem, cujo semblante de medo intensificou-se com a visão daquele enorme oficial.

— Muito prazer.

— Pra... zer.

— O senhor ficou sabendo agora do seu amigo?

Zeca pressionou as mãos uma contra a outra, num gesto aflito. Suas unhas — Bardelli reparou — estavam todas roídas. Gaguejou antes de conseguir falar:

— O Eric não foi pra faculdade hoje. Achei bizarro e resolvi vir falar com ele depois do almoço.

— Achou bizarro?

— Não... Tipo, achei que fosse frescura. Mas não *isso*. Nunca ia imaginar que ele... que ele...

— Vocês estudavam juntos, então?

Agora o rapaz entrelaçava os dedos — uma evolução na escala de atitudes agoniadas.

— É, na mesma universidade. Mas ele faz direito. Eu... eu faço música.

— O senhor é do Rio de Janeiro? — O delegado se mostrou incansável com as indagações.

— Do Rio? Não, eu nasci aqui, senhor... Na Bela Vista. — Zeca apontou para o lado como se pudesse exibir a maternidade. — O so... sotaque é que...

— E lá estava a respiração entrecortada. — Eu morei no Rio desde os três anos. Foi onde conheci o Eric. Voltei por causa da faculdade, junto com ele.

— Então, o senhor devia conhecer o Eric muito bem... Pena. Eu lamento. Deve ser duro...

Silêncio.

— O senhor imaginava que ele fosse capaz de fazer o que fez?

Zeca chacoalhou a cabeça com energia.

— Não, nossa, de jeito nenhum!

Ele voltou a baixar o rosto, tímido, e Conrado percebeu que Zeca Carvalho estava a um passo de se entregar às lágrimas. Se seriam lágrimas de tristeza ou de medo, Lyra não saberia dizer. Talvez dos dois. Para evitar o constrangimento, Lyra pôs a mão sobre o ombro do rapaz e apertou. O movimento foi, em parte, revigorante. Ao menos fez com que Zeca reerguesse o queixo e fixasse aqueles olhos negros e assustados nas íris castanhas e calmas do detetive particular.

— Zeca, você está com fome?

19. À CAMINHO DO ALMOÇO

Por mais que Conrado Bardelli estivesse ansioso para conversar com o mais antigo amigo de Eric Schatz, Zeca Carvalho negou o convite de almoço com timidez, mas muita persistência.

— Obrigado, é que... eu preciso ir pra casa.

— Não vai durar nem meia hora — Conrado assegurou. — É que eu achei que você poderia falar com a gente sobre o Eric...

— Entendi. Desculpa mesmo. É que eu já almocei.

— Uma sobremesa. Ou você nem precisa comer.

— Poxa, é que agora não dá...

— Por que não?

— Eu *realmente* não posso... Sério. — Soou como um ponto final. — Fico te devendo, acho.

— Eu vou cobrar.

Zeca se despediu sem demora e seguiu o caminho oposto. Já dentro da viatura, o dr. Wilson pôde ver, pelo retrovisor, aquela cabeleira escura se distanciar.

— Que coincidência. — Wilson arqueou uma sobrancelha. — A gente nem precisou correr atrás do Zeca, olha só. Ele veio até nós.

— "Eu não devia ter vindo... O Zeca bem que me avisou." — Conrado repetiu a frase que na madrugada anterior ouvira da boca de Eric. — Eu queria que esse Zeca tivesse vindo com a gente. Pra ser sincero, ele me pareceu um cara direito, muito tímido, diferente do Zeca que eu imaginava encontrar. Mas, mesmo assim, ainda queria saber o que ele diria quando ouvisse falar da história do tal colega de quarto...

Wilson concordou e deu a partida no carro.

— Provavelmente diria que não sabe de nada. Nessas horas, ninguém quer levar a culpa. — Ele fez uma pausa e lembrou-se de outra pessoa que ainda não encontrara: — Quero mesmo é falar com a namorada. Ela devia saber dessa história toda, não é? Mas não sugeriu que o namorado avisasse a polícia. A não ser que ela seja gostosa e burra, deve haver um motivo especial pra isso.

Lyra concordou com uma risada — e, a seguir, algo lhe ocorreu. Ele franziu a testa e começou a repassar aquilo que ouvira na noite anterior. Namorada...

— Ele comentou sobre a namorada...

— Ah, é? — Wilson continuou olhando para a frente. — O que ele falou?

— O Eric disse que... disse que a garota tinha sido uma das duas pessoas a quem ele tinha contado sobre o caso do colega de quarto.

O delegado se colocou a pensar.

— A outra pessoa, então, foi o nosso amigo Zeca...

Mas Conrado chacoalhou a cabeça.

— Não, não, não... Só que tem o doutor. O psicólogo! O Eric me contou que talvez o psicólogo tivesse acreditado na história dele. E, para isso, lógico, ele teve que contar tudo pro cara! Armando, se não me engano. Eu lembro, ele disse isso mesmo, disse que contou pro psicólogo!

A peça que não se encaixava — aquela que pouco antes incomodara Conrado — aparecia. Wilson também compreendeu e tornou-se sisudo.

Se a namorada havia sido um dos confidentes, e o doutor, o outro...

— Está me dizendo que o Eric não contou nada pro Zeca?

— É o que somos levados a crer — concluiu o detetive.

— Mas como esse tal de Zeca aconselhou o Eric a não procurar você, Lyra, se ele nem sequer sabia dessa história de colega de quarto?

Conrado Bardelli não redarguiu, apesar de arriscar uma resposta. Percebeu que, no momento seguinte à pergunta, o delegado também se deu conta da explicação mais lógica. Lyra simplesmente a verbalizou:

— É simples. Mesmo que Eric não tivesse contado, Zeca sabia.

20. RAG DOLL

Zeca Carvalho seguiu mais um quarteirão naquela rua, subiu, à esquerda, a avenida Angélica e parou de andar quando alcançou um ponto de ônibus ao lado do Shopping Higienópolis. Esperou paciente durante vinte e dois minutos pelo ônibus certo. Subiu os degraus do veículo, encostou seu Bilhete Único no leitor digital e passou pela catraca sem encarar o cobrador inerte entregue ao sono. O rapaz seguiu até o final do corredor e se largou num assento ao lado da janela.

Viu os prédios passarem conforme o ônibus avançava em seu trajeto. Zeca roía a unha do dedo indicador com o olhar perdido. Estava muito concentrado — mas não no caminho. Pensava em outro assunto com tanto afinco que quase deixou passar seu ponto, na Vila Mariana.

Desembarcou numa rua estreita que já começava a ser empanturrada pela superpopulação de veículos da hora do *rush*. Mas a calçada, em um contraste libertador, estava vazia.

Zeca contornou aquele quarteirão, percorrendo uma série de bares que já começavam a se preparar para a noite de sexta-feira. Não deu atenção a nenhum deles — tinha na mente apenas um destino: sua verdadeira casa.

Entrou num estabelecimento pintado de preto, a única porta de acesso rangendo ao ser aberta. Na fachada, o nome Rag Doll Bar estava pintado em branco e vermelho em caligrafia retrô.

Lá dentro, um *barman* esquelético que ainda tirava as cadeiras de cima das mesas se aproximou da entrada para anunciar ao recém-chegado que o recinto ainda estava fechado. Mas quando viu quem era, o homem de rosto cadavérico e costeletas até o maxilar sorriu.

— E aí, *bassman*!

— Fala, Phil — o cabeludo cumprimentou, sem responder ao entusiasmo de seu interlocutor.

— Veio encher o caneco assim, cedo, *bassman*?

Zeca Carvalho tinha o costume de tocar no palco do Rag Doll algumas vezes por ano com sua banda de rock clássico The Big Four. Como baixista do conjunto, Zeca ganhara o apelido *bassman*, nome adotado por todo o corpo de funcionários do Rag Doll. Depois de anos de parceria entre banda e bar, não havia como todos eles não se tornarem amigos próximos.

— Hoje o dia está tenso — Phil anunciou.

— Hum...

— Só enchendo a cara mesmo...

Apesar de saber que a natureza de Zeca era tímida e circunspecta, Phil conseguiu identificar na atitude do outro algum indício de preocupação. A começar pelo fato de Zeca claramente não ter escutado a frase de Phil.

— Ih, o que está pegando, velho?

O baixista suspirou, sem nada explicar.

— Vem cá que eu vou te abastecer — disse, amigavelmente, o *barman*, que conduziu o visitante até uma cadeira alta em frente ao balcão. Deu a volta por trás dos bancos e surgiu do outro lado do bar. — Qual vai ser a de hoje?

— Manda o de sempre, Phil — Zeca respondeu, baixinho.

Phil produziu uma risada jovial, que soou incrivelmente assustadora saída daquele rosto sórdido. Em seguida, invocou um copo longo de um armário e serviu uma dose de uísque, sem acrescentar gelo.

— Essa é por minha conta. Afoga aí, *bassman*.

Zeca deu apenas um gole e apoiou os cotovelos no balcão. Voltou a mordiscar as unhas.

— Hoje vem a Venomous tocar aí. — Phil apontou para o palco de madeira no fundo do estabelecimento, mais à frente de uma pista que ficava três degraus abaixo do nível do chão.

O tablado, ainda deserto, não trazia nenhum vestígio de que seria ocupado por uma banda naquele mesmo dia.

— Aqueles bostas ainda nem vieram passar o som — o funcionário reclamou. — Eu já falei pro Monteiro que se eu fosse o dono dessa bagaça não deixava mais esses *posers* pisarem aqui. Como é que você vai confiar nesses filhinhos de papai que tocam Oasis e acham que fazem som de verdade? Hein?

Ele ergueu os ombros e os braços em sinal de protesto. Zeca acenou com a cabeça — ele também não suportava aqueles moleques que empunhavam guitarras Gibson e ostentavam amplificadores Marshall, mas nem sequer sabiam tocar uma escala de sol. O baixista, porém, permaneceu em silêncio.

— Puta merda, velhão, desembucha logo! — Phil cruzou os braços. — É problema com alguma garota? Porque se for...

— Não é nada disso — Zeca se adiantou. — É bem mais sério, cara.

— Mais sério que garota? — Phil girou os olhos, buscando no cérebro um problema maior. — O que que é, então?

— Um amigo antigo meu, Phil. Ele resolveu se matar... — falou com a voz bem baixa, como de costume.

— Resolveu o quê?

— Se matar...

— O maluco se matou? — Phil apoiou as mãos contra o balcão e franziu o cenho, intrigado. — Caralho, que bosta... Que amigo?

Zeca deu um gole no uísque e voltou a baixar o rosto, contorcido pela bebida. Começou a brincar com o líquido dentro do copo.

— Você chegou a conhecer, Phil. Eu trouxe o cara aqui umas três vezes.

— Aquele seu primo? — Phil assustou-se.

— Não, cara, meu primo está bem. Estou falando de outro, chamava Eric...

O magrelo se lembrou de imediato.

— Sei, sei, aquele ruivinho *playboy* que era seu *brother*?

— É...

— Putz... Que barra, hein?

Os dois ficaram em silêncio por alguns instantes. Ao perceber a preocupação de seu amigo e fiel cliente, Phil pousou-lhe a mão no ombro. Estudou as palavras certas antes de discursar, pateticamente:

— Cara, às vezes as pessoas tomam decisões ruins e acabam fazendo uma merda maior do que imaginavam pra escapar de um problema. E, velhão, não tem como a gente saber quando essas pessoas vão fazer essas merdas. Então, fica de boa que você fez o seu melhor.

Zeca ergueu a cabeça, e Phil pôde perceber algo que ia além de preocupação nos olhos negros do *bassman*. Era uma angústia pior — um temor que Phil só conseguiu descrever como desespero crescente.

— Phil, eu acho que, dessa vez, a merda toda pode ter a ver comigo.

O funcionário percebeu que seu cliente falava com austeridade. Sua reação instintiva foi recorrer ao humor:

— Bom, meu velho, se tiver policial indo atrás de você, eu te deixo se esconder no meu apê! — E se entregou às gargalhadas.

Zeca Carvalho não deu risada. Voltou a baixar o rosto, o coração batendo em um ritmo acelerado. Pois a piada de Phil trazia à tona uma verdade que Zeca já imaginava. A polícia logo, logo deveria estar no seu encalço.

21. ASSASSINATO

O delegado Wilson havia estacionado a viatura em uma grande padaria nos arredores da rua da Consolação. Após comerem, ele e Lyra planejavam conversar com a mãe de Eric.

Conrado Bardelli estava ansioso por essa visita desde que fechara o *notebook* no dia anterior. Miranda e Eustáquio Schatz teimavam em instigar seus pensamentos. Lyra desejava conhecê-los pessoalmente — sobretudo Eustáquio, a respeito de quem Conrado tanto lera, mas tão pouco vira com o material disponível na internet.

— Quero ouvir o que você tem a dizer, Lyra.

O advogado acordou do transe e ergueu os olhos. Por um minuto, pareceu esquecer o sanduíche de rúcula e tomate seco que descansava em seu prato e matava sua fome. Percebeu que devia ter estado em silêncio por tempo demais, e Wilson, do lado oposto da mesa, possivelmente, se sentia incomodado com a refeição silenciosa.

— Me ouvir?

— Claro. Por isso que eu te chamei, cacete. E sei que você tem o que falar. — Wilson deu uma mordida monstruosa no sanduíche. — Foi você quem o rapaz visitou antes de se matar. Foi você quem ouviu o cara falar sobre os confidentes e tudo o mais.

Bardelli tomou todo o copo de suco de laranja em um gole só. Em seguida, desferiu três mordidas seguidas no sanduíche — um gesto mal-educado demais para o *gentleman* que era Conrado Bardelli. O dr. Wilson deduziu que seu amigo devia estar com a atenção muito longe dos modos à mesa naquele momento.

— Quando foi me procurar ontem à noite, Eric me disse um monte de coisas. Coisas demais. Foi muita informação junta e eu não estava pronto para assimilar tudo. Lógico, eu não imaginava que aquela simples visita seria o início de um caso. Caramba, claro que não. — Ele suspirou e comeu mais um pouco. — O fato é que o garoto falou muito; eu tenho a impressão de que ele pode ter me contado o motivo da morte sem que eu tenha me dado conta.

Lyra fez outra pausa, essa mais longa, e percebeu que Wilson já estava quase no final do lanche. Por isso aproveitou o intervalo para alcançar o amigo e enfiar o resto do lanche na boca.

Quando os dois terminaram de comer e limparam os dedos, foi o delegado quem reintroduziu o assunto:

— O garoto chegou a te falar algo sobre uma viagem?

Lyra chacoalhou as mãos numa mímica que diz "Eu ia chegar a esse ponto".

— Pois é, ele citou, sim. Disse que tinham sugerido que ele tomasse atitudes absurdas em relação à neurose do colega de quarto. E parece que uma das sugestões era arrumar as coisas e fugir do apartamento. — E acrescentou, com o tronco curvado sobre a mesa: — Foi aí que me ocorreu que devia ter algo errado, porque, sinceramente, não imagino como alguém em sã consciência e livre de culpa aconselharia uma fuga desesperada, mas não uma ligação à polícia ou alguma outra providência mais lógica.

Wilson cruzou os braços e concordou, a língua cutucando os dentes sujos de pão.

— Bom, o que parece é que Eric decidiu seguir a sugestão da fuga, certo? — falou o homenzarrão. — Foi por isso que ele limpou o apartamento: porque ficaria alguns dias fora. Também, por esse motivo, arrumou a mala.

— Sim, suponho que seja isso.

— Mas, então, por que o moleque não fugiu? Por que ele mudou de ideia, guardou a mala no armário e se jogou da janela?

O mesmo de antes aconteceu. Os dois imaginaram respostas idênticas, que se encaixavam à perfeição na questão que lhes era proposta. Afinal, Eric Schatz não parecera a Lyra um suicida. Nenhuma das testemunhas até agora apontara o rapaz como um desequilibrado ou alguém capaz de tomar decisões extremas de uma hora para outra — portanto, alguém pouco propício ao suicídio repentino. Além disso, Eric havia limpado o apartamento naquela noite — antes de se matar? Por que um suicida faria isso?

E quanto à mala arrumada? Conrado Bardelli e o dr. Wilson eram levados a pensar que o jovem estava pronto para fugir naquele início de dia, para longe do apartamento que o assombrava na figura de um fantasma.

Só que Eric não fugira.

Mudara de ideia e se decidira pelo fim da vida? Muito difícil; improvável, inclusive, que o rapaz tivesse a frieza de guardar a mala pronta de volta no armário e, depois, pulasse da janela, como se quisesse morrer com a consciência limpa pelo apartamento arrumado. Não. O mais provável era que Eric Schatz tivesse sido impedido de escapar. E para somar-se às evidências havia também a ligação noturna a Conrado Bardelli, quando o estudante se mostrara inseguro sobre o que fazer, o medo transbordando pela voz, e desligara o telefone assim que um barulho o assustara.

Algo de muito pior acontecera a Eric Schatz. A resposta Lyra e Wilson tinham na ponta da língua. Assassinato.

22. O FUNDAMENTO VITALÍCIO DE MIRANDA SCHATZ

Miranda Schatz chegara a São Paulo na tarde de quarta-feira.

Assim que seu voo pousou em Congonhas, a empresária fora direcionada a um carro à sua espera que a levou para uma reunião na sede da Viva Editorial — representaria seu marido, o presidente da Viva, na conferência.

Foram três horas de conversa ininterrupta com os gestores paulistas para discutir os rumos dos veículos impressos em uma era propensa ao desaparecimento deles.

De lá, Miranda foi conduzida a uma reunião, que aconteceria durante um jantar, com dois dos mais importantes empresários da América Latina, onde representou o sr. Eustáquio Schatz e pediu desculpas pela ausência dele. Ao final do evento, a substituta do presidente pôde finalmente se entregar ao luxo de seis horas de sono.

Isso porque a programação de quinta-feira foi cheia desde cedo, exigindo que a primeira-dama conversasse com os editores-chefes das três revistas com maior tiragem produzidas na filial paulista. Sem intervalos, ela visitou a gráfica, a alguns bairros a leste, e monitorou o andamento das impressões. O horário de almoço da quinta-feira fora riscado da agenda e substituído por outras reuniões que se estenderam até o sol se pôr.

A noite ainda reservava a Miranda uma premiação de melhores reportagens do ano — um evento a que jornalista ambicioso algum poderia faltar. A sra. Schatz compareceu com um vestido de gala apropriado e muita maquiagem sobre as olheiras para representar a gerência de uma das maiores editoras do Brasil. O horário de término não foi diferente dos anos anteriores: meia-noite.

Às oito da manhã de sexta-feira, quando Miranda estava prestes a deixar o quarto de hotel em que se hospedava, o telefone tocou. Era um policial, que, pelo tom piedoso da voz, estava prestes a anunciar o pior.

Miranda foi imediatamente ao Royal Residence. Recebeu o cumprimento dos funcionários e dos policiais; com uma mistura de asco e tristeza, reconheceu o corpo do filho. E apenas quando foi ao banheiro e teve um momento de solidão, chorou. Sentiu as lágrimas descerem pelas bochechas e pelo nariz de maneira incontida, desesperada, dramática. Os ecos de seu pranto iam e vinham como aparições e permaneceram até quando ela já havia cessado os lamentos. Miranda não era mulher de chorar com frequência. Talvez fosse por isso que, quando chorava, o fazia entregue ao descontrole — e escondida.

Mas também rapidamente. Cinco minutos e meia dúzia de fungadas eram o bastante; em dez minutos, Miranda precisaria se encontrar com a diretoria de outra empresa, a ViraTela. Importantíssimo. E aqueles diretores nada tinham a ver com o suicídio de seu filho. O mundo dos negócios não permitia compaixão.

Miranda Schatz, portanto, não tinha tempo para o luto. Isso significava desconcentração, improdutividade e quebra da barreira entre o público e o particular — uma calamidade abominável, em sua opinião. Render-se ao luto, para Miranda Schatz, era sinônimo de ir contra seus próprios princípios.

23. O COLOSSO

Conrado Bardelli compreendeu a lógica de Miranda Schatz logo que descansou os olhos nela pela primeira vez, ao ser admitido, junto do dr. Wilson, no escritório de cobertura da Viva Editorial paulista.

— Sentem-se, senhores — Miranda ofereceu com a voz educada e firme que Bardelli tanto ansiava conhecer.

O delegado e seu fiel companheiro se ajeitaram em duas cadeiras que rodeavam uma pequena mesa de reuniões, localizada no centro do gabinete presidencial.

Afinal, as impressões de Lyra sobre a empresária se mostravam certas. Pelo que o advogado pesquisara na internet, a mulher havia representado o marido e presidente, Eustáquio Schatz, sucessivamente nos grandes eventos dos últimos cinco anos. Comparecera a encontros com políticos, celebridades, investidores de peso. A personalidade de uma pessoa assim dificilmente seria fraca e pouco marcante.

— Lamento por sua perda, dona Miranda, e também por nos encontrarmos em um momento como este. Mas queria dizer que é um prazer conhecê-la pessoalmente — disse Lyra, sem soar frívolo, e lançou à interlocutora um sorriso delicado, quase inteiramente escondido pela barba.

Miranda analisou o detetive de cima a baixo, sem deixar transparecer suas impressões no semblante — uma mulher de tamanha experiência mercadológica, claro, não se deixaria trair pelo olhar. Enfim, fez um aceno cortês com a cabeça.

Ali, sentada em frente aos dois homens, o cabelo escuro em cachos armados num penteado grandioso, a empresária mal parecia medir seu um metro e sessenta de altura. Na sala do presidente, esbanjando imponência, Miranda gerava o efeito oposto. Era colossal. Parecia ilusão de óptica — como se os dois investigadores estivessem prestes a enfrentar um gigante. O próprio Wilson sentiu-se diminuído e esqueceu-se de sua estatura e tipo físico avantajados.

— Doutor Wilson Validus, não é? — Miranda direcionou o queixo para o minúsculo homenzarrão.

— Sim, senhora — o oficial decidiu amansar a voz e os modos.

Uma mulher daquela, se reclamasse do comportamento do delegado ao diretor do DHPP, seria capaz de lhe destruir a carreira.

— Do senhor eu me lembro por causa de hoje cedo. Mas do senhor... — Ela virou o rosto para Lyra, os olhos fixos passando firmeza.

— Sou Conrado Bardelli, advogado e detetive particular.

— Já devo ter ouvido o seu nome — a executiva considerou, sem, no entanto, pensar de onde ouvira aquele nome antes.

Ela então prosseguiu, austera:

— Já descobriu por que meu filho se matou, doutor Wilson?

Ele pareceu acovardado na hora de negar:

— Ainda não, dona Miranda. Na verdade... — Wilson trocou olhares com Bardelli. — ... estamos achando difícil até demais. Quer dizer, sem carta de suicídio...

— Bom, mas basta investigar. — Ela suspirou e enlaçou os dedos uns nos outros, os cotovelos apoiados na mesa. — Por que ainda não avançaram nas investigações? Posso saber?

Lyra pigarreou e inclinou seu corpo para a frente.

— É que o caso parece um pouco mais complicado, dona Miranda.

— Complicado? Sejam diretos, por favor. Afinal de contas... — Ela abriu os braços, impaciente. — ... deve ter sido para isso que os senhores vieram. E devo alertar que eu não tenho tempo a perder.

Conrado concordou e inquiriu, sem demora:

— O seu filho chegou a mencionar para a senhora... — Ele aproximou ainda mais o corpo. — ... alguma história sobre barulhos e objetos estranhos no apartamento dele?

O assunto definitivamente chamou a atenção de Miranda. A mulher crispou a pele da testa, estreitou os olhos, girou a cabeça — pareceu notar pela primeira vez um motivo naquela reunião.

— Não. Não me lembro de ele ter comentado.

— Não, né? Imaginei que não tivesse mesmo.

Ela mirou o detetive com desconfiança. Estaria ele julgando a relação entre mãe e filho?

— Nos últimos três anos, seu Conrado, perdi muito contato com o meu filho. O senhor já deve ter averiguado com a polícia que eu moro com o meu marido no Rio, enquanto meu filho vivia aqui em função da faculdade — ela terminou com uma aspereza na voz que só podia tender à irritação.

Mas Lyra foi rápido em se explicar. Contou que Eric o visitara na noite de sua morte e pedira ajuda para solucionar a angustiante história do colega de quarto invisível. Não notou mudança no semblante da mulher enquanto narrava. Prosseguiu informando que, em meio ao discurso, Eric havia deixado escapar que contara a história apenas à namorada e ao psicólogo.

— Não vejo mesmo por que meu filho contaria isso pra mim — Miranda assumiu, cética. — Acho até melhor que ele tenha contado àquela menina e ao tal do psicólogo; apesar de eu achar uma perda de tempo correr atrás desse tipo de profissional para resolver dificuldades pessoais.

"A senhora é mesmo do tipo que não perde tempo com problemas emocionais", meditou o homem de barbas longas.

E Miranda foi além com suas descrenças e suspeitas:

— Não sei nem mesmo o motivo de ele ter ido atrás do senhor, seu Conrado, com todo o respeito. Parece bem inútil.

— Também não compreendo, dona Miranda. — Lyra acariciou a barba e olhou de lado para a mãe do suicida, um quê de sugestivo no perfil. — Mas, depois, Eric me ligou de madrugada e percebi que alguma coisa estava realmente perturbando o seu filho.

Miranda Schatz caiu em um silêncio hesitante. Seu rosto era agora a fachada de um fluxo de pensamentos e o intervalo entre falas persistiu por vários segundos — até que a anfitriã pôs as mãos no encosto da cadeira e a empurrou para trás. Pôs-se de pé e suscitou de novo aquele efeito paradoxal de oposição entre sua estatura e seu poder.

Ela vagou ao redor da mesa, o corpo requintadamente vestido num terno social indo de um lado a outro da sala, à medida que pronunciava:

— Meu filho sempre foi muito fraco. — Ela suspirou. — Sei que assumir isso, assim e agora, com ele morto, pode parecer muito insensível de minha parte. Mas essa é a verdade, cavalheiros. Eu amava o meu filho, mas ele era um fraco. Às vezes, me arrependo de não tê-lo criado com mais firmeza e com menos mimos durante a infância e a adolescência. Não sei se uma educação mais rígida teria funcionado para que Eric encarasse a vida com a seriedade e a força que um vencedor deve ter; ou talvez isso tenha a ver com a personalidade de cada um. Contudo, o fato é que, aos vinte e um anos, ele era, sim, mimado e egoísta, como quando criança, e não sabia resolver os problemas que ele tão imprudentemente criava.

Wilson não conseguiu evitar que seus olhos se arregalassem e sua boca se entreabrisse. Só havia visto mães drogadas falarem com tanta crueza de seus filhos recém-falecidos. Expor os defeitos de forma tão cética, com o corpo ainda quente no IML, não era coisa de gente rica e educada, matutou Wilson.

Ele não se conteve:

— Pelo jeito, a senhora trata o suicídio de seu filho como uma falha de caráter...

— E o senhor não? — Ela girou o corpo e ficou de frente para Wilson, nada intimidada pelo tamanho daquele homem. Pelo contrário: aquilo a instigava ao ataque. — Sempre encarei o suicídio como um desvio de personalidade. Pessoas fracas é que desistem de tudo, pessoas fracas é que resolvem se esconder dos problemas. Só os fracos são covardes o suficiente para se suicidar e fugir da realidade. São como aqueles românticos de antigamente que pregavam um escapismo patético para se verem livres dos desafios. Mas aí vai uma verdade para os românticos que existem ainda hoje: a vida *é* feita de desafios e só os fortes têm a capacidade de derrubar obstáculos. Isso é óbvio.

Inalterada, Miranda fez uma pausa para respirar. Quando voltou a puxar o ar, incansável apesar das voltas ao redor do recinto, sua face continha um ar de maior benevolência.

— Por outro lado, não culpo totalmente o meu filho pelo que ele fez. O ambiente que Eric frequentava, as pessoas com quem se relacionava... — Miranda fechou os olhos e realizou movimentos negativos com a cabeça. — Más companhias, eu sempre soube. A começar por aquela namorada dele. Uma imbecil. Ela e a família toda. Uma moça bonita, com certeza, mas que nunca conseguiria se virar ou arranjar um emprego sozinha. Igualzinha à mãe, que agora inventou de querer me implorar trabalho.

— Como é? — Lyra tentou cortar, mas não obteve sucesso.

— E mesmo aquele amigo carioca dele, um cabeludo que veio pra São Paulo também: um inútil, um perdedor que decidiu fazer música. Mas isso já não vem mais ao caso.

Ela fez um meneio, como se percebesse que fugia do assunto primordial. Aproximou-se da mesa, sobre a qual apoiou os dois braços. Pregou as pupilas em Lyra e no delegado — e aquela boca que poderia soltar fogo somente articulou:

— O que quero dizer com tudo isso é que eu não sabia, claro, que meu filho estava prestes a se matar. De forma alguma. Mas eu não apenas compreendo como também seria capaz de ter imaginado que um ato desses viria do Eric.

Conrado Bardelli não conseguiu mais silenciar.

— Eu *preciso* discordar da senhora. — O detetive particular se ergueu e foi para perto da anfitriã. — Eric não seria capaz de se sui...

— Eu acho, senhor Conrado, que eu conhecia mais o *meu* filho do que o senhor — Miranda o interrompeu bruscamente e sorriu de maneira falsa, os olhos bem abertos. — O senhor, que, por sinal, falou com o Eric por quanto tempo? Menos de uma hora, suponho.

Lyra fez questão de personificar a educação durante a réplica. Pois suas palavras, ao contrário, foram impiedosas:

— A senhora ainda não entendeu. Não duvido que conhecesse bem o seu filho, apesar de a senhora agora há pouco ter comentado que já não tinha muito contato com ele. Mas a situação antes da morte dele era outra.

Miranda bufou e titubeou por um segundo. Se falasse, com certeza, ofenderia aquele homem barbudo que começava a lhe dar nos nervos.

— Eric não tinha desafios, barreiras, obstáculos, seja lá como a senhora queira chamar — Conrado foi em frente, antes que a executiva pudesse tomar a palavra. — Ele estava desesperado por causa dessa história do colega de quarto, que...

— Está aí o obstáculo — Miranda afirmou, sua alta voz sobressaindo-se diante do raciocínio de Lyra. Ela apontou ambas as mãos para o detetive como se nele encontrasse a explicação da origem da existência. — A barreira da vida do meu filho era essa história infantil e idiota de colega de quarto invisível que surgiu para assustá-lo! Como ele era medroso! Deus! Um filminho de terror e meia dúzia de ruídos durante a noite já eram suficientes pra que o meu filho quisesse dormir comigo. E ele acreditava nas histórias daqueles filmes, seu Conrado! Como eu disse, ele *sempre* foi fraco.

Miranda encarou Lyra com aqueles olhos intimidadores e, depois, lhe deu as costas.

— De todo modo, já que os senhores não descobriram nada e não têm algo de concreto para me dizer, creio que já podem ir embora — sugeriu sem se virar.

Conrado Bardelli não se mexeu, os pés cravados no carpete. Wilson, por sua vez, decidira se manter mudo e observar a cena, rezando para que Miranda Schatz não se queixasse ao diretor a respeito daquele encontro. Mas quanto mais o oficial rezava, mais Lyra atiçava sua presa.

— A senhora não me parece de luto pela morte de seu filho, dona Miranda.

Voilà!

Miranda Schatz girou o corpo de súbito e defrontou Bardelli como se tivesse sido gravemente atacada. Abriu os lábios, na certa para despejar injúrias, porém fechou-os com um suspiro de autocontrole. A empresária cruzou os braços e deu satisfação, secamente:

— Cabe a mim, e só a *mim*, seu Conrado, julgar o quanto devo sentir pela morte de meu filho.

— Não quis ofendê-la...

— Além disso — ela encenou uma postura altiva —, se estou cética é porque a junção de histórias que vocês dois estão supondo é inteiramente absurda.

Conrado deu uma risada.

— Quer dizer que acha que a história do colega de quarto não tem a ver com o suicídio do Eric?

Miranda não hesitou sequer um milésimo de segundo:

— Tenho certeza. Pode ser que meu filho tenha se assustado com essa fantasia absurda e se matado por medo. Mas percebo que não é isso que vocês estão sugerindo...

— Não, temos outra teoria...

— Uma teoria imaginária e sem fundamento sólido, eu aposto. Agora, se me dão licença... — Miranda caminhou até a escrivaninha de trabalho. — Já perdi tempo demais com vocês.

Wilson foi o primeiro a agradecer pela conversa. Conrado o fez também, mas não obteve resposta. Desprezado, dirigiu a palavra uma última vez à executiva:

— Quando o seu Eustáquio chega do Rio?

Miranda levantou os olhos de uma pilha de documentos que já analisava. Encarou Conrado também uma última vez, deixando claro pelo olhar que ela o achava um intrometido.

— Meu marido não virá a São Paulo, seu Conrado.

Lyra franziu o cenho.

— Ele não virá? Mas e o enterro?

— Será no Rio. O corpo será levado para lá. Vamos enterrar o Eric no jazigo de nossa família.

Insatisfeito, o detetive particular estava decidido a não ceder. Conhecer Eustáquio era a forma de quebrar o mito por trás daquele homem de negócios.

— Mas o seu Eustáquio não vem arrumar as coisas do filho? Não vem nem mesmo pra ver o local da morte?

Agora ficava claro que Miranda já não continha a irritação. A impaciência transmutava sua expressão facial; a voz ficava mais fina, o rosto, mais vermelho, e mesmo assim a anfitriã fazia de tudo para não perder a pose de equilíbrio permanente.

— O meu marido está muito doente, seu Conrado. Se era isso que o senhor queria saber, porque não encontrou essa informação em sites de fofoca, já pode se dar por satisfeito. E saia.

Ele arqueou as sobrancelhas.

— Eu... eu lamento. Não imaginava...

— Ele permanece em repouso domiciliar constante porque está no processo de cura de um câncer, seu Conrado. Sobre câncer o senhor consegue achar informações na internet, garanto. Agora, peço, mais uma vez, que saia.

Sem ressentimentos pelo tratamento final, Conrado Bardelli tornou a agradecer e alcançou Wilson, este já à soleira da porta.

24. DOUTOR ARMANDO

Havia ainda mais uma pessoa que talvez fosse capaz de esclarecer o suicídio de Eric Schatz — ou então dar mais pistas sobre seu assassinato, morte acidental ou qual fosse a resposta certa.

Ao pôr do sol, Wilson dirigiu a viatura até uma rua em aclive no Pacaembu. Seu amigo inseparável, Conrado Bardelli, ia junto, no banco do carona.

Estacionaram em frente ao número indicado no endereço que pouco antes haviam pesquisado. Desceram do carro e perceberam que estavam no lugar certo. Próximo a uma parte residencial da rua, um portão estreito de ferro era encimado por uma placa branca, preenchida por letras grandes e azuis, que anunciava: "Clínica de Psicologia. Dr. Armando Lopes."

Wilson e Conrado passaram pelo portão destrancado.

Por detrás daquela fachada, uma casa clara de apenas um andar recebia o paciente com sua porta de vidro e janelas acompanhadas de venezianas. Entre o alto portão e a entrada da clínica havia, ainda, um jardim feio de dois metros de comprimento — composto, na verdade, por um conjunto de arbustos e vasos decorativos que apaziguava o clima de hospital que a *overdose* de tinta branca dava ao lugar. Contudo, os indícios de maus-tratos com as plantas, aliados à gritante falta de coerência e originalidade do conjunto, criavam uma sensação de abandono que faria qualquer paciente psicologicamente abalado chorar.

Ao refletir sobre isso, Lyra decidiu recuar e reparar na casa como um todo, enquanto esperava a porta da clínica se abrir. Ante a simplicidade do ambiente — muito limpo, valia ressaltar —, Conrado julgou que o dr. Armando devia ter um número limitado de pacientes, já que seu saldo mensal não deixava sobras para os cuidados com a jardinagem. E a primeira coisa que Lyra faria se fosse o psicólogo e visse a clientela aumentar seria investir dinheiro naquele pedaço de terra e botar uma ordem no jardim irritantemente ilógico.

A porta de vidro se abriu, e uma mulher negra de uns trinta anos surgiu na soleira.

— Delegado Wilson?

— Sou eu — o homenzarrão enunciou e deu alguns passos à frente.

— Oi, doutor, boa tarde. Eu sou a Janaína, a recepcionista da clínica. Ou eu já deveria desejar boa noite...?

Wilson apenas lançou um sorriso rápido e apresentou Conrado Bardelli.

— O doutor Armando só está à nossa espera para poder ir embora? — perguntou o delegado.

— Sim. Os pacientes de hoje já acabaram.

Mais cedo, logo depois de conversarem com Miranda Schatz, Wilson e Lyra haviam se dedicado a pesquisar onde ficava a clínica do dr. Armando, o psicólogo que Eric citara. A espera para obter resultados na internet não passou dos cinco minutos, em tempo de telefonarem à clínica do doutor e o pegarem quase de saída. Depois das apresentações de praxe, Wilson explicou a situação a Armando — que, por sinal, demorou razoavelmente para lembrar quem era Eric Schatz — e indagou se seria possível que conversassem ainda naquele dia. O psicólogo foi bastante colaborativo e gentil ao permitir que os dois o visitassem ainda no fim da tarde. Disse que esperaria na clínica sem nenhum problema.

— Podem vir comigo, por favor.

Dizendo isso, Janaína seguiu pelo corredor depois da porta de entrada e passou direto pela sala de espera — um recinto com quatro poltronas e uma televisão pequena. Toda a casa tinha a tendência de seguir a linha da discrição e da simplicidade. Alguns metros à frente, o corredor desembocava em três portas. Duas possuíam placas que indicavam o toalete masculino e o feminino. A outra, no final do corredor, era lisa e branca.

Foi essa porta que Janaína abriu, anunciando algo inaudível para dentro. Em seguida, liberou a passagem para que os visitantes entrassem.

O escritório era um pouco maior do que a sala de espera. Equipado com duas estantes baixas cheias de livros a respeito do cérebro, o espaço tinha também uma mesa de vidro — agora bastante bagunçada — com cadeiras para o doutor e o paciente. O tradicional divã era substituído por um sofá de três lugares, posicionado diante de uma poltrona alta de couro preto — provavelmente o item mais sofisticado de todo o recinto.

— Doutor Wilson?

Era nessa poltrona que se encontrava um homem alto e de barba rala. Ele se ergueu assim que Wilson e Conrado passaram pela porta. As sobrancelhas negras e grossas do dr. Armando combinavam com os olhos caídos da mesma cor e resultavam em uma fisionomia incomum — mas nem por isso feia.

— Agradecemos muito por ter nos esperado até agora — adiantou-se o delegado, e, como de rotina, apresentou Lyra logo em seguida.

O dr. Armando analisou o detetive particular por demorados segundos, seus olhos negros contornados por permanentes olheiras. Sorriu, simpático.

— Muito prazer. — Pelo tom agradável de sua grossa voz, foi como se tivesse descoberto diante de si outro psicólogo e cumprimentasse um colega de profissão.

— O prazer é meu. — A simpatia foi recíproca.

— Sentem-se, por favor.

Os investigadores nem sequer perceberam que Janaína saíra e fechara a porta. Os dois se acomodaram no sofá de três lugares e ficaram cara a cara com o psicólogo, este em sua poltrona de costume. Muito parecido com uma consulta corriqueira.

— Os senhores querem falar sobre aquele garoto que veio na quarta-feira, é isso? — questionou Armando, que transmitia um ar de cansaço.

— Sim, doutor.

— Então o rapaz se suicidou mesmo, doutor Wilson? — O psicólogo franziu o cenho, cruzou uma perna sobre a outra e aproximou o corpo. Confusão: era essa a marca que transmitia. Mas uma confusão profissional, clínica, como se quisesse compreender aquela situação sob um prisma psicológico.

O homenzarrão concordou, cético.

— Hoje cedo, doutor Armando.

Ficaram calados por alguns instantes enquanto o anfitrião matutava. Até que, convencido, ele fez um gesto de contrariedade com a cabeça.

77

— Poxa, é, *realmente,* uma pena. Chocante, não acham? — Armando piscou três vezes os olhos negros de maneira forçada, as sobrancelhas dançando como taturanas. — Como contei por telefone, o Eric veio, sim, contar a história da obsessão que ele tinha sobre uma companhia extraordinária em seu apartamento. O Eric dizia sentir a presença de um colega de quarto que não tinha. Queria que eu provasse que ele não estava louco...

— E o senhor, o que disse? — Conrado indagou.

O médico ficou desconcertado e olhou torto para o detetive.

— Bem, eu... eu pedi que ele me contasse tudo: o que ele ouvia, os objetos que apareciam no imóvel... Afinal, esse tipo de coisa é difícil de compreender racionalmente.

— Sim, sim.

— E os senhores têm que entender que sou um psicólogo, não um investigador. Por isso, tentei atingir o problema da forma que domino e tratei aquilo como uma consulta de qualquer paciente — o dr. Armando esclarecia com gestos excessivos, como se fizesse questão de consolidar o estereótipo do psicólogo prolixo. — Fiz com que ele me contasse sua vida e um pouco do dia a dia. Eric ficou contrariado, não vou mentir, doutor. Queria respostas rápidas, sabe? Senti que ele devia ser um pouco mimado, do tipo que não gostava de esperar. Um rapaz com questões mal resolvidas ao longo da vida toda, como uma bola de neve. É, sem dúvida é isso...

— Mas ele dizia o que exatamente? — Wilson atacou o problema.

— Ele dizia que não era para ser tratado como um paciente normal. Falava de si mesmo como se fosse especial. Foi também muito reativo quando eu comecei a perguntar. Como era o cotidiano dele? Com que pessoas ele se relacionava? Como ele se via na vida? Tentei entender os problemas sociais que afligiam o Eric e poderiam ter causado uma crise nervosa mais séria. A única coisa que ele conseguiu falar, em um momento de tranquilidade, foi algo sobre o pai.

— O pai? — Lyra transmitiu a importância da suposição pela fisionomia. — O senhor tem certeza?

— Ah, sim. É relevante? — Ele olhou para os dois interlocutores. — Foi um momento que passou muito rápido. Vi aí uma chance de explorar algum conflito mal resolvido com o pai, mas o Eric foi muito reservado nas explicações. Disse muito pouco e voltou a ser reativo.

— E o senhor entendeu o que ele disse? — Lyra insistiu.

— Na verdade, não. Não me lembro bem. Mas o tom dele era o de alguém extremamente irritado. Que eu me lembre, foi isso. Depois, Eric voltou a falar sobre a presença que ele sentia no apartamento. Ficava perguntando o tempo todo se era possível que aquela história tivesse um fundo teórico razoável, que pudesse ser explicado com coerência. Mas é claro que eu não pude responder *precisamente* como ele queria.

— Foi assim comigo também — afirmou Conrado Bardelli.

O dr. Armando lançou um olhar de dúvida, mas, antes que pudesse perguntar, Conrado contou-lhe sobre a visita de Eric e o telefonema na madrugada.

— Então o senhor foi o último a ouvi-lo com vida?

— Creio que sim. Mas não estamos convencidos de que as coisas tenham sido tão simples assim.

O outro piscou forçadamente mais algumas vezes, o cenho franzido.

— Eu não... não sei se estou acompanhando o raciocínio.

— Me diga uma coisa, doutor Armando — Wilson fez-se ouvir —, o senhor imaginava que o Eric Schatz seria capaz de se suicidar?

Agora o psicólogo se recolheu para trás e começou a entender aquelas perguntas. Olhou para ambos os interrogantes com olhos negros diferentes — olhos que finalmente compreendiam o motivo pelo qual dois investigadores estavam ali, à sua frente, propondo questões sobre um suicídio. Por que, afinal, a polícia investigaria um?

— Bom, acho que... Não, eu não imaginava.

— E também não compreendia?

Armando titubeou.

— Não sei aonde o senhor quer chegar, delegado. Eu só tenho a impressão de que algo não está certo nisso tudo.

Conrado pigarreou e tossiu continuamente, em uma sequência que só foi apaziguada pelo uso da bombinha. Só ele emitia ruídos ali.

— O senhor tem asma?

— Sim. Um mal insuportável pelo qual *eu* me suicidaria.

O psicólogo não conseguiu conter o riso. Novamente, Wilson e Conrado puderam ver aquela enorme sobrancelha chacoalhar. Uma visão no mínimo singular de um homem entregue às gargalhadas. E foi cortando esse momento de descontração que Lyra atacou:

— Doutor Armando, o senhor acha possível *mesmo* que o Eric tenha se matado?

O psicólogo endureceu.

— Ora, eu suponho que sim... É o que os fatos indicam, não é?

Conrado falou mais firme:

79

— Eu preciso de uma indicação *sua*, doutor. Preciso que seja direto e sincero. — Ele deixou que um intervalo aliviasse a tensão. — Achamos que essa história toda pode ter sido apenas um pretexto para simular o suicídio do Eric. Por isso é que perguntamos: lembrando-se do dia em que o recebeu aqui, *o senhor é capaz de apontar o Eric Schatz como um suicida em potencial*?

O silêncio seguinte foi o mais duradouro. Puderam ouvir Janaína arrumando a recepção no outro extremo do corredor. Armando, com a face voltada para baixo e concentrado nos fluxos cerebrais, soltou alguns suspiros enquanto analisava a pergunta.

— Senhores, eu, realmente, *não sei*. Entendo que tenham vindo aqui porque eu, como psicólogo, seria a pessoa mais capaz de afirmar se ele era ou não propenso ao suicídio. Mas o fato é que não cheguei a conhecer bem o garoto. Quer dizer, ele veio apenas uma vez, na quarta-feira, e se mostrou completamente fechado a qualquer invasão de sua vida particular. Por isso, não havia base para que eu tirasse conclusões do caráter dele e de seu estado mental. Pode ser que ele tenha dito mais coisas, mas eu *realmente* não me lembro de nada que tenha apontado para o lado que os senhores estão indicando. — O dr. Armando Lopes parou para respirar. — Por um momento, cheguei a cogitar que o rapaz estava mesmo tendo alucinações com um colega de quarto que não existia e, nesse caso, eu o encaminharia a um psiquiatra competente para tratar da doença. Mas tive a impressão de que se tratava mesmo de um quadro da psicologia, como síndrome do pânico ou alguma mania de perseguição. E eu até achei que poderíamos contornar o problema dele com algumas consultas. Antes de o Eric ir embora apressado, pedi, inclusive, que ele voltasse mais vezes. Mas, agora, não haverá mais vezes...

25. SÁBADO DE MANHÃ

Conrado Bardelli nunca fora de acordar muito cedo nos finais de semana. Naquele sábado, em específico, então, as horas de sono extrapolaram o admissível. Foi com o peso de um dia cheio, aliado à maldormida noite anterior, que Lyra se jogou sobre a cama às dez da noite de sexta-feira e só acordou doze horas depois.

Os olhos doíam pelo tempo excessivo de descanso; o hálito forte, insuportável ao próprio Conrado, era resquício de tantas horas de boca seca. O remédio para acordar foi um banho longo e morno, do qual Lyra saiu renovado e com a barba brilhante e elegantemente penteada — um símbolo de sua disposição.

Durante o café da manhã, ele se lembrou da última conversa que tivera com Wilson Validus, pouco antes de ir dormir.

— Acabei de receber um relatório do DHPP — dissera Wilson no telefonema noturno. — Encontramos uma coisa que pode dar um caminho.

— Manda.

— É sobre o porteiro, Gustavo de Sá. Um negócio engraçado, no mínimo. Uns cinco anos atrás, o cara foi investigado por suspeita de chantagem em um caso de suicídio.

— Olhe só que coincidência.

— Sim... Foi em Belo Horizonte. Uma senhora que se matou, também sem deixar carta. Chamava-se Anita. Foi aberto um inquérito e a polícia de lá descobriu que, nos três anos anteriores, a velha se passara por uma amiga já morta para receber aposentadoria extra, além da própria. A mulher conseguiu esconder o esquema por um bom tempo, até que os amigos mais próximos começaram a desconfiar. Foi por isso que a dona Anita, por sua vez, começou a se preocupar cada vez mais. Até que, supostamente, ela não aguentou a pressão e o receio de ser descoberta e se matou. Mas a versão que mais encaixa é a de que ela teve um empurrãozinho a mais. Chantagem.

— É sempre chantagem — Lyra repetira, já debaixo das cobertas. — No fim, é sempre chantagem...

De manhã, tomando goles do café puro, Conrado se lembrava de como reagira à informação. Recordou-se de como o cérebro traçara imediatamente um plano de ataque — um plano, no entanto, desprovido ainda de alguns pilares importantes para que não ruísse.

Precisaria de uma ajuda externa.

— Na época, não foi provado que o seu Gustavo tinha de fato chantageado a dona Anita. A filha da falecida o acusou insistentemente e pôs os advogados para atacar o faxineiro. Gustavo, nessa ocasião, era faxineiro de um edifício residencial em Belo Horizonte. Mas o caso não deu em nada porque não conseguiram provas. Tudo foi arquivado — Wilson dissera.

Conrado Bardelli foi atingido por uma raiva urgente enquanto passava a faca na manteiga. Uma febre para se levantar e fazer justiça. Ele se lembrou daquele sorriso falso, provocativo, irritante... Como odiara aquele sorriso.

Decidiu que já estava na hora de atingir seu Gustavo de uma vez — estava na hora daquele sorriso esperto ser desmontado.

26. INDISPONÍVEL

Antes de sair do apartamento, Conrado fez uma busca rápida no *notebook* e anotou um número de telefone no caderno de recados. Digitou rápido no telefone da sala.

— Viva Editorial, meu nome é Luciana, como posso ajudá-lo?

A voz era robótica e dava poucos sinais de que era uma mulher quem a proferia. Era petulante também.

— Oi, bom dia. Que bom que você atendeu, eu achei que não ia ter ninguém aí no sábado.

— Bom dia.

A constatação de que poderia haver um *dia* fora daquela central de atendimento atingiu um pouco a entonação da androide. Mas a petulância — que parecia gritar "O que o senhor quer comigo em um sábado de manhã?" — continuava presente na conversa da secretária.

— Meu nome é Conrado Bardelli.

— Pois não?

— Gostaria de falar com a secretária do presidente.

Houve um momento de silêncio.

— Como é mesmo o nome do senhor?

— Con-ra-do Bar-del-li — silabou o detetive.

— Ok.

E então a ligação foi cortada e invadida por uma música típica de telemarketing, embalada por uma voz masculina que citava nomes de uma série de revistas seguidos de descrições endeusadas. O efeito não poderia ser outro senão o de um *jingle* político em época de eleição.

A irritante melodia interrompeu-se e a mulher-robô retornou.

— Senhor Conrado, vou passá-lo para a secretária da diretoria.

— E ela é secretária do presidente também?

A moça não soube responder.

— Tá, me passa para a secretária dos diretores, então.

Novamente, o *jingle*. Que durou pouco, "Graças a Deus!". Pois logo se ouviram toques de chamada e uma segunda mulher, esta mais velha e de voz encorpada, foi posta na linha.

— Bom dia. Sou Lourdes, secretária da diretoria.

Esta parecia ter emoções e também pensamentos. Definitivamente, era a secretária da diretoria.

— Bom dia, meu nome é Conrado Bardelli.

— Em que posso ajudá-lo, senhor Conrado?

— Eu gostaria de falar com a dona Miranda Schatz.

A secretária produziu um murmúrio de lamentação.

— A dona Miranda voltou para o Rio de Janeiro hoje cedo, seu Conrado.

— Ah... E tem como eu marcar uma conversa com ela?

Dona Lourdes suspirou.

— Veja bem, seu Conrado, a dona Miranda não costuma marcar horário pra conversar. O senhor teria que encontrá-la pessoalmente.

— Quer dizer, se eu por acaso cruzar com ela na rua, então, posso conversar com ela?

Agora a impecável secretária emudeceu, apesar de seu constrangimento ser quase perceptível através da linha telefônica.

— É... O senhor nos perdoe, é que não somos autorizadas a passar o contato dos diretores e do presidente ou sua esposa.

— Eu imagino que também não consiga isso se ligar para a sede do Rio.

— Também não...

— Hum...

Ficaram quietos. Lourdes resmungou algumas palavras com valor misericordioso, mas ficou claro que não havia nada que ela pudesse fazer.

— Pelo menos — Conrado recomeçou, esperançoso com sua última tentativa — posso deixar um recado para a presidência?

A secretária refletiu por um segundo e respondeu um firme "sim", alegre por ver-se útil finalmente.

— Diga para a dona Miranda que o detetive particular quer tirar algumas coisas a limpo.

— Uh-hum — Lourdes murmurou, anotando o recado. — E assino com o nome do senhor?

— Ah, não precisa. Ela saberá quem sou. E para o seu Eustáquio...

Mas Lyra foi interrompido:

— Peço desculpas, seu Conrado, mas o senhor Eustáquio está indisponível no momento.

— Indisponível até para recados?

— Receio que sim...

Mais uma tentativa fracassada. Com o sabor de derrota na boca, Conrado agradeceu e devolveu o telefone ao suporte.

27. IVAN DESAFIADO

Já passava das onze e meia. O sol forte do sábado devia ser o motivo pelo qual as ruas de Higienópolis estavam tão vazias. Ávidos por ar livre, os paulistanos deviam agora estar nos parques da cidade, aproveitando no final de semana exatamente aquilo a que não tinham acesso em seus escritórios fechados nos cinco dias úteis.

Um sol de um novo dia — era isso que buscavam, um dia após o outro de jornadas exaustivas. Queriam preparar suas paredes para receber os raios cintilantes dos quais Vinícius de Moraes falava — aqueles que, nos dias de calmaria, romperiam em vida e amor numa cidade que, à primeira vista, parecia ser carente precisamente disso.

Tudo isso passou pela mente de Conrado Bardelli, que jogou os pensamentos para longe com um chacoalhar de cabeça. Ele já estava filosofando demais.

— Bom dia — Lyra cumprimentou o Porteiro de Rosto Assustado, como o apelidara na véspera quando fora ao Royal Residence.

A diferença era que, hoje, o homem não mostrava os contornos de aflição de outrora. Pelo contrário: ele, também, devia estar feliz pelo sol do novo dia.

Reconheceu Conrado Bardelli imediatamente e liberou-lhe acesso ao edifício, sem abrir a boca para cumprimentos. Sorria.

— Obrigado. — E o detetive perguntou, em seguida, se o síndico estava no condomínio.

Em resposta, o porteiro acenou com a cabeça e apontou para o caminho de pedra, frisando com os dedos a rota que levava à administração. Bardelli agradeceu mais uma vez e se afastou, agora refletindo seriamente se aquele homem não seria mudo.

O advogado seguiu pelo curso que lhe fora indicado, o rosto baixo como se querendo passar despercebido. Foi na metade do caminho de pedra, em meio aos arbustos e às árvores, que Lyra avistou uma senhora de cabelo grisalho e curto sentada em um sofá no hall da torre direita. A mulher olhava Conrado fixamente através do vidro, como se fascinada pela fisionomia dele. Quando flagrada, a senhora soube disfarçar muito bem, fingindo estar interessada no jardim e não em Conrado. Mas Lyra teve certeza, assim que deu as costas e caminhou para a direção oposta, que aquela mulher ainda o estudava com os olhos curiosos.

— Ah, o senhor!

Ivan Fortino lançou um sorriso falso a Lyra quando o viu entrar na administração. Hoje, vestia uma camiseta polo de um vermelho vivo cuja gola escondia as dobras do pescoço. Com um olhar incomodado, mas sem retirar o sorriso falso dos lábios, o síndico se ergueu da cadeira detrás da mesa e aproximou-se do detetive para um fraco aperto de mãos. Depois, indagou, com a voz afeminada:

— O delegado, onde está?

— Ele não veio, seu Ivan.

— Ah, não veio?

— Precisou resolver outras coisas no DHPP.

— Casos mais sérios, não é? — E deu uma risada fingida. — Afinal, um suicídio não é caso de polícia...

— Achamos que este é.

Fortino não gostou do que ouviu. Quase desmontou. O incômodo daquela conversa saltou-lhe na fisionomia. A despeito disso, ele deu continuidade com outra risada forçada e algumas palavras ditas sem pensar:

— Ai, ai, como vocês são exagerados... — E depois: — Mas o senhor, como entrou no prédio?

Conrado Bardelli fez o máximo para não entender aquilo como mais uma indireta para: "Você não é bem-vindo aqui."

— O porteiro me deixou entrar, seu Ivan — ele replicou com um sorriso tão falso quanto o de seu interlocutor.

— Ah, deixou?

O síndico estremeceu de novo, agora, porque lhe era esfregada na cara a inconveniente verdade de que sua segurança residencial falhara em barrar a entrada de um estranho. Por mais que tivesse orientado seus porteiros, lá estava Conrado Bardelli na sua frente.

— Isso é *tão* pouco típico dos nossos porteiros — comentou Ivan, com uma pitada maior de rispidez na voz. — Eles não admitem ninguém que não seja liberado por ordem dos próprios moradores ou a minha. Sinta-se privilegiado hoje. — E produziu outro risinho artificial.

— Eu imagino mesmo. — Conrado decidiu ser mais simpático. — Um condomínio deste padrão sem dúvida deve ter um cuidado especial com quem entra e quem sai.

— Absolutamente. — Ivan concordou com os olhos fechados.

— Mas, mesmo assim, eu sempre me pergunto se os porteiros *de fato* conhecem todos os moradores.

O síndico hesitou.

— Como assim, seu Conrado?

— Bom, para que recebam ordens dos moradores, eles, primeiro, precisam *conhecê-los*. Senão, qualquer estranho que chegar e se disser condômino poderá dar ordens ou entrar sem identificação.

Agora o golpe fora baixo. Ivan Fortino ergueu o rosto, o nariz empinado como o de uma prima-dona e cruzou os braços lentamente, austero.

— Eu posso garantir, seu Conrado, que esse tipo de descuido não acontece no meu Royal Residence.

— Os seus porteiros, então, conhecem todo o mundo? *Todos*? É muita gente para lembrar, não é?

Desta vez, Fortino não se deixou trair pelas hesitações. Revidou de imediato, a secura emanando de seus poros:

— É muita gente, sim, mas razoável para que eles conheçam cada rosto, cada nome. Era isso o que o senhor queria saber? Se meus porteiros conhecem os moradores? A resposta não poderia ser um "sim" maior.

— O seu Gustavo está incluído, então?

— *Especialmente* o seu Gustavo — ele prosseguiu com firmeza, como se provocado. — É o que está conosco há mais tempo e, por mais que seja um canalha às vezes, ele sabe fazer o seu trabalho com memória fotográfica.

— Um canalha?

Mas Ivan gesticulou para que não fosse interrompido e adicionou sem demora:

— Ele conhece todos muito bem. Todo mundo. Esses dias mesmo veio me falar sobre um problema no encanamento da dona Iara, do nono andar, uma senhorinha tão velha que nem sai mais do apartamento e de quem eu nem me lembrava. Anteontem também, voltando da aula de pilates, vi que entrava uma moradora de carro novo, uma moreninha do décimo sexto, que eu não fazia ideia de quem era, mas graças à memória de seu Gustavo evitamos que eu fosse perguntar de qual apartamento era ela. Imagina só a vergonha que seria!

— Nossa, que desagradável...

— Mas é claro!

E quando Ivan Fortino conseguiu respirar aliviado, olhou para Lyra e martelou:

— Meus funcionários conhecem *bem* os moradores.

28. AQUELE QUE TAMBÉM MORAVA LÁ

Conrado Bardelli se viu de volta ao caminho de pedra, sentindo as mãos um pouco mais atadas do que quando passara por ali antes. Achava que poderia ter extraído um pouco mais de Ivan Fortino; porém, devia assumir que atacara a presa de uma forma precipitada e excessivamente agressiva. Apesar de ter atingido o ponto que queria — seu Gustavo —, sentia que aproveitara mal as circunstâncias.

E então ela passou ao seu lado e voltou a encará-lo demoradamente.

Lyra deu atenção aos olhos perdidos na atmosfera e percebeu que, dessa vez, a senhora de curto cabelo grisalho não se deu ao trabalho de disfarçar o meticuloso estudo que insistentemente fazia dele.

Foi ela mesma quem se adiantou, falando com muita polidez, mostrando os dentes da frente um pouco tortos:

— O senhor me perdoe por ficar encarando dessa forma tão mal-educada, mas o senhor...

— É por causa da minha barba? — Conrado perguntou de uma vez.

Agora, próxima do advogado, a senhora reparou na barba e a analisou com uma expressão de espanto. Porém, chacoalhou a cabeça.

— Não, não é isso. É que o senhor me pareceu tão familiar...

Lyra estendeu a mão de imediato.

— Meu nome é Conrado Bardelli, prazer.

De repente, a mulher abriu os braços e fechou num movimento que foi finalizado por uma palma. Com as mãos unidas, ela sorriu e disse:

— Ah! Bem que eu suspeitava que fosse o senhor! Conrado Bardelli, detetive particular, não é isso?

Aquela era uma mulher que devia ter sido linda quando jovem. Uma senhora já, mas que ainda tinha a pele do rosto levemente lisa delineando suavemente as maçãs do rosto. Um efeito, sem dúvida, dos genes, não do botox. Ela vestia uma blusinha vermelha de mangas curtas, desenhada em um corte comprido que levava o tecido até quase os joelhos — o que escondia parte da calça de algodão japonês. Um corpo de delicadas linhas, que ainda hoje impressionavam e faziam Lyra imaginar quantos homens elas haviam levado ao delírio.

— Nós... nos conhecemos?

Ela corou de leve.

— Ora, me desculpe por ser tão apressada. Meu nome é Olga. — Ela ofereceu a mão. — Olga Lafond. Meu marido era dono de uma fábrica que ficava perto do centro.

Lyra tomou aquela delicada mão na sua e a apertou de leve.

— Senhor Lafond? — ele pensou. — Não me lembro...

"E tenho certeza de que me lembraria mais da senhora do que do seu marido", o advogado refletiu, com uma malícia involuntária.

— Ah, mas o senhor não deve ter conhecido meu marido. Ele faleceu já faz sete anos. Ficou até o fim da vida na empresa que ele mesmo fundou, com muito orgulho, e se gabava bastante de ter trabalhado até depois de aposentado. Ele *amava* o que fazia, seu Conrado. Pediu até para que eu divulgasse que ele tinha morrido de braços dados com a fábrica! Com a *fábrica*!

Ela fez uma pausa dramática, talvez preenchida por um toque de ciúme pelo fato de o marido ter amado mais o trabalho do que a esposa. Imediatamente, Bardelli decidiu que o tal Lafond fora um grande tolo.

— De qualquer forma, alguns anos antes de o meu marido morrer, lembro que ficamos bastante assustados com um assassinato que ocorreu no teatro ao lado da fábrica. Foi uma coisa horrível. Um ator que morreu no palco!

E então ela uniu as palmas das mãos e levou-as para perto do queixo, como uma beata prestes a rezar. Mas o sorriso que surgiu nos finos lábios de Olga foram a pista de que as palavras que estavam por vir eram muito mais descontraídas do que uma prece.

— Foi tão emocionante e eletrizante! O senhor se lembra?

Conrado já vinha anuindo fazia algum tempo. Aquele caso, em específico, por mais antigo que fosse, lhe era fresco na memória — assim como outros inesquecíveis acontecimentos da vida, tais como seu casamento e sua primeira quase morte.

— Se me lembro do Fléxia?! — ele fez a pergunta na forma de uma afirmação.

— Exatamente, Fléxia era o nome do lugar! Foi lá que aquele ator morreu, né? — Olga narrava a tragédia criminosa com muita alegria. Qualquer um que entreouvisse a conversa a acusaria de exagerado humor negro. — Um dos funcionários do meu marido, se não me engano, chegou inclusive a ajudar o senhor...? — deixou a frase por terminar.

— Ah, sim, sim, ajudou! Paulo.

— Mas que memória o senhor tem! *Paulo*, era esse o nome do rapaz, *Paulo*! Como pude esquecer?

— Puxa, que coincidência... extraordinário!

— Sim, sim, incrível!

Relembraram os detalhes do caso Fléxia até que Olga retornasse ao tópico que queria sondar.

— Mas me deixe explicar. O senhor deve achar que sou uma louca por vir falar tão de repente assim. Acontece que eu estava ali sentada, odiando esse sossego todo, quando vi o senhor no jardim e pensei: "Puxa, mas será que é aquele detetive de antigamente? O que ele estaria fazendo aqui?" Fiquei remoendo a pergunta e não consegui mais me conter; tive que vir aqui perguntar! E, no final das contas, é mesmo o senhor! — Olga fez uma pausa para recuperar o fôlego. — Agora, posso tentar acertar por que está aqui? Acho que tem a ver com aquele rapaz que se matou. Se é que ele se matou...

Conrado arqueou as sobrancelhas.

— "Se"? Por que "se é que ele se matou"?

Ela o fitou como se a pergunta de Lyra fosse uma rematada tolice.

— Ora, porque se fosse um suicídio normal, o senhor não estaria aqui, claro. — A expressão de Olga Lafond demonstrava perspicácia e curiosidade, como a de um detetive. Da mesma forma, ela indagou: — Agora me diz: ele foi assassinado?

Lyra conseguiu apenas rir.

— Calma lá, a senhora está indo rápido demais.

— Bem, me desculpe — recuou, percebendo que se adiantara. — É que eu *precisava* saber. Às vezes, sou muito agitada, seu Conrado. É que não faço nada o dia todo e eu fico com essa vontade de... de... — E os gestos transmitiam um vigor incomum para a terceira idade. — E num caso desses...

— Vamos do começo. A senhora conhecia o Eric?

— Bom, mais ou menos... Não cheguei a realmente conversar com ele. Não era dos mais educados que eu já vi. Quer dizer, ele não falava bom-dia quando entrava no elevador. Mas era um rapaz bonito e tinha cara de ser decidido também. Às vezes, eu o via jogando bola na quadra aí atrás com um amigo. Um que estava sempre junto dele.

— O Zeca?

Ela enrugou a testa.

— Ai... Eu não sei. Não sabia o nome de nenhum deles, na verdade. Fiquei sabendo do nome do Eric só porque ele morreu e agora todos aqui do prédio só falam dele.

— Imagino... E esse amigo do Eric: é um cabeludo, não é?

Agora Olga mostrou certeza quando negou com a cabeça.

— Não. Pelo menos, não o amigo de quem estou falando. Este é um alto, de cabelo castanho, um topete, sabe? Um que, por sinal, mora aqui também.

O choque da recordação veio imediato e certeiro, como o disparo de um tiro. A frase da penúltima noite voltou a ecoar na cabeça de Lyra. "Sim, ele também mora lá...", foi o que Eric proferira, pouco antes de sair às pressas do escritório de advocacia.

29. UMA ALIADA

Lá estava o seu próximo passo para seguir com as investigações — um *deus ex-machina** na forma de uma linda senhora que, possivelmente, o livraria dos planos infundados e o promoveria a um ofensivo homem de atitudes. Um Lyra que sentiu uma necessidade instantânea de descobrir quem era o rapaz alto e de cabelo castanho e fazer alguma coisa a respeito disso.

— Suponho que a senhora, então, também não saiba o nome desse amigo...

Tudo o que Olga conseguiu demonstrar pela expressão foi vacilação e dubiedade — nenhuma das emoções que Lyra ansiava.

— Como eu disse, não conhecia nenhum deles, seu Conrado. Mas talvez eu possa ajudar de outra forma.

Apesar de interessado pela oferta, Lyra deu de ombros.

— Eu realmente não sei como... E a senhora é só uma moradora... — ele deixou a provocação no ar, esperando que Olga mordesse a isca.

Ela manifestou constrangimento. Mordeu.

— Quer dizer, o senhor me permitiria ajudar? Eu estava lá na rua quando o menino se jogou. De repente, posso contar como foi a manhã...

"Bingo."

— Espera, a senhora estava onde?

— Eu tinha acabado de sair quando o corpo caiu. — De súbito, ela gelou. — Ai, meu Deus! Eu não tinha percebido: é como o filme! *Um corpo que cai*. E eu tenho vertigem, seu Conrado! Que coisa instigante! — Olga suspirou, as mãos sobre o peito. — É incrível como existem coincidências nesse mundo, o senhor não acha? Eu sou da opinião de que a maior parte do que acontece ocorre por causa de coincidências, e elas são muito mais comuns do que imaginamos. Bem, mas se pensarmos desse modo, elas passam a não ser mais *coincidências* propriamente ditas, não é? Mas estou fugindo do raciocínio.

E com um encorajamento de Lyra, Olga retornou à linha de antes:

---

* Expressão latina com origens gregas que significa literalmente "Deus surgido da máquina" e é utilizada para indicar uma solução inesperada, improvável e mirabolante para terminar uma obra ficcional. (N. E.)

— Eu saio para o trabalho muito cedo para evitar o trânsito, seu Conrado. Enjoo muito fácil em carros, por isso prefiro passar o menor tempo possível dentro deles. Todo dia pego um táxi aqui na frente. E na manhã de ontem, não foi diferente. Saí pela portaria e fiquei uns minutinhos esperando o táxi. Foi quando ouvi o estouro. Um barulho tão alto que achei que tivesse sido uma bomba! Eu não imaginei que tinha sido justo *no meu prédio*! Se soubesse, teria voltado para ver o que era.

— A senhora tem certeza de que passou no horário do suicídio?

— Sim, tenho. Que hora seria? Cinco e cinquenta? Talvez mais cedo? Acho que por aí.

— Mas então por que o seu Gustavo disse que não passou ninguém por ele?

— Ele me viu, tenho certeza! Não falou de mim?

— Nem sequer mencionou...

Dona Olga se pôs a refletir. Os olhos contraídos, os lábios pressionando-se, as mãos na cintura — todos os movimentos corporais pareciam também pensar. Enfim, ela então se lembrou de um detalhe:

— Deve ser porque ele não foi nada gentil naquela manhã.

Conrado elevou as sobrancelhas.

— Ele fez alguma coisa para a senhora?

— Não, não pra mim, especificamente. Apesar de eu ter ficado chocada com os xingamentos... O senhor precisava ver! Soltando palavrões por nada, seu Conrado! Achei que o porteiro estava brigando feio com alguém logo cedo. Mas não, ele estava xingando o ar! Um absurdo! Depois xingou o síndico. O próprio chefe!

Os olhos de Lyra brilharam.

— Ah, é? — falou pasmado, mas, paradoxalmente, sorriu. Um sorriso esperto, muito semelhante ao que Gustavo adotava. — O que foi que ele disse?

— Não lembro muito bem... Eu me sinto muito desconfortável com palavrões. Acho que ele chamou o seu Ivan de... de... *bicha*. Cretino também, acho. Ou outro xingamento.

Conrado assentiu com a cabeça, lentamente atualizando seu plano de ataque.

— Sei, sei. Pois eu ficaria muito grato se a senhora pudesse, sim, me ajudar com um esquema; não muito ético, já aviso. Mas se der certo, eu serei eternamente grato... Podemos subir até o seu apartamento? Prefiro tomar a precaução de não ser ouvido.

30. O ELIXIR DA VIDA DE OLGA LAFOND

Conrado Bardelli demorou pouco menos de dez minutos para contar tudo sobre o caso de Eric Schatz, incluindo a história do colega de quarto. Depois, no embalo da narrativa, fez a proposta.

Ao final dela, dona Olga Lafond permaneceu com as feições expressando receio — o que criava um efeito cômico, pois, com aquele semblante desconfortável, a mulher dava ares de estar perdida quanto à sua localização, embora se achasse sentada no sofá da própria sala de estar.

— O senhor quer que eu chantageie o porteiro? — Na voz dela, destacaram-se dois elementos básicos: o reconhecimento de um absurdo e o medo por um risco vindouro.

— Sim.
— Oh!

Contudo, naquele mesmo espanto que a dominava — pois ficara impressionada com o pedido! —, Olga deixava transparecer uma emoção tímida, mas que servia de pano de fundo para toda aquela conversa. Era a animação de enfim se ver útil, anos depois de ter sido esquecida em um canto da empresa em que trabalhara arduamente quando mais jovem. Era a sensação de poder se mexer, sujar as sapatilhas, correr atrás de resultados — realizar tudo aquilo que em outros tempos lhe servira como prova de sua juventude, mas que agora lhe era tirado conforme a morte de seu marido completava mais e mais anos.

Olga Lafond respirava jovialidade mais do que nunca.

— Mas a senhora precisa fazer exatamente como eu orientei.

Ela concordou. Mordeu o lábio inferior, nervosa.

— E o senhor acha que ele vai cair?

— Acho que sim. — Conrado, em seu papel de persuasor, passava toda a firmeza e confiança pela expressão convincente. — Porém, como eu disse, preciso que tudo saia como planejei. Tudo. Senão o seu Gustavo poderá achar que a senhora está blefando. — Parou por um segundo. — Por acaso o seu Gustavo tem motivos para achar que a senhora seria capaz de ter misericórdia dele?

Olga fez um giro com os lábios.

— Se ele acha que eu não seria capaz de levar a chantagem adiante?
— É.
— Bom... não sei. Nunca falei muito com o seu Gustavo, nunca fui com a cara dele. Uma das poucas vezes em que cruzamos o olhar foi ontem, quando o ouvi dizendo aqueles palavrões horrorosos.

Conrado abriu um largo sorriso e estendeu o braço, à espera de um aperto de mãos para fechar o negócio. O detetive, inclusive, traduziu seu gesto:

— Então a senhora fará esse favor para mim?

Olga deu um risinho de prazer e deixou que a animação transparecesse. Mesmo assim:

— Ai, seu Conrado, eu não sei...
— A senhora vai sim, que eu sei.
— Está bem, eu vou mesmo.

E ela apertou a mão daquele inesperado homem que lhe propusera uma oferta absurda. Mas o que teria ela a fazer? Sua fórmula de vida eterna, afinal, era sentir-se prestativa como uma serva — e perspicaz como um detetive particular.

31. UM BELO RAPAZ

Não foi difícil reencontrar dona Aparecida no sábado. Na primeira busca, Conrado Bardelli se aventurou pela garagem do primeiro subsolo e, assim que desembocou das escadarias, avistou as bochechas rechonchudas e rosadas da baixinha zeladora. Seu cabelo, hoje, estava preso, bem rente à cabeça, e parecia mais seboso do que no dia anterior. O rabo de cavalo na nuca se mexia para a frente e para trás conforme ela bebericava em uma xícara, sujando o buço. As roupas eram muito parecidas com as da véspera, consistindo no *jeans* agarrado, na camiseta sem atrativos e no avental colorido.

Uma xícara idêntica se encontrava envolta pelas mãos do porteiro sentado ao lado de dona Aparecida. Ele se achava escondido dentro da guarita mal iluminada, mas, mesmo assim, Lyra pôde visualizar os contornos marcantes dos ossos faciais do vigia. E que olhos! De um azul que parecia ter luz própria, pois somente eles clareavam a claustrofóbica cabine. Um homem bonito — Bardelli se viu obrigado a admitir — e, acima de tudo, jovem.

— Seu Conrado! — os ecos de dona Aparecida reverberaram por toda a garagem. — Bom dia pro senhor!

Ela esperou que o detetive particular chegasse mais perto para lhe dar um sincero beijo no rosto.

— Bom dia, dona Aparecida.

— O senhor estava me procurando?

Ele deu de ombros.

— Acho que sim... Estou procurando alguém que possa me ajudar.

Aparecida Gonçalves olhou-o de lado, como se quisesse descobrir todos os seus segredos. Um gesto de suspeita, mas logo apaziguado pelo sorriso que a mulher deixou tomar conta do semblante.

— Ah, o senhor está *investigando*, não está? — E continuou com aquela postura de professora que flagra o aluno colando na prova.

— Ah! A senhora me pegou... — Conrado decidiu seguir com as aparências simpáticas.

— Só o senhor mesmo, seu Conrado! — a faxineira falou entre gargalhadas. — Mas vamos subir, eu ajudo o senhor. O que quer? Eu só vim aqui trazer um cafezinho pro Fabiano... O senhor conhece o Fabiano? É o nosso príncipe!

Lá de dentro da guarita, o dito-cujo deu uma risada controlada e tímida, que mais repercutiu como um suspiro prolongado.

— Muito prazer — Conrado o cumprimentou de onde estava mesmo.

— Ah, oi, prazer — o porteiro devolveu, também sem se mexer, a voz fraca.

Dali, dona Aparecida fez que ia subir as escadas. Foi detida por Lyra, porém, que disse estar com pressa e sem intenções de atrapalhar. Na mesma nuance educada, ele foi cortês e direto com a pergunta que fez a ela.

— Amigo do seu Eric aqui no prédio? — Aparecida não precisou pensar muito. — O senhor deve estar falando do menino do 1410-A, não é?

— Exato! — arriscou Lyra, com uma anuência para dar credibilidade. — Como ele se chama mesmo? Poxa, me fugiu! É...

Dona Aparecida se intrometeu com a resposta:

— Dênis!

— Isso!

E então a mulher fechou o semblante.

— Ai, seu Conrado, mas aquele menino é tão azedo... — opinou a faxineira, as bochechas perdendo a cor.

— Sério? — Lyra assumiu a pose de um fofoqueiro e investiu todas as suas forças para soar convincente. — Sabe que o conheço pouco? Mas por que a senhora acha?

Dona Aparecida fez gestos rápidos com os braços, que iam do rosto à cintura, demonstrando sua agitação ao falar mal dos outros. "Como se ela não gostasse..."

— Posso dizer uma coisa? — Ela descansou as mãos na cintura. — O seu Eric também era muito fresquinho, sabe? Mas pelo menos não era mandão e arrogante igual a esse aí. Um menino todo enjoado, sabe? Mas eu vou parar de falar mal dos outros... — Aparecida fechou um zíper sobre os lábios — ... porque faz mal para a gente.

O irônico, no entanto, foi que a fofoca pareceu trazer mais benefícios do que malefícios a dona Aparecida, cujas bochechas voltaram a ficar vivamente vermelhas — duas bolsas cheias de sangue satisfeitas por uma boa maledicência. Eram elas que Conrado fitava quando Aparecida Gonçalves tomou a direção oposta e se distanciou dele.

— Vou pegar mais café com o Fabiano, o senhor quer? — ela ofereceu de costas.

Mas quando voltou a olhar, Conrado Bardelli já tinha partido.

32. DÊNIS

A sensação de *déjà vu* ao subir pelo elevador foi inevitável. Era tudo muito parecido — o corredor idêntico, as paredes de um branco hipocondríaco, as portas que pleiteavam a posição de "a mais impecável". Até mesmo a localização das portas de Eric e Dênis era a mesma. O apartamento deste último, o 1410-A, ficava, afinal, exatamente embaixo do de Eric.

"Um dado a ser levado em consideração", matutou o detetive, a alguns passos de se ver cara a cara com a escura porta do 1410-A. Uma porta, por sinal, que destoava das outras por sua humildade evidente e da qual emanavam vozes que dialogavam em ritmo acelerado. Um homem e uma mulher.

Toc! Toc! Toc!

No mesmo instante, as vozes se calaram. Cinco, seis, dez segundos transcorreram antes que alguém lá de dentro desse sinal de vida.

— Pois não? — a voz foi do homem.

Conrado se viu inseguro sobre o que dizer. Por isso, apelou para a verdade:

— Oi. — Pigarreou, sem jeito. — Eu queria trocar uma palavra com o senhor Dênis.

— Dênis? Já vou.

O ruído de passos se aproximando eclodiu na abertura parcial da porta. Pela fresta, revelou-se um jovem alto e de rosto comprido, decorado por um cabelo loiro-escuro ajustado em um topete involuntário.

— Oi. Como vai? Sou eu o Dênis. Dênis Lima. E o senhor? Posso ajudar?

A primeira impressão que se tinha de Dênis Lima era a de um rapaz educado, do tipo que faria muito para agradar aos outros. Mas por trás das sardas protuberantes e do meio sorriso nos lábios finos pairava a pergunta: o que o jovem poderia querer em troca das gentilezas e palavras corteses?

— Meu nome é Conrado Bardelli. Advogado.

— Muito prazer, Conrado Bardelli advogado. — E o rapaz forçou um chacoalhar de mãos que mais pareceu uma dança sincronizada.

— Eu fiquei sabendo sobre o seu amigo...

Dênis arregalou os olhos e deixou que o meio sorriso se desvanecesse no ar.

— Que amigo? — perguntou, com firmeza, apesar de sempre querer aparentar simpatia.

— O que se matou... O Eric.

Dênis baixou o olhar até que atingisse os próprios chinelos.

— Foi uma catástrofe mesmo. Eu... sinto muito. Muito mesmo. E o senhor... — Ele voltou a fitar Conrado. — ... é morador daqui?

— Não...

— Ah, não?

— Eu, na verdade, cheguei a conhecer o Eric. — Lyra acariciou a barba. — Mas não acho que fôssemos íntimos... Vocês dois eram?

— Sim, bastante — ele concordou exageradamente. — Melhores amigos aqui em São Paulo. Ele era do Rio, sabe?

— Sim, ele comentou.

Silenciaram de uma maneira tão conjunta e harmoniosa que logo foi criada a impressão de que dedicavam aquele silêncio ao morto. E tanto Bardelli quanto Dênis perceberam isso. Em um segundo, o clima desagradável se instalou — um clima que sem dúvida os dois almejavam urgentemente destruir.

Conrado preferiu pigarrear e esperar. Dênis, por sua vez, em seus anseios de gentileza, fez uma proposta da qual logo se arrependeria:

— Bem, o senhor não quer entrar?

33. O APARTAMENTO DE BAIXO

Dênis deslocou sua alta figura para o lado e fez da fresta uma larga abertura para que Conrado pudesse passar. O detetive agradeceu e adentrou um cômodo que só conseguiu despertar-lhe decepção: mesmo que as proporções dos apartamentos de Eric e Dênis fossem as mesmas, a sala deste último era cavalarmente menos confortável. Os móveis, que se podiam contar nos dedos de uma só mão — uma estante, uma mesa de jantar com duas cadeiras e um sofá —, tinham a pretensão de combinar entre si e criar um estilo rústico, com peças de madeira clara e de um material parecido com bambu, mas que dificilmente o seria. Um conjunto desastroso que, se desapontava esteticamente, ao menos trazia vantagens espaciais. Pois os móveis eram tão poucos que criavam a possibilidade ao morador de, por exemplo, assistir à TV estando deitado no tapete.

E era exatamente isso que uma atraente loira de olhos verdes fazia. Ela vestia um jeans justo e uma camiseta branca decotada. Deitada de bruços, a moça balançava as pernas no ar quando Lyra entrou. Seu rosto curioso estava voltado para a porta, como se para descobrir quem seria o visitante. Ela nem percebia que sua camiseta estava erguida até a altura do umbigo.

— De onde o senhor disse que conhecia o Eric? — Dênis deixou que a pergunta escapasse de seus lábios, já que não suportaria outro daquele desagradável silêncio.

— Eu não disse ainda. — Lyra sorriu, carismático.

— É verdade. — Dênis virou a cabeça: — Michelle, eu tenho visita.

Foi só então que a loira acordou do transe. Estivera estudando a barba de Lyra com tanto afinco e indiscrição que mal se dera ao trabalho de baixar a blusa e levantar-se do tapete empoeirado. Fez precisamente esses dois movimentos assim que Dênis lhe lançou um olhar de alerta.

— Oi — a loira saudou em voz baixa e indiferente. Parecia apreensiva e curiosa. — Quem é você?

— Conrado Bardelli.

— É um advogado, Michelle.

— Advogado? Você?

— Não precisam se preocupar comigo — Lyra adiantou, os gestos tranquilizadores —, podem voltar a ver TV. Na verdade, eu só vim aqui pra dar meus sentimentos. Eu... — Ele se perdeu. — Por favor, senhorita, pode sentar.

Aquele "senhorita" tão antiquado fez com que a jovem deixasse escapar um riso jocoso. Depois, ela deu de ombros, dizendo:

— Não estava passando nada de bom, mesmo.

— Nunca passa. Ainda mais no sábado à tarde — complementou Conrado.

— É, não é? — Dênis opinou por cima. — É incrível como não se vê mais nada de bom na televisão. Se não é jornal contando desgraça, é novela de baixo nível. Incrível, incrível.

E aquele teatro continuou por mais algumas frases clichês. Lyra em pé ante a porta, Michelle em pé ante a TV e Dênis em pé no meio dos dois. Como se fosse normal receber um desconhecido em casa e jogar conversa fora com ele sem se preocupar em descobrir de quem se trata. Discutiram a televisão, falaram do tempo. E foi entre simpatias que Dênis caiu na armadilha. Fatidicamente.

— ... mas o senhor não quer se sentar?

E Michelle caiu ainda mais:

— *Sentar*? Dênis! — E então ela percebeu a deselegância.

A jovem se armou com instintos de autodefesa. Olhava desconfiada de Lyra para Dênis e depois fixamente para este último, como se quisesse notificá-lo pelo simples olhar. Algo como: "Por que diabos você está convidando um estranho para se sentar?" E mais. Aquele semblante de menina receosa parecia comunicar alguma coisa mais específica. Por que convidar *aquele* entranho em especial?

E, em um estalo cerebral, Lyra percebeu que as apresentações seriam desnecessárias. Os dois, claro, já deviam conhecê-lo — apesar da tentativa em fingir o contrário. Assim como ele próprio encenara desconhecer Dênis. Como amigo do morto e morador do mesmo prédio da tragédia, Dênis, necessariamente, teria se informado sobre as investigações em torno do suicídio de Eric. E essas investigações tinham fisionomia e nome: Conrado Bardelli.

34. CÚMPLICES

Deduzir quem era Michelle foi um processo automático:

— Suponho que a senhorita era a namorada do Eric.

Michelle pareceu se esquecer dos instintos de autodefesa. As emoções transfiguraram seu rosto em uma escala que passou pela surpresa, atravessou linhas de raiva e culminou em autocompaixão. Ela foi rápida ao voltar ao papel de garotinha chorosa e mimada. Seus olhos marejaram.

— Eu sabia que seria besteira a gente se fingir de desentendido! — Michelle gemeu e despencou sobre o sofá.

Dênis olhou de um lado para o outro, os olhos arregalados entregando sua incapacidade de pensar em qualquer gesto para converter aquela cena.

— Michelle, Michelle... — Ele foi até ela, sentou-se ao seu lado e obrigou-a a apoiar a cabeça em seu ombro. — Calma, eu sei que foi um golpe emocional... Mas calma. — E lançou um olhar duro a Conrado Bardelli.

— Desculpem, eu... não quis causar isso — ele se justificou com o semblante clemente. — Onde posso pegar um copo de água pra ela?

— Ali. — Dênis apontou para uma porta fechada, próxima à entrada do apartamento.

— Eu já venho.

Conrado demorou para retornar à sala. Trouxe o copo cheio e o entregou à moça, que, agora, pelo menos, tinha a respiração sob controle.

— Sério, me desculpem. Eu só vim dizer que sentia muito pela morte do Eric...

Michelle virou o copo e deixou que a água fria acalmasse seus nervos. Enquanto isso, Dênis se pôs a falar com uma postura decidida e controladora:

— Não, desculpa o senhor. — Ele respirou fundo. — É claro que a gente sabe quem é o senhor. Certo, foi idiota fingir que a gente não sabia. Pode julgar, foi infantil até. Mas a verdade é que ficamos com vergonha. Vergonha porque a gente foi fraco e decidiu não enfrentar a realidade. Ficamos sabendo só à tarde que o Eric tinha se matado. E aí a gente ficou sem reação! E o porteiro contou daquele jeito... Foi horrível. O negócio é que eu quis fugir disso tudo. A gente quis. Quis evitar qualquer cena que pudesse estragar a imagem que eu sempre tive do Rico, que sempre foi meu irmão, meu melhor amigo! — Dênis parou e deu uma risada nostálgica. — Esse era o apelido que a gente deu pra ele. Só os mais próximos o chamavam assim...

Ele fez um intervalo, pensativo. Julgou-se importante. A jovem ao lado, que já bebera toda a água do copo, voltou a choramingar.

— E aí eu encontrei a Michelle, e ela também quis escapar disso tudo. A gente não podia acreditar, simplesmente não podia! O Rico, morto! Ele que sempre foi cheio de vida, cheio de... — Dênis endireitou a postura. — Por isso a gente não quis saber o que tinha acontecido e fingiu não saber quem era o senhor. Por vergonha, seu Conrado, vergonha de termos fugido daqui ontem.

Terminado o discurso, Dênis deu um apertado abraço em Michelle, que retribuiu o gesto com uma forte carga emocional. A cena parecia uma prévia do que estaria por vir no velório de Eric Schatz. Se é que Dênis e Michelle estariam dispostos a viajar ao Rio de Janeiro para isso.

Não demorou para que Conrado, coçando a barba, dissesse algumas palavras desinteressadas:

— Eu vi na cozinha que alguns fios do teto estão danificados e caindo pela parede.

Dênis Lima encarou vacilante a face de Bardelli, em contraste com o pesar anterior. Agora, transpirava incerteza.

— É? Eu não reparei.

— Não? Mas de qualquer forma, recomendo que o senhor arrume aquilo, senão pode acabar levando um choque.

— Ah... — Ele abriu um sorriso educado. — Vou mandar arrumar, sim. Mas o que isso tem a ver?

— Não, não, nada a ver.

Lyra procurou algum lugar para sentar. Como o sofá já estava todo ocupado — Dênis e Michelle ainda se pareciam com apóstolos sofredores pela morte de Cristo —, a opção restante era a cadeira da mesa de jantar. Em um vislumbre rápido, o detetive enxergou um assento de madeira duro e sem estofado, com um espaldar baixo e também pouco convidativo para suas costas.

Por isso, não fez cerimônia e se sentou no chão mesmo, fazendo dois triângulos com as pernas e segurando os joelhos com as mãos; uma posição no mínimo ridícula para a idade e o condicionamento físico de Lyra. O único que fez menção de oferecer o lugar ao visitante foi Dênis, que ameaçou se erguer, mas foi detido pela negativa de Conrado:

— Não, Dênis, não precisa se levantar, eu prefiro sentar no chão mesmo — mentiu. — Mas agora quero saber como é que vocês me conhecem.

Os outros se entreolharam. Dênis, naturalmente, tomou a palavra:

— O porteiro da garagem, o Fabiano, me falou quem era o senhor.

— E ele disse o que de mim?

— Bom, ele falou que o senhor é investigador, que veio junto com a polícia... Quer dizer, agora o senhor disse que é advogado. Ele deve ter te confundido com algum policial, porque o Fabiano falou que o senhor está investigando o suicídio do Eric. Acho que o que ele quis dizer é que o delegado deve estar tentando descobrir por que o Rico se matou.

Foi a deixa para que Conrado atacasse:

— E vocês dois têm alguma ideia do motivo?

Dênis e Michelle emudeceram, sérios. A jovem soltou um suspiro de choro que soou como a nota mais aguda de um órgão.

— Meu Deus, é claro que não! — ela desembuchou do fundo dos pulmões e voltou a chorar, as mãos cobrindo os olhos.

— Shhh... calma. — Dênis tomou Michelle nos braços e deu tapinhas em suas costas. — Ela não para de chorar, seu Conrado...

— Quer dizer que vocês não têm nenhuma pista do porquê? Não imaginam o que deu na cabeça do Eric antes de ele se jogar da janela?

Agora Dênis admitiu uma fisionomia mais séria, ofendida até.

— Poxa, seu Conrado, falando assim, parece que o Rico tinha mil motivos pra se matar... — ele se expressou no tom típico de um réu.

— Mas não tinha. E não sabemos por que ele se suicidou. Definitivamente, não.

— Sei.

— Então o senhor é mesmo investigador?

— Detetive... É. — Lyra se remexeu no chão e tentou achar alguma posição confortável no tapete empoeirado. Preferiu cruzar as pernas como fazia quando era garoto. — A senhorita também não tem ideia? Não quer confessar nada?

A jovem levantou os olhos vermelhos e manteve o rosto erguido enquanto as lágrimas por ele desciam, dramaticamente.

— É claro que não! Puta merda, por que eu saberia?!

— Achei que a senhorita pudesse ter um palpite...

— Mas não, não tenho. — E entre o choro: — Cacete, você não percebe que a gente está...

— Tem certeza de que não sabe? Nem um palpite?

Por um momento, Michelle foi tomada por uma ira exacerbada:

— Não, caralho! — ela berrou e chorou mais.

— Que boca, hein... — Lyra murmurou.

Ele encarou a moça por vários segundos, como se quisesse desarmá-la com o golpe do olhar. Ela, no entanto, fugiu com a vista e arriou a postura em constrangimento.

Até que, em um momento decisivo, o detetive se ergueu do chão, com certa dificuldade, e se dirigiu à saída.

— Já entendi que não vou conseguir extrair nada de vocês.

— Como é?

— Não adianta, seu Dênis. — Lyra tocou na maçaneta. — Se vocês não querem me contar o que sabem, tudo bem. Vou dar um jeito de descobrir.

Dênis sentiu-se insultado. Michelle, por sua vez, corou — suas faces tingiram-se de um vermelho que pouco tinha de inocência. Não — era um tom mais forte e que previa um rebuliço de emoções agressivas.

— *Nós já dissemos que não sabemos porra nenh...*

Conrado cortou o rugido:

— Tá, eu já entendi, Michelle, não precisa ficar repetindo e chorando e chorando e gritando... Chega, tá?

Ela se calou, aturdida.

— Não quer me dizer por que não sugeriu que o Eric chamasse a polícia?

— O quê...? — ela bambeou.

— Você sabe do que eu estou falando, tenho certeza de que sabe.

Michelle recebeu aquilo como um soco no estômago que a fez perder a respiração por alguns segundos. Ela, então, limpou com ferocidade as lágrimas e abriu a boca para redarguir — provavelmente para xingar. Mas recebeu as costas de Conrado Bardelli, que já saía pela porta principal.

Dênis se matinha imóvel, boquiaberto, consciente de que não possuía mais o controle da situação nas mãos.

— A senhorita *sabe sim* um motivo que levaria seu namorado a se matar. — Conrado lançou a Michelle um último olhar. — Agora, se quer guerra, muito bem, é o que você e sua mãe terão.

E saiu pela porta escura, revoltado.

Raramente as pessoas viam Lyra irritado.

Dentro do apartamento, Michelle ainda estava sem ação e sem alvo para ofender. Dênis se levantou e correu para a cozinha, onde sumiu da vista de Michelle.

— Puta que o pariu! — ele gritou de lá de dentro. — Como é que o filho da puta reparou na fiação?!

Voltou à sala batendo forte com os pés no chão. As duas mãos faziam pressão contra as bochechas, como se pudessem aliviar a preocupação por meio da força.

— Que merda... Que merda... — ele reclamava, baixinho.

E reparou que Michelle continuava paralisada no sofá naquela posição corcunda e desconfortável. A boca entreaberta e os olhos fixos, sem piscar.

— O quanto você acha que ele sabe? — Dênis indagou.

Mas a réplica de Michelle foi outra. Aos trancos, ela respondeu com outra pergunta, seus olhos ainda perdidos no vazio:

— Por que ele falou da minha mãe? Será que... Será que ele...

As palavras foram morrendo. De novo, ela emudeceu.

35. MEMÓRIA

Já fazia algumas horas que Conrado Bardelli voltara a seu apartamento. Ele passara o fim da tarde lendo notícias on-line e pesquisando preços de uma coleção de livros de José Saramago. À noite, jantou dois pedaços de uma pizza esquecida na geladeira enquanto assistia a trechos de filmes na TV. Perdeu horas passando de um canal a outro sem trombar com programa algum que lhe interessasse. Por outro lado, no entanto, a atividade fez com que seus nervos se apaziguassem de vez. A raiva pelos insultos que recebera de Dênis e Michelle, por sinal, se esvaíra.

Tanto que agora Conrado ria alto, ali, em frente à televisão, metido no pijama e nos chinelos. Logo teria uma noite de sono tranquila, com perspectivas de boas notícias de Olga pela manhã. Aproveitava aqueles últimos minutos para relaxar e dar boas risadas com o absurdo episódio de uma série policial.

— Meu Deus! — exclamava e gargalhava Conrado, que não tinha o costume de falar sozinho, mas já não conseguia conter as exclamações diante de tantas pontas soltas de roteiro. — É ridículo!

O par de detetives da série acabara de descobrir que dois dos principais suspeitos do assassinato haviam feito transfusão de sangue com a morta para tentar revivê-la. E quando os suspeitos justificaram a ridícula decisão dizendo que "dava certo com os Rolling Stones", Conrado simplesmente perdeu o fôlego de tanto rir.

— Obrigado, muito obrigado! — ele bradou para a TV e a desligou em seguida, antes que os créditos invadissem a tela.

O telefone do apartamento tocou no exato momento em que Lyra deitou a cabeça no travesseiro, pronto para, no mínimo, dez horas de sono. O toque se repetiu, estridente como um despertador. Ah, se Conrado pudesse não atender...

— Alô.

— Seu Conrado Bardelli? — indagou uma voz grave.

— Sim, é ele.

— Oi, seu Conrado, boa noite. Aqui quem fala é o doutor Armando — disse o interlocutor, o tom carregado de cansaço. — Falei com o senhor ontem à noite... Não sei se se lembra...

Conrado sentou-se na cama.

— Lembro, sim, claro. Como vai, doutor Armando?
— Vou bem, obrigado. Só um pouco cansado pela rotina, sabe como é.
— Mas o senhor trabalhou hoje, doutor?
— É, trabalhei. Costumo guardar os sábados para os pacientes mais frágeis. Então, meus sábados são muito piores do que qualquer dia da semana. — E soltou um riso contido.

Bardelli complementou a frase dizendo que, atualmente, não havia mais profissional que trabalhasse pouco e os dois entraram em consenso de que o trabalho passara a consumir a vida das pessoas.

E, enfim, Lyra fez silêncio para que Armando trouxesse à tona o assunto do qual queria tratar.

— Então, seu Conrado, eu estava, na verdade, muito em dúvida se devia ou não ligar pro senhor. Até por isso acabei ligando tarde: porque demorei para me decidir. Aliás, peço desculpas se tirei o senhor da cama...
— Não, não, de jeito nenhum.
— O senhor não estava na cama?
— Imagina...!
— É que tenho uma informação que pode ajudar o senhor e o delegado que veio ontem aqui. Tentei ligar no celular do delegado primeiro, mas ele não atendeu. Acho que pode ter relação com o caso daquele rapaz que se suicidou.

Lyra pigarreou, animado.
— Sim, claro! Toda ajuda é bem-vinda. Mas o que é?

Armando Lopes conteve-se por um segundo.
— Bom, a bem da verdade, é algo de que eu me lembrei hoje à tarde só. Atendi um paciente jovem, um menino que costuma vir aqui uma vez por mês. Sandro é o nome dele, um adolescente bastante inteligente, por sinal. 'Mas por que estou citando o Sandro?', o senhor deve estar se perguntando. É porque o menino tem alguns problemas com o pai, que acabaram causando nele um início de depressão não tão raro nessa idade. O fato é que, quando estava conversando com o Sandro hoje à tarde, eu comentei com ele... até para acalmar... que é normal que jovens tenham problemas com os pais; que, inclusive, eu tinha atendido outro paciente com o mesmo problema. Mas aí eu me peguei pensando sobre quem era esse paciente, de quem eu não me lembrava. Fiz uma lista rápida dos jovens que venho atendendo aqui e nenhum deles tinha um caso parecido. Foi aí que me lembrei de que quem comentou sobre problemas com o pai tinha sido aquele garoto que viera durante a semana sem marcar consulta. O Eric, que se suicidou.

— O senhor se lembrou de algo que o Eric disse, é isso?

— Eu tinha me lembrado do assunto, não especificamente das palavras, sabe? — o doutor replicou, como se pedindo desculpas pela memória limitada. — Mas pra sanar logo a dúvida dei uma olhada nas anotações que fiz durante a consulta do Eric Schatz.

— Ah, o senhor anotou?

— Um pouco. É mais por costume.

— U-hum.

Conrado pôde visualizar com nitidez o dr. Armando sentado confortavelmente em sua poltrona de couro preto, com as pernas cruzadas, um caderno de capa dura em uma das mãos e uma caneta na outra. Via-o assumir aquela expressão de seriedade, com a testa franzida, que fazia suas sobrancelhas parecerem ainda mais grossas do que eram; e, à sua frente, o inseguro Eric, mal acomodado na ponta do sofá que substituía o divã, receoso a cada anotação que o psicólogo fazia em seu misterioso caderno.

— Costumo anotar as palavras-chave e os sentimentos que cada paciente evoca em mim para tentar encontrar uma solução, um ângulo para atacar cada um dos casos, um caminho para seguir com o tratamento. E não foi diferente no caso do Eric. — Ele fez uma pausa e ouviu-se o folhear de uma página. — Estou com o papel aqui. E, vendo agora, eu estava mesmo certo.

Como se provocando um clímax, Armando deixou que as palavras morressem para que Conrado Bardelli, extasiado, desse sinal de vida:

— Doutor, o que ele falou sobre o pai?

— O Eric evitou falar do assunto; as anotações sobre o pai aparecem só no final da página. Foi exatamente como contei a vocês dois quando vieram aqui: o Eric foi muito reativo quando eu quis entender o sufoco dele. E, quando deixava passar que tinha a ver com o pai dele, eu insistentemente tentava entender o que era. Mas o Eric fugia. Desviou-se das respostas por um bom tempo, até que devo tê-lo pressionado um pouco mais e ele acabou abordando o assunto.

O dr. Armando gerou um novo intervalo, durante o qual Conrado pôde sentir que o psicólogo corria os olhos pelas anotações da página em busca do tema em questão.

— O senhor quer que eu leia as minhas anotações? — questionou o médico.

Mas o detetive particular decidiu responder com outra pergunta:

— Doutor Armando, o senhor está no seu consultório ainda? Importa-se se eu for para aí agora mesmo? Quero analisar esses papéis junto com o senhor.

36. ANOTAÇÕES DE UMA CONSULTA

— Pode entrar, seu Conrado, entra aqui — disse o psicólogo assim que Lyra tocou a campainha e foi prontamente recebido. — Sabe como anda esta cidade à noite; nunca se sabe quem será vítima de um assalto.

O dr. Armando Lopes recebeu Conrado Bardelli com aquelas mesmas curvas de cansaço no rosto comprido. Conduziu o barbudo por todo o corredor de sua clínica até o escritório e fechou a porta depois de passarem. O relógio apontava nove e cinquenta.

— Sua secretária não está? — Lyra usava uma combinação de roupas improvisada: calça jeans escura e camisa branca um tanto gasta. Haviam sido as primeiras e mais confortáveis peças de vestuário que o advogado achara ao abrir o guarda-roupa.

— Não, ela foi embora no horário de sempre.

— Por que o senhor ficou até mais tarde?

Armando virou-se para Conrado e ofereceu o sofá para que se sentasse. O doutor acomodou-se em sua poltrona usual e iniciou:

— Longa história. E complicada. — Mas ele resolveu contá-la mesmo assim: — A minha última consulta foi bastante demorada. Uma senhora, viúva, de personalidade muito frágil. Ela foi até muito depois do horário porque precisava de alguém para ouvir seus desabafos. E, claro, eu ouvi até o fim. Ouvi muito. — Deu uma risada descontraída. — Depois, decidi tirar essa história do Eric a limpo. Jantei correndo e voltei pra cá. Examinei essas anotações da consulta e depois liguei pro senhor.

— E eu agradeço muito por ter entrado em contato.

O dr. Armando esbanjou um sorriso simpático e profissional.

— Não, não tem o que agradecer. Estou cumprindo meu papel. Além do mais... — Ele fez um aceno ao acrescentar: — ... eu adoraria se alguém me ajudasse a dar conta do meu trabalho; por que não, então, dar uma força para outro que pode fazer uso da minha ajuda?

— É, tem razão. Obrigado. Bom, e as anotações...

— Certo. — O doutor estendeu a mão para alcançar um pedaço de papel que estava sobre sua escrivaninha. Trouxe-o para perto com extremo cuidado e veneração. A lateral da página, com fragmentos de papel rasgado, dava sinais de que aquela folha havia sido destacada de um caderno. — Aqui está.

Armando chegou mais perto de Bardelli e mostrou notas datadas de três dias antes — feitos em uma caligrafia exageradamente espaçada, mas legível. O psicólogo analisou a fisionomia do detetive enquanto este último dava uma boa olhada na página.

— Veja aqui, seu Conrado, na antepenúltima linha.

O detetive seguiu a indicação de Armando.

— Foi aqui que o Eric começou o monólogo sobre o problema que o afligia. Fui anotando o que eu conseguia e o que achava importante. Olha aqui: a primeira coisa que escrevi foi "receio" e sublinhei a palavra. Quando faço isso, significa que senti essa emoção saindo do paciente, mas senti *bastante*.

Armando olhou para Conrado de maneira instrutiva, como um professor que quer se certificar de que seu aluno entendia o conteúdo. Foi adiante:

— Na mesma linha e na de baixo, escrevi "decepção", "não sabe como agir", "insegurança" e "ressentimento". Senti que, nesse momento, ele finalmente começava a se abrir comigo e passou a dizer aquilo que queria exprimir há muito tempo. O Eric falou muito, e muito rápido. E por isso eu repito: foram trechos de quando ele começou a falar *ininterruptamente*. Ou seja, não significa que o Eric falou *exatamente* essas palavras porque não tive tempo de transcrevê-las *ipsis litteris*; eu anotei apenas o que entendi que ele *quis dizer* com elas.

— Entendo, entendo — respondeu Conrado Bardelli, cumprindo seu papel de aluno aplicado. — Mas, sendo bastante breve, doutor Armando: do que o Eric falava?

O doutor deitou o papel sobre seu colo e cruzou os braços.

— Ele estava perdido com algum problema e não sabia como se livrar dele. Eu já tinha dito isso na nossa primeira conversa, quando o delegado estava junto. Mas, agora que tive tempo de ler também as anotações, acredito que o Eric me falou mais sobre o problema com o pai do que sobre o problema com o colega de quarto. Olhe só. — E tornou a exibir as anotações da consulta. — Aqui, no início, ele disse que "não sabia o que fazer" e que "só podia ter uma explicação". Acreditei que essas afirmações tinham relação com a paranoia do tal colega imaginário. Mas perceba que essas foram frases que ele também usou depois... para se referir aos problemas com o pai. Ou seja...

Conrado completou a frase:

— ... o senhor não sabe a que ele se referia.

— Pois é. Havia momentos em que o Eric simplesmente se esquecia da minha presença e começava a reclamar, xingar, justificar, sem me dar o contexto exato para entender.

Lyra concordou. Pois ele também passara por aquilo: na noite de quinta-feira. Na visita de Eric Schatz, o detetive ouvira vários comentários aleatórios do rapaz, muitos deles sem contexto algum para explicá-los.

— Vejo que o senhor escreveu "complexo de Édipo?" na penúltima linha.

— Sim. Cheguei a considerar que a irritação com o pai existisse desde a infância do Eric e tivesse relação com uma possível fixação pela mãe. Meus planos eram estudar esse ponto mais a fundo nas próximas sessões e eu disse isso ao Eric. Mas ele se negava, com uma alta taxa de estresse. Dizia que queria resultados imediatos, por mais caros que eles custassem. "Eu posso pagar", ele repetia. Queria alguma receita que provasse que ele estava lúcido, que provasse que o colega de quarto não existia... Mas acho mesmo que o problema estava relacionado com o pai. Por falar nisso, aqui está uma frase que consegui transcrever do que ele falou.

E, sem interesse especial, o dr. Armando indicou com o dedo a frase da última linha:

MEU PAI, O DÊNIS, VAI ACABAR ME DEIXANDO LOUCO.

Conrado Bardelli parou de respirar.

— Espera — ele protestou —, como o Eric disse isso?

O psicólogo demorou para responder.

— Como assim? — Ele olhou para a folha, depois, de volta para o detetive. — O Eric simplesmente disse isso e eu transcrevi, antes que ele seguisse em frente falando sobre como a família tinha exigido demais dele.

— Mas o senhor tem certeza de que ele disse *assim*? Com as mesmas palavras, com as mesmas vírgulas?

O dr. Armando franziu o cenho, os olhos negros preocupados.

— Olha, eu não tenho como afirmar, seu Conrado. Mas se eu transcrevi a frase... acredito que sim. Quer dizer, ele não disse as vírgulas...

E, de súbito, Conrado precisou de sua bombinha. Pois suas ideias se fundiram em algo que ultrapassava o limite da confusão. Ele sacou o instrumento do bolso da calça e aliviou os pulmões carentes de ar. Depois tornou a insistir:

— Calma, calma. — Respirou fundo. — Ele quis dizer que Dênis é o pai dele?

Armando abriu os braços.

— Bom, pelo tom de voz do senhor, não é. Só sei que ele citou esse nome quando fez menção ao pai. Eu deduzi que eram a mesma pessoa.

— Mas se ele já tinha dito "meu pai", por que especificar com o nome, Dênis?

— É, o senhor tem razão... Bom, eu achei que tivesse ouvido isso. Tenho certeza de que... — Armando olhou incerto para Lyra. — Mas deixa. Só anotei o que eu escutava.

Conrado agradeceu pela ajuda, mas mantinha a expressão facial contorcida. O dr. Armando devia ter entendido errado, é claro, ainda mais quando Eric Schatz estivera despejando suas impressões reprimidas sem dar ao psicólogo tempo para anotar as palavras com fidelidade.

Mas Lyra não conseguia calar sua intuição — um pressentimento forte que insistia na importância daquela informação...

— O senhor se importa se eu ficar com esta folha de anotações?

Armando Lopes gesticulou, concordando.

— É toda sua. Pode ficar o tempo que precisar.

O celular de Conrado Bardelli tremeu no bolso da calça jeans. O detetive pediu licença ao psicólogo e conferiu, no visor do aparelho, o número que chamava. Estranhou.

— Um minuto só, doutor Armando. — Lyra levou o aparelho ao ouvido. — Alô. — Pausa. — Sim, sou eu. É você, Olga? Por que está falando baixo?

37. TEORIAS DE UM PSICÓLOGO

Conrado Bardelli saiu pela mesma porta pela qual entrara e foi conversar ao celular na recepção do consultório. Armando ficou pouco mais de cinco minutos sozinho em sua sala, tempo que aproveitou para guardar os papéis na gaveta e usar o toalete. Quando fechava as janelas do escritório, Conrado voltou.

— Desculpe pela interrupção, doutor Armando.

— O que é isso, não se incomode... — Ele trancou a última janela. — Estava fechando tudo pra irmos embora. Já é tarde. Mas, antes, aceita um café?

Lyra fez uma careta de incerteza.

— Até aceitaria, mas não sei se vou conseguir dormir se tomar um.

Armando deu risada, seus olhos negros perdendo um pouco da austeridade natural.

— Poxa, que pena. Comigo, café não faz muito efeito. — Ele avançou para sair da sala. — Tem certeza de que não aceita uma xícara mesmo? O café da Janaína é bem fraquinho, quase um carioca. Te deixa acordado só pra dirigir de volta.

O detetive acabou aceitando. Cinco minutos mais tarde, estavam sentados na sala de espera do consultório e bebiam o café morno, conversando sobre banalidades. Conrado Bardelli, porém, tinha o olhar ausente.

— O senhor parece confuso — o psicólogo decidiu dizer, após uma conversa fracassada sobre a previsão do tempo para a semana seguinte.

Conrado coçou a barba.

— Desculpe, doutor. Eu não costumo ser assim. É que tenho a impressão de que recebi muita informação junta.

— É sobre aquela frase que o Eric me disse e que eu transcrevi?

Lyra não falou nada, mas seu silêncio serviu como uma perfeita confirmação.

— Olha, seu Conrado, por mais que eu tenha quase certeza de que copiei exatamente o que ele disse... até porque me lembro do Eric dizendo essa frase... pode ser que eu tenha me enganado. — Armando parou de falar por um instante e deu outro gole no café. — Mas mesmo que eu tenha errado a ordem das palavras, o fato é que Eric as disse.

— Sim...

— Uma das grandes contribuições de Freud para a psicologia — ele seguiu avante — foi mostrar que tudo aquilo que o homem pensa e produz intelectualmente tem um sentido, seja ele consciente ou não.

E, virando na boca o restante do café, deixou no ar:

— Portanto, se Eric citou o nome "Dênis" no meio do relato sobre os problemas com o pai, *deve* ter aí uma explicação. Que explicação é essa?

— Armando deu de ombros. — Aí já é com o senhor.

Ainda confuso, Lyra cobriu o rosto com as mãos.

— Se ao menos tivéssemos tido mais uma chance de falar com ele. O Eric fugiu correndo tanto de mim quanto do senhor... Se eu soubesse o quão importante cada informação seria, teria corrido atrás dele e tirado o máximo que pudesse do moleque.

Com o café esfriando na xícara, Conrado entregou-se ao desânimo. "Ele praticamente bateu na minha porta, disse que estava em perigo e eu deixei o moribundo sair sem me preocupar", refletiu Bardelli, sentindo uma mistura de raiva e impotência.

Mas a verdade era que Bardelli *quisera* que Eric fosse embora. Era madrugada e o detetive estava cansado por todo um dia de trabalho. Queria livrar-se daquele problema, ir para casa e dormir. Além disso, não suportara a arrogância de Eric Schatz. "Eu posso pagar", o garoto dissera, para a irritação do detetive.

Só agora, pensando sem essa irritação, Lyra amaldiçoava-se por ter sido influenciado pela emoção e consequentemente por ter deixado Eric Schatz ir embora. Se o jovem tivesse ficado mais tempo no escritório, teria contado mais sobre o motivo pelo qual morreria horas depois?

De repente, uma luz animadora surgiu na mente de Bardelli.

E se, durante aquela conversa rápida com Lyra, *Eric já não houvesse contado o necessário?*

O dr. Armando assustou Conrado quando quebrou o silêncio:

— É nessas horas — o psicólogo falou, recostando-se na cadeira — que eu concordo com Pinel. Ele foi o primeiro a defender que pessoas com saúde mental abalada deviam, sim, ser separadas da sociedade e tratadas como doentes.

— Tipo *O alienista*, de Machado de Assis?

— Tipo *O alienista*.

— O senhor acha que trancar o Eric Schatz em alguma clínica teria sido melhor? — Conrado Bardelli soou descrente.

Mas Armando não bateu de frente. Ele baixou o rosto.

— Eu só acho — colocou, com humildade — que talvez tivesse evitado o fim que Eric teve.

Passado o clima instável, Armando e Conrado se despediram demoradamente — Lyra agradeceu com insistência a ajuda do doutor —, e cada um trilhou o caminho para seu próprio carro. Foi só quando o advogado se sentou no banco do Fiat que seu celular voltou a tremer.

38. REVELAÇÃO

Passava das dez horas do sábado.

As famílias do Royal Residence que tinham planos para sair à noite já haviam deixado o condomínio em direção aos restaurantes e shoppings de São Paulo. Os mais velhos, por sua vez, estavam recolhidos em seus apartamentos devidamente trancados e se preparavam para dormir logo. Os únicos ainda em atividade eram os mais jovens, que tinham ânimo para aguentar baladas, bares e outros eventos da vida noturna paulistana.

Exemplo desse grupo era Mila Torres, do 2303-B, uma estudante de vinte anos que se maquiava no banheiro e esperava os pais voltarem do jantar para que pudessem levá-la ao metrô. Lá, Mila encontraria três amigas, com as quais desceria na estação Barra Funda, da linha vermelha. Dali pegariam um táxi e dividiriam o valor da corrida entre as quatro — um preço que não deveria passar dos cinco reais para cada uma. O destino: uma casa noturna famosa da região, a Blue Sky, que naquela noite sediaria uma festa de faculdade.

— Alô, mãe? Vocês já estão chegando? — Mila perguntou ao celular, vendo que o tempo passava, os pais não chegavam, e ela, provavelmente, se atrasaria por culpa deles.

— Ai, filha, a gente já está no hall do prédio... Que saco... — a mãe respondeu e entrou no elevador da torre direita, junto com o marido.

O térreo do Royal Residence voltou ao mais profundo silêncio. A calmaria era quebrada apenas de tempos em tempos pelo som dos motores de carros que passavam pela rua. As luzes estavam acesas, clareando todo o caminho de pedra que conduzia aos halls das torres esquerda e direita. As plantas se destacavam com a iluminação própria para o jardim, o que dava às flores e folhas um efeito mais vívido, inclusive, do que à luz do dia. As laterais do prédio também tinham cascatas de luminosidade direcionadas às passagens e, agora, sob o brilho do luar e dos holofotes, ninguém diria que o corpo de Eric Schatz estivera ali antes, jogado, morto.

A tranquilidade prevalecia. Não havia som, não havia pessoas. Somente luz, por longos minutos.

Até que passos foram ouvidos, vindos da escada que levava à garagem. Eram passos que subiam rapidamente os degraus, de alguém, sem dúvida, afobado. A silhueta saiu da escuridão da escada e veio ao hall do térreo, onde foi revelada pelas luzes multilaterais. A senhora de figura esguia seguiu em ritmo de marcha até a lateral direita das torres, onde prosseguiu pelo caminho. Deteve-se alguns metros à frente, ante uma porta lisa carimbada pelo desenho de uma mulher-palito.

No mesmo compasso acelerado, a senhora abriu a porta e adentrou o banheiro feminino público do prédio. Ao contrário do exterior, o lado de dentro do toalete estava entregue ao escuro absoluto. A senhora tateou a parede adjacente, um pouco assustada por estar perdida nas trevas, até encontrar o interruptor. Tocou-o com o dedo indicador e soltou um suspiro de alívio. As lâmpadas foram acesas e então a senhora — única ocupante do banheiro — se dirigiu ao interior de um dos boxes, no qual fez questão de se trancar.

Baixou a tampa do vaso sanitário e sentou-se nela. Com as mãos ligeiramente trêmulas, tirou o celular do bolso da calça e procurou um nome na lista de contatos. Quando o encontrou, apertou o botão verde.

A ligação foi logo estabelecida.

— Alô.

— Seu Conrado, é o senhor? — a mulher inquiriu baixinho, para evitar que sua voz produzisse ecos no banheiro. Queria se certificar de que não seria ouvida.

— Sim, sou eu. É você, Olga?

— Ahã.

— Por que está falando baixo?

— Para que não me escutem.

— Isso eu imaginei. Mas onde você está?

— No banheiro público do prédio. Foi o lugar mais próximo que me veio à cabeça em que eu poderia me trancar pra telefonar pro senhor. Sem ser ouvida, claro.

Conrado Bardelli se exasperou do outro lado da linha.

— Você conseguiu cumprir a tarefa?

Olga sorriu antes de responder:

— Sim!

Ouviu um barulho lá fora. Algo muito baixo e tênue, que poderia muito bem ter sido o som de um gato ou de um carro distante. Mas foi o suficiente para que Olga sentisse os pelos do corpo se eriçarem. Ela tirou o celular do ouvido e permaneceu em silêncio por vários segundos.

— Olga? Você está aí ainda?

Os chamados de Bardelli, contudo, eram ignorados, enquanto Olga Lafond mantinha-se calada para ter certeza de que não havia ninguém lá fora. Por um instante, ela cogitou sair do boxe e apagar a luz do banheiro para despistar quem quer que fosse. Mas a ideia de sair daquele quadrilátero que a resguardava fazia seu coração bater ainda mais forte.

— Olga?! OLGA?!

— Oi, oi, estou aqui — ela falou, por fim. — Desculpa, mas é que achei que tivesse alguém aqui comigo.

— Bom, a senhora está em um banheiro público...

A sra. Lafond o ignorou e foi direto ao ponto que a agitava:

— Eu falei com o seu Gustavo.

— E deu certo a tentativa de chantagem? — Lyra perguntou.

— Deu. Deu! Aquele homem é completamente inseguro, apesar do que parece. Ele estava na guarita da garagem quando me aproximei. Cheguei dizendo exatamente o que o senhor falou: que eu tinha ouvido muito bem quando ele xingou o chefe naquela manhã e que estava disposta a contar tudo ao seu Ivan. Assim, de graça. O sorriso dele sumiu, o senhor precisava ver, e ele ficou quieto por um tempão; achei até que não ia cair no nosso jogo. Mas eu me mantive séria e até bastante emburrada, do modo como o senhor me orientou. O seu Gustavo ainda me desafiou em um tom bastante duro, como se quisesse me testar. Disse coisas como "o seu Ivan nunca vai acreditar" e "você não tem o que fazer com essa informação". E foi aí que eu forcei: falei que ia naquele mesmo momento até a cobertura, bater na porta do seu Ivan. Foi eu dar as costas que o homem desabou. Me deteve e implorou para eu não contar. Eu acho, seu Conrado, que ninguém tinha conseguido atingir esse homem antes. Nem tentado.

E foi por isso que ele me olhou com ódio: porque eu tinha descoberto o truque dele e o desarmado.

Olga parou por um segundo para respirar.

— Aí ele perguntou o que eu queria em troca da informação. Abri o jogo e disse que estava trabalhando com o senhor, seu Conrado. Disse que nós suspeitávamos da morte do Eric e sabíamos que ele, o seu Gustavo, tinha envolvimento nisso. Ele negou por um tempão, jurava que não sabia de nada que tinha a ver com a morte do rapaz. Ah, mas eu me mantive. Mantive, mantive, mantive. Até o fim, eu dizia que sabia que ele estava mentindo. Reforcei que nem eu nem o senhor tínhamos relação com a polícia, portanto, a informação que ele me daria não seria oficial e, por isso, ele não seria envolvido com a lei. Nem sei se isso é verdade; foi a primeira desculpa que me veio pra convencer o homem a me contar o que ele sabia. E então ele se descontrolou de vez. Contou tudo. Falou um monte de coisas, seu Conrado, coisas horríveis, muito horríveis que nem vêm ao caso agora. O importante é que, no meio desse desabafo, o seu Gustavo me contou sobre o Eric. Disse que sabia sobre a história do colega de quarto e sobre a paranoia que tudo isso causava no rapaz.

— Então o seu Gustavo sabia dessa história toda e não revelou?

— Pois é! — Agora, Olga Lafond nem ao menos regulava o tom de voz: já falava alto, sem se preocupar em entregar o esconderijo.

— E suponho que não foi o Eric quem contou.

— Não. O seu Gustavo descobriu essa história toda porque *ele mesmo* ajudou a encobri-la, logo quando ela surgiu. Ele me disse que começou a reparar em um rapaz que vinha várias vezes ao Royal Residence, pedia para ir ao apartamento do Eric, mas implorava para não ser anunciado. O seu Gustavo, claro, tirou satisfação, dizendo que não podia deixar ninguém entrar sem ser anunciado. E aí o menino contou que era uma brincadeira com o seu Eric, do 1510-A, sobre um colega de quarto fantasma, e implorou para que aquilo ficasse em segredo. Eles, então, fecharam um acordo: o seu Gustavo deixaria esse rapaz entrar quando quisesse e manteria a história toda em segredo se recebesse, em troca, uma mesada. E assim foi feito até a morte do Eric.

— Quem era esse rapaz?

Olga Lafond tinha o nome na ponta da língua.

— Eu não conheço, mas o senhor mesmo citou o nome quando nos encontramos. O menino se chama Zeca.

A linha emudeceu. Isso porque, do outro lado, Conrado Bardelli abria um sorriso com o qual era impossível pronunciar palavras. Os dentes à mostra eram os de um predador, ávido pela carne da vítima.

— O senhor ouviu, seu Conrado?

— Ah, sim, Olga, muitíssimo obrigado. Você não tem ideia do quanto me ajudou!

Ela fez questão de também agradecer, sustentando que aquela missão rejuvenescera seu espírito. Com essa mesma satisfação e leveza de alma, Olga Lafond se despediu do detetive particular e desligou a chamada.

Destrancou a porta do boxe, saiu do banheiro público sorrindo e desligou a luz ao passar, sentindo-se um tanto tola pelas precauções melodramáticas que tomara. Agora, só queria dormir. Seguiu envergonhada pelo térreo ainda vazio até o hall da torre direita, onde apertou o botão que chamava o elevador, que estava no penúltimo andar.

Paciente, Olga espreguiçou o corpo e reparou que a luz da portaria se encontrava acesa, com uma sombra no interior. Se fosse o seu Gustavo lá dentro, ela torcia para que ele não a visse. "Vou querer ficar uns bons meses sem olhar na cara desse homem", ela pensou.

Enfim, o elevador atingiu o térreo. Olga puxou a pesada porta, entrou e apertou o botão do décimo sétimo andar. Quando a porta estava se fechando, uma voz alta veio lá de fora:

— Sobe!

Olga entendeu imediatamente aquele código e segurou a porta, abrindo passagem para a pessoa que antes gritara.

— Ah, olá! — Olga cumprimentou, esbanjando cortesia.

— Boa noite, dona Olga! Ainda acordada? Tarde...

— Pois é... É que tive que resolver umas coisas agora à noite. — E sorriu, simpática.

— Sei, sei.

— Na minha idade, é bom se manter ativo, sabe? Senão a gente fica gagá!

Gargalharam de maneira agradável. Olga terminou:

— Mas posso confessar uma coisa? Mal posso esperar para colocar o meu pijama e capotar.

— Ah, vá sim.

E o elevador chegou ao décimo sétimo andar.

— Uma boa noite — Olga se despediu.

E foi então que ela se tocou de algo esquisito. A pessoa que estava no elevador junto dela não havia pressionado nenhum botão no painel. Ela estranhou.

— Mas você não mora na outra torre?

Olga Lafond percebeu seu erro somente nesse momento: quando a mão portando uma sólida barra de metal desceu sobre sua cabeça.

Mila Torres esperava pelo elevador no hall do vigésimo terceiro andar. Ao lado, sua mãe carregava a chave do carro.

— *Odeio* quando seguram o elevador! — exclamou a garota, que via pelo visor na parede que o elevador estava parado no décimo sétimo já fazia quase um minuto.

Finalmente, ele voltou a subir. 18, 19, 20, 21, 22, 23. Estacionou.

Aborrecida, Mila puxou a porta pesada, com impaciência. Mas quando vislumbrou o interior do elevador, conteve a pressa. A garota deu um grito desesperado, que ressoou por todo o corredor.

Do décimo sétimo ao vigésimo terceiro, o corpo de Olga Lafond subira, e jazia no chão, de bruços, com um corte na cabeça. O cabelo grisalho começava a se tingir de vermelho. Ao lado, uma das barras de decoração que ficavam no hall rolava de um lado para o outro, dançando ao sabor dos movimentos do elevador.

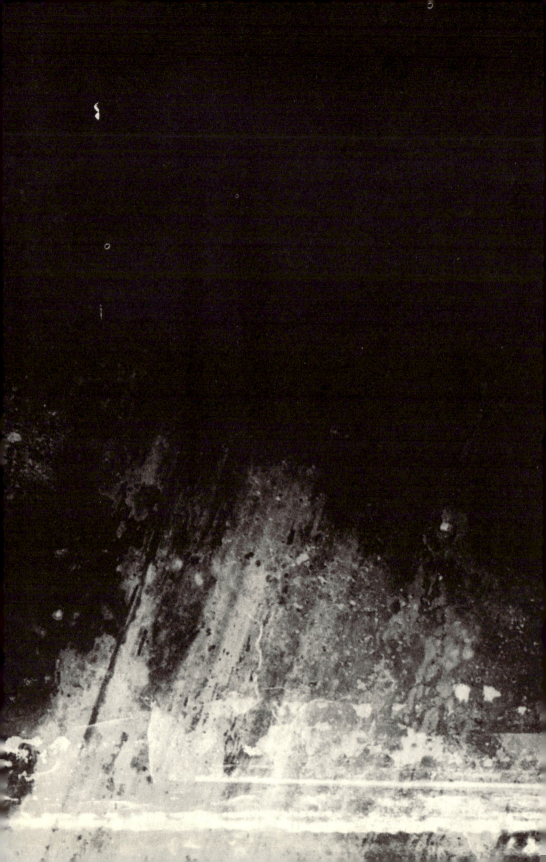

PARTE II
TURVO

39. UNIDADE DE TRATAMENTO INTENSIVO

— Coma — comunicou o médico, cujo nome Conrado ainda não sabia por ter perdido as apresentações anteriores.

O detetive chegara alguns minutos antes, encontrara Wilson no hall do hospital, e a única coisa que pôde fazer foi aguardar pela vinda do médico responsável. Wilson e Lyra esperaram em pé, em uma sala preenchida por familiares de outros pacientes. O relógio digital próximo à janela informava que eram onze e meia quando o doutor se aproximou, vindo da ala de UTI.

— Qual foi a gravidade do ataque?

O médico ergueu as sobrancelhas e inflou a boca em um gesto de seriedade que seria extremamente cômico. Isso se Lyra não soubesse que aquele ar seria logo expelido com notícias ruins.

— Ela poderia ter morrido, com certeza. — O doutor deixou que todo aquele pessimismo escapasse de uma vez. E foi em frente: — Com a idade da dona Olga, eu acho que foi uma tremenda sorte ela não ter morrido no instante do ataque; que, por sinal, foi aplicado em uma região da cabeça bem próxima da nuca. Acredite: se quem a golpeou tivesse mirado um pouco mais embaixo...

Lyra sentiu seus órgãos serem corroídos por um forte sentimento de culpa. Pois Olga só fora vitimada porque se metera no caso de Eric Schatz — e esse ingresso fora franqueado por Conrado Bardelli. Ele, portanto, não conseguia deixar de martelar internamente que a maior culpa era sua.

Mas, no fundo, a gratidão era a emoção que mais se pronunciava em sua face apreensiva. Conrado tinha um ímpeto descontrolado de agradecer ao hospital, agradecer ao médico, às enfermeiras, a um ser superior por Olga Lafond não ter morrido naquela noite.

— Bom, que sorte a dela. O golpe foi forte? — Wilson inquiriu.
— Sim, sim.
— Mas forte *quanto*?

O médico piscou em dúvida.

— Forte o bastante para deixar a dona Olga em coma, delegado.
— Isso é óbvio. Mas você acha que uma mulher seria capaz de desferir um golpe assim?

Agora o médico se viu perdido, pois nem sequer conjeturara sobre a dada hipótese.

— Seria necessário fazer um exame mais específico...
— Pelo que o senhor viu até agora, o que acha?
— Não sei se consigo responder isso neste momento. É complicado. O senhor, com a experiência que tem, deve saber que nós, médicos, não somos mágicos... E eu também não sou legista da polícia.

Wilson e Lyra se mantiveram calados por alguns segundos para que o médico continuasse. Sob a pressão do silêncio, ele prosseguiu:

— ... mas o fato é que a dona Olga já passou dos sessenta. Não é preciso muita força para pôr a saúde de uma senhora em risco.

Era tudo o que Wilson precisava ouvir.

— Ela não pode receber visitas? — Lyra perguntou, ainda bastante aflito.
— Não, não, de jeito nenhum. Um sobrinho dela está aqui. Fica exigindo explicações.
— Já vamos falar com ele — Wilson garantiu.

Mas Conrado não queria saber de sobrinho.

— O senhor arrisca alguma previsão para o quadro dela melhorar?
— Absolutamente nenhuma. Ela está aqui há apenas uma hora.

Lyra acenou positivamente, com pesar.

— E sabe se ela vai ter algum tipo de sequela?

O médico já ficava impaciente.

— Não sei. Repito: é cedo. Pode ser que haja, sim. Agora, por favor, eu só peço que vocês dois vão embora. Não há mais nada que possam fazer aqui. O sobrinho da paciente vai passar a noite no hospital.

Lyra assentiu e percebeu que já não havia mais como agir. Ele que passasse a noite sendo consumido pelo remorso de um dia ter aceitado que Olga Lafond participasse de uma investigação policial.

"Mas como eu poderia saber que o caso era assim, sério?", ele se questionava. Afinal, tudo começara com a simples apuração de um suicídio; nem ele nem Olga esperavam, de modo algum, por um ataque repentino como aquele.

Agora, porém, Lyra compreendia a gravidade daquele mistério e se sentia cada vez mais culpado por não tê-lo conduzido com mais cautela no primeiro momento. Depois de tanto ter questionado por que ninguém havia chamado a polícia ante o problema de Eric Schatz, ele, ironicamente, refletia: "Por que *eu* não chamei a polícia?"

— Vou para a delegacia agora, Lyra. Tenho certeza de que você quer ir junto.

Conrado voltou ao plano terreno e prestou atenção a Wilson. Os dois desciam pelo elevador do hospital. A viatura os esperava no estacionamento do prédio.

— Ele está lá?

— Ah, sim! — o delegado respondeu, sem virar o rosto. — Devem decidir já, já pela prisão preventiva. Pra que ele não mexa em nada que possa servir como prova no Royal Residence. Levaram o sujeito pro DP local e ele está lá agora, esperando. — E acrescentou: — Numa cela, claro.

Lyra assentiu e, no encalço de Wilson, comentou, mais para si mesmo do que para o outro:

— Aposto que ele não está mais sorrindo.

40. NÃO EXISTE AMOR EM SP

A polícia havia sido notificada às dez e treze da noite. Era a mãe de Mila quem falava na linha e dava as informações sobre o que testemunhara quando abrira a porta do elevador. E assim que os homens do 4º DP se mobilizaram, o dr. Wilson Validus — ainda em atividade no sábado — foi paralelamente informado pelo dr. Souza em pessoa, o diretor do DHPP.

— O pessoal do 4º ligou aí. Royal Residence é o mesmo prédio onde o moleque se matou, não é, Wilson? Que foi onde você estava ontem.

Wilson ouviu uma síntese dos acontecimentos e saiu em seguida, após marcar de se encontrar com o delegado do 4º DP no conjunto residencial. Mas, antes de chegar à cena do ataque, o homenzarrão telefonou para Conrado Bardelli — primeiro no telefone residencial, sem sucesso; depois, no celular. No instante em que avisou Lyra que uma tal de Olga Lafond havia sido atacada, Wilson pôde perceber o tom grave e desesperado do outro lado da linha. Era uma ânsia aflita — algo como um pânico incontrolável.

— Mas você conhece a mulher?

Bardelli contou resumidamente como havia se relacionado com aquela senhora — como Olga se oferecera para ajudar, como pusera o plano dele em prática e, finalmente, como obtivera os resultados que Lyra tanto almejava. E ao ouvir sobre o telefonema que Olga Lafond fizera a Conrado e o que ela revelara, Wilson compreendeu de imediato.

— Ela teve que ser silenciada, claro. — E o delegado telefonou em seguida para Souza, a quem contou o que ouvira.

O dr. Wilson chegou ao Royal Residence a tempo de pegar a ambulância partindo. Pôde vislumbrar, dentro do furgão branco, uma figura esbelta e encolhida deitada na maca. "Uma senhora linda", foram seus primeiros pensamentos.

O homenzarrão se dirigiu à administração assim que pisou no território, antes mesmo de saber mais detalhes sobre o ataque. O dr. Anderson — um delegado de olhos cansados, de fala cansada e de ânimo cansado — reunira os funcionários do condomínio por lá. Na sala de teto baixo, outros três policiais de vigília não desgrudavam de dona Aparecida e do síndico, Ivan Fortino, pasmo pelo ocorrido. Havia também outros dois porteiros que Wilson conhecia de vista, mas que no momento não lhe interessavam. O alvo do oficial era outro: uma figura recuada naquela plateia, que se encolhia para passar despercebida.

Seu Gustavo estava quieto como se tentasse se esconder. E quando não um, mas dois delegados lhe dirigiram a palavra, o porteiro respondeu de maneira vaga. O sorriso estava extinto, sua expressão, séria como nunca estivera nos últimos dez anos. Era um homem de mãos atadas — um que não sabia sequer como se explicar.

Quando o dr. Anderson deu a ordem aos policiais, o porteiro simplesmente baixou o rosto, débil e assustadíssimo.

41. DISCUSSÃO NA DELEGACIA

E agora, no 4º DP, Lyra esperava para ver ao vivo o rosto indefeso de seu Gustavo. O detetive chegara de viatura, junto com o dr. Wilson. Eles entraram na delegacia pela porta principal e pararam na recepção iluminada. Não havia ninguém nos bancos de espera. Sem olhar para os lados, o delegado avançou por entre os assentos como se o DP fosse seu. Foi até o balcão de atendimento, onde cumprimentou um senhor negro que antes estava concentrado em alguns papéis.

Wilson, pelo visto, já era esperado. Tanto que apertou a mão do atendente e trocou palavras amenas com ele. Tirou o celular do bolso e o entregou, pedindo ao senhor negro que guardasse o aparelho em uma gaveta. O atendente obedeceu. Finalmente, Conrado se juntou aos dois, com quem caminhou a uma sala no fim do longo corredor principal.

— Você é o tal Bardelli? — questionou o homem que os acompanhava.

— Eu mesmo. E o senhor é...?

— Escrivão. Me chame só de Silva. — E virou o rosto para a frente, voltando a guiar os outros pelo corredor.

Durante todo o percurso, Conrado cruzou com pouca gente: dois escrivães e um senhor que deveria ser investigador ou agente. Foi o bastante para Lyra sentir-se vigiado como um garoto de dezoito anos invadindo um internato de meninas. Eles sabiam que Lyra era um detetive particular?

Como? Não era como se Conrado andasse por aí com uma boina, um charuto e uma lupa... Mas o fato era que a antipatia estava marcada naquelas paredes brancas como se fosse outra daquelas manchas de sapato.

Ou então a antipatia não era apenas com detetives. Era com o resto do mundo.

— O doutor Anderson estava aí até agora. Foi comer e voltou pra aquele prédio. Disse mesmo que o DHPP vinha aqui. — Fez uma pausa. — Vou trazer o cara que vocês querem — terminou Silva, deixando Wilson e Lyra a sós no recinto, que era dotado de uma mesa e quatro cadeiras. Uma sala de interrogatório.

— Senta aí, Lyra — Wilson disse com casualidade, como se oferecesse o sofá de sua própria sala de estar.

Conrado preferiu esperar em pé.

— Wilson, não sei se foi uma boa prender o porteiro.

— Eu sei, eu sei, sabia que você ia reclamar.

— O negócio é que eu não deveria ter te contado nada.

— Devia. Opa, se devia!

— Eu sabia que você ia acabar fazendo isso...

— É uma prisão cautelar, caramba!

— Mas você está prendendo um homem inocente!

— Eu? — Ele se eximiu da culpa com uma risada. — Bonitão, não esquece que a gente não está no DHPP.

— Então o erro é daqui também!

Wilson suspirou. E confessou:

— Eu juro, Lyra, que não entendo merda nenhuma da sua lógica. O sujeito tinha acabado de ser chantageado pela velha. *Acabado!* E aí ela leva um porrete na cabeça. E você jura que o homem não tem parte nisso.

Lyra se deixou despencar sobre uma cadeira.

— Mas a Olga já não tinha me contado tudo sobre isso? Tinha! Então por que o Gustavo ia atacá-la *depois* de ela já ter espalhado a notícia?

— Ele não sabia que ela já tinha contado, ué. Você não me disse que ela falou de dentro do banheiro feminino?

— Se ele estivesse disposto a matar a Olga, não acho que teria sido educado a ponto de esperar que ela saísse do banheiro para fazer isso.

Wilson interveio:

— Eu quis dizer que ela estava *escondida* no banheiro e o Gustavo só a encontrou depois, quando ela subia pelo elevador. Aí ele atacou, sem saber que ela já tinha contado tudo pra você.

Porém, Conrado estava decidido a não ser vencido:

— Se ele fosse atacar a Olga de qualquer jeito, por que então não atacou na hora da chantagem? Teria sido mil vezes mais fácil e, dessa forma, ela não conseguiria revelar o que tinha descoberto pra mais ninguém. E, além disso, os dois estavam conversando a sós; ninguém saberia que tinha sido ele o culpado.

Agora, Wilson jogou o corpo para a frente e deu o golpe de misericórdia:

— *Você* saberia. O Gustavo não atacou a Olga antes porque ela mencionou *você* durante a chantagem! Ela disse que estava ajudando nas investigações. Logo, se sua enviada especial não voltasse, você saberia muito bem quem culpar.

— Isso não faz o menor sentido!

Porém, o delegado já não estava mais disposto a discutir. A vitória, a seu ver, já era sua.

— Tá bom, Lyra, pode falar o que quiser. No fim das contas, quem vai me mostrar o que aconteceu não será você. Será a câmera de segurança.

Bardelli irritou-se por não ter mais como prosseguir no debate e provar seu ponto de vista. Irritado, levantou-se da cadeira e ficou de costas para Wilson. Este mirou a nuca do amigo e gargalhou, orgulhoso por ter vencido uma discussão contra o invicto Conrado Bardelli.

"Ele me pegou em uma noite ruim", pensou o detetive particular — que, contrariado pela segunda vez no mesmo dia, desejou imensamente o cobertor e algumas horas de sono.

A porta rangeu e se abriu ruidosamente. Pela fresta, viram primeiro Silva. Depois, o homem que queriam ver.

42. O DETIDO

— Foi você quem mandou me prender, não é?

A acusação foi disparada assim que seu Gustavo pôs os olhos em Conrado Bardelli. Ele vinha com as mãos algemadas nas costas e rugas nas bochechas que marcavam o extinto sorriso esperto. Agora, desprovido de seu mecanismo de autoproteção, ele era só mais um homem entregue à sua animalidade intrínseca.

— Eu sei que foi você, barbudo. A velha me contou. Desde aquele primeiro dia em que você veio me encher o saco eu sabia que ia me causar problemas.

Wilson se levantou com vigor.

— Calma lá, espertalhão. — E apontou para o rosto de Gustavo. — Olha como você fala com a gente.

— Ele não é autoridade — o porteiro resmungou. — Sei que não é. Esse aí eu posso xingar o quanto quiser.

Mas àquela hora da noite, em pleno sábado, Wilson não estava disposto a deixar-se desafiar.

— Você cale essa porra dessa sua boca, que delinquente nenhum fala assim em delegacia. — E estufou o peito como um pavão, fazendo as vezes de delegado local.

Seu Gustavo, enfim, se sentiu acuado e assumiu a covardia pela qual era conhecido. Sentou-se na cadeira que lhe fora apontada e baixou o rosto. Novamente de mãos atadas — agora literalmente —, ele ficou entregue à debilidade que o impedia de agir em sua própria defesa. Não contava com advogado para responder por sua pessoa; a defensoria pública havia sido acionada, mas ainda não enviara nenhum tipo de auxílio. Ele também não tinha provas de inocência ou evidências que pudessem, pelo menos, mostrar que estivera longe de Olga Lafond durante a noite. Nada. Restava-lhe apenas meia dúzia de palavras de explicação que — ele sabia — não convenceriam ninguém. A única e tênue esperança de seu Gustavo era que o soltassem por falta de provas. Mas, se de fato acontecesse, demoraria mais que apenas uma noite.

Por isso, a única emoção que seu Gustavo conseguia sentir era raiva — uma ira violenta contra aquele barbudo enxerido que tão injustamente o colocara no meio do caso. O detetive agora se aproximava de Gustavo com um olhar clemente, que tinha a pretensão de se desculpar. Desculpar por ter colocado um homem inocente em uma minúscula e suja cela de delegacia para passar noites. Sentou-se de frente para Gustavo e manteve a expressão de compaixão. O porteiro nunca teve tanta vontade de agredir alguém como naquele momento.

O silêncio e a cabeça baixa, portanto, pareciam ser não a melhor, mas a única solução de seu Gustavo para aquele instante.

Bardelli tentou soar educado:

— Eu queria que o senhor me contasse o que falou pra Olga ontem.
— Já conversei com o delegado. Não preciso falar com mais ninguém.
— Por favor, eu queria *muito* saber o que você falou pra Olga.
— E você já não sabe? — foi a resposta do outro, em tom irritadiço.
— Bom, ela me contou um pedaço.
— É lógico que ela te contou. Foi por isso que você saiu correndo pra falar tudo pra polícia, óbvio. Pra prender este bosta aqui. Se não tem quem culpar, por que não jogar tudo em cima do merda do porteiro, né? Ele é tão merda, tão merda, que ninguém está nem aí que ele vá levar a culpa dos outros.
— Você se diz inocente, então?
Seu Gustavo levantou o rosto. Estava vermelho, inchado, como se prestes a explodir.
— É claro que eu sou inocente! Claro!
— Não foi o que você disse pro delegado quando ele foi te buscar.
O porteiro silenciou. Devagar, deixou a cabeça cair para a frente outra vez.
— Pelo que o doutor Wilson aqui me disse — Lyra acrescentou —, você não abriu a boca. Deixou que te algemassem sem nem reclamar.
— É lógico, eu sabia que nada do que eu dissesse ia adiantar.
Conrado suspirou e abriu os braços.
— Eu já vi muitos homens serem presos. Muitos, mesmo. E de todo tipo: jovens, velhos, brancos, negros, culpados e inocentes. E vou te dizer que *nenhum deles...* — Lyra enfatizou com os braços. — ... aceitou as algemas sem sequer xingar o destino. Sem tentar uma justificativa. Sem um "puta que o pariu". Né, Wilson?
O delegado deu de ombros.
Foi dado material para que Gustavo pensasse a respeito. Ele meditou por vários segundos, durante os quais Wilson cogitou interrogar o porteiro com mais firmeza para obter uma resposta pontual. Mas, quando estava prestes a sugerir isso, ouviu de Gustavo:
— É que você não sabe qual é a minha situação.
— Então me deixa entender sua situação — Lyra pediu, com aquela mesma entonação educada, com aquele mesmo olhar clemente.
— É complicado.
— Eu tenho a noite inteira pra descomplicar.
Seu Gustavo raciocinou mais e se decidiu.

— Eu só fui um escroto descuidado. É só isso. — Suspirou. — Devia ter dito que era inocente naquela hora, mas deixei passar.

Conrado Bardelli se recostou na cadeira, o olhar ainda fixo no preso.

— Nessa eu não vou acreditar. Não mesmo.

Wilson, então, preferiu ele mesmo recomeçar a rodada de perguntas — à sua maneira.

— Onde é que você estava agora à noite?

Gustavo assustou-se com a voz grossa e potente do delegado. Ergueu os olhos para fitá-lo, mas quando se viu encarado pelo homenzarrão, recuou. Baixou o rosto o máximo que pôde, pressionando o queixo fino contra o peito. A nuca doeu.

— Hein?

— Eu fiquei na guarita do subsolo.

— Foi lá que você conversou com a dona Olga?

— F-foi...

— Foi ou não?

— Foi.

Wilson chacoalhou a cabeça com impaciência.

— O Conrado aqui fez uma pergunta que você ainda não respondeu. O que você contou pra Olga? Hein?

— Aquilo que ela já contou pra ele. Ele já sabe.

— Acho que não vai fazer mal se você repetir.

Gustavo se remexeu. Umedeceu os lábios. Lentamente, disse:

— Eu prefiro responder isso com um advogado.

E calou-se de vez.

43. LIGAÇÕES PERDIDAS

— Esse aí não presta nem pra testemunho — Wilson opinou no caminho de volta pelo longo corredor da delegacia.

Conrado caminhava junto, ao passo que Silva acompanhava seu Gustavo no outro sentido — para as celas.

— E não vai dizer mais nada... — Wilson considerou. — Você não concorda?

— Claro que ele não vai dizer mais nada, você assustou o homem.

Wilson deteve o passo.

— Qual é, Lyra? — ele afrontou. — Você nunca foi de questionar meu método de agir. Agora quer dar uma de militante de esquerda pra cima de mim? Uma de politicamente chato?

Conrado negou com firmeza.

— Não vem me acusar de nada. Eu protejo quem eu *sei* que é inocente e é o caso desse homem que você prendeu porque eu abri a boca! — Bardelli fez um intervalo para respirar. — Conheço esse seu jeito de querer fazer tudo no calor do momento, e contar pro delegado, e agir, e sair por aí prendendo as pessoas pra não ficar feio no jornal do dia seguinte! É por isso que nunca te conto o meu progresso nas investigações. E é isso que mais me irrita: eu fui uma anta, abri a boca e deixei você estragar tudo!

Irritado, Wilson deu uma batida nas costas de Conrado e devolveu, com ironia:

— Então, ótimo, espertalhão. Faz o seguinte: volta amanhã ao meio-dia com o nome do seu assassino e todas as provas que o DHPP precisa. Mas não só isso. Depois, convence esta delegacia inteira a soltar o seu inocente. Combinado? — Wilson deu um giro e voltou a andar em direção ao balcão.

Conrado, por sua vez, ficou parado no mesmo lugar, com extrema irritação. Até que percebeu que não poderia passar a noite ali, em pé. Contrariado, voltou a dar os passos adiante.

— Tenho certeza de que o seu Gustavo sabe mais do que disse pra gente. Certeza! — Conrado pensava alto. — Bom, ele deve achar que a gente não tem provas suficientes pra uma condenação. Só pode ser isso. E, por esse motivo, prefere não fornecer mais informações, pra poder usar como chantagem no futuro... Mas ele faria isso de novo...? Você ouviu?

Wilson agarrou o celular que deixara guardado na gaveta do balcão. E deu um sorriso largo ao vislumbrar pelo visor do aparelho o número de chamadas não atendidas.

— Quem sabe eu já não provo agora mesmo a culpa do seu inocente? — o homenzarrão provocou. — Mandei o Ribeiro dar uma olhada nas gravações das câmeras de segurança e me avisar se descobrisse alguma coisa. Ele e o doutor Anderson já me ligaram cinco vezes cada um — acrescentou, com um olhar de soslaio.

Wilson fez questão de mostrar as notificações para Lyra, que engoliu quieto mais aquela provocação. Então o dr. Wilson digitou o número do dr. Anderson e encostou o celular na orelha. Ouviu apenas um toque antes de obter resposta.

— Oi, Anderson, aqui é o Wilson. — E depois não precisou dizer mais nada. Sua face endureceu, seus olhos se abriram mais, e ele desligou a chamada sem nem se despedir. — Vamos, Lyra. — Empurrou o amigo, de leve, rumo à porta principal. — A gente tem que ir ao prédio.

— Ele viu quem atacou a Olga?

— Ele não conseguiu ver nada. Destruíram a merda do sistema de gravação de imagens.

Partiram sem olhar uma segunda vez para Silva. Quando ultrapassaram a entrada principal, o relógio na parede da recepção anunciava a primeira hora da madrugada.

44. MADRUGADA

A temperatura despencara desde o momento em que Conrado e Wilson entraram na delegacia. Agora o vento soprava forte como se cantasse pelas ruas de São Paulo — ruas que, mesmo no começo da madrugada, ainda estavam cheias.

Durante todo o caminho até o prédio no bairro de Higienópolis, Wilson foi resmungando frases que traduziam sua descrença quanto ao que o dr. Anderson lhe dissera:

— Não é possível. Como tiveram a coragem?

Lyra, no banco do passageiro, esfregava as mãos contra o peito buscando aquecer o corpo mal agasalhado. Ainda se sentia irritado pelas provocações do amigo. E, por mais que não assumisse, experimentava agora certo prazer ao ver Wilson engolindo o orgulho de antes.

A viatura foi estacionada às pressas na rua do Royal Residence. A portaria do conjunto estava iluminada e, pelo vidro escuro, viam-se sombras indo de um lado para o outro. Wilson tocou a campainha e se identificou ao interfone.

Quem recebeu os dois no portão era dotado de uma silhueta esguia que, contra a luz que vinha de dentro, rebolava feito uma cobra ao caminhar. A silhueta desceu até se aproximar da grade. Era o síndico.

— Entre, delegado — disse Ivan, enquanto puxava manualmente o portão sobre o trilho. Sua voz soava aflita. — Ah, olá, seu Conrado. Entrem, venham.

Assim que passaram pelo portão, os dois puderam dar uma boa olhada em Ivan Fortino. Iluminado pela claridade da portaria, o rosto do homem mostrava sinais de uma angústia torturante. Estava seco e contorcido, com olheiras e rugas que Ivan provavelmente queria esconder como seus mais íntimos segredos.

— Está muito frio. — Ivan protegia o corpo com os braços e tremeu quando falou, como um velho.

Sim, velho. Ivan Fortino envelhecera muito naqueles dois dias. As dobras de pele em seu pescoço pareciam mais evidentes, mais profundas.

— Eu ainda não acredito que chegamos a esse ponto, doutor Wilson — o síndico comentou, direcionando seus visitantes à portaria. — Eu simplesmente... não acredito.

Conforme avançavam, Bardelli conseguiu enxergar os halls das duas torres do Royal Residence. Os cômodos estavam de luzes acesas e repletos de moradores agitados, que discutiam entre si, inquietos.

— A notícia do ataque se espalhou rápido? — indagou o advogado.

E, em resposta, Ivan lançou um único olhar martirizado para Conrado — um gesto mudo que, por outro lado, era carregado de significado.

— Lamento muito pelo senhor — Lyra articulou com piedade.

O síndico abreviou a autocompaixão e simplesmente virou o rosto. Assim que chegaram à entrada da portaria, ele esvaziou os pulmões num resfôlego sofrido e disse apenas:

— Eu já não sei mais o que fazer nessa situação. Não sei. Olhem o estado em que deixaram a minha portaria.

O policial Ribeiro veio de dentro dela e cumprimentou a dupla de investigadores. Fez com que entrassem e apontou para o delegado, o dr. Anderson, que estava sentado na cadeira onde o porteiro habitualmente ficava.

— Está aí, Wilson. A merda toda — lamentou o apático delegado do 4º DP e indicou o centro do problema. Não cumprimentou ninguém. — Eu só queria ir dormir cedo. Só isso.

Wilson e Conrado se viram no interior de um recinto pequeno com paredes cor de creme e um grande armário ao fundo, com nichos para guardar a correspondência. A parede da entrada e a parede voltada para a rua eram ambas dotadas de grandes vidros com insulfilm que possibilitavam uma vista privilegiada tanto do portão quanto do jardim do prédio. Com aquela posição estratégica, o porteiro que estivesse de vigia decerto não perderia um detalhe do que se passava no condomínio. Sobre a mesa, havia agora correspondências separadas, revistas prontas para serem entregues e uma televisão portátil desligada. No chão, próximo à cadeira onde se encontrava o delegado, pacotes com carimbos dos Correios amontoados em número suficiente para esconder o assoalho.

Porém, não era para esse lado da portaria que Anderson direcionava sua atenção. Era para o canto direito de quem entrava. Lá, uma mesa de metal ficava encostada contra a parede e servia de suporte para quatro monitores que acompanhavam as câmeras de segurança do prédio e exibiam as imagens gravadas. Cada tela era dividida em dezesseis quadrados — cada um responsável pelo vídeo de uma câmera -, de forma que todos os quatro monitores, juntos, mapeavam as gravações de todos os corredores e elevadores do Royal Residence.

Naquele instante, no entanto, os monitores não cumpriam sua função. Castigados, tinham suas telas de LCD destruídas por batidas que haviam rachado as telas e as transformado em material inútil. Sob a mesa, os equipamentos que abrigavam as fitas de gravação estavam igualmente destruídos, com as carcaças amassadas e dando sinais de invalidez interna.

— Você só pode estar brincando... — Wilson deixou escapar.

— Não consigo acreditar, doutor Wilson! — Ivan desesperou-se, a mão no peito tremendo sob o efeito da aflição. — É simplesmente incrível! Aqui! *No meu Royal Residence!*

Ribeiro foi eficiente e ofereceu um banquinho que estava ali perto para confortar o síndico — já que o dr. Anderson não fez a menor menção de se levantar e oferecer sua cadeira. Assistido, Ivan largou o corpo sobre o material duro e encolheu os braços contra o peito. Lyra não soube se era um gesto de frio ou de nervoso.

— Quando foi que descobriram isso? — Wilson indagou.

— Há uma meia hora. — Anderson fez um intervalo para bocejar. — Foi isso, né, Ribeiro?

— Uns quarenta minutos, senhor.

— Foi um porteiro que descobriu.

— Então, talvez ainda dê pra aproveitar alguma imagem.

Mas Lyra sabia que Wilson falava aquilo sem realmente acreditar; nenhum deles poderia contar com a sorte. Pois seria extremamente estúpido por parte do agressor de Olga Lafond destruir o sistema de câmeras de segurança *depois* de ter golpeado sua vítima.

— Por que o porteiro demorou pra descobrir? Cadê ele? — Wilson se virou.

— Eu já dispensei o Lineu, delegado — Ivan disse. — Ele estava se sentindo culpado demais. Além disso, o horário dele é onze da noite.

— Sim, mas ele precisa prestar depoimento...

— Ele já falou comigo, Wilson — Anderson foi duro. Queria deixar claro que não era Wilson quem mandava no caso.

— E como tudo aconteceu?

Lyra reparou na crescente impaciência do dr. Anderson.

— Eu voltei pra cá com o Ribeiro e pedi pro porteiro me trazer as gravações. Aí ele veio até a gente dizer que tinham destruído os monitores. Foi isso.

— E por que ele não tinha descoberto antes?

— Porra, Wilson, quer *você* mesmo questionar o cara amanhã?

— Claro que quero! Você não questionou direito, caralho!

— Ah, para de reclamar, puta que o pariu! — a impaciência de Anderson explodiu. — Sabe o que você faz então? Vá chorar com o seu diretor. Porque, até agora, não me disseram nada sobre esse caso ser do DHPP.

— É claro que é, imbecil! Pode esperar que vão te avisar, seu desinformado de merda...

Lyra fugiu da briga e perguntou diretamente para Ribeiro:

— Mas o porteiro disse por que demorou pra descobrir?

Anderson reparou só então na presença de Lyra. Fez cara de exaustão e estresse. Mas não impediu Ribeiro de responder:

— Ele explicou que não tinha reparado antes porque ele não tinha tido tempo pra parar na portaria. — Ribeiro fez uma pausa e voltou a contar aquilo que Lineu lhe dissera. — Parece que, pouco antes, uma senhora do décimo andar havia ligado, desesperada, dizendo que a porta da frente tinha emperrado e que, por isso, ela estava presa no apartamento e precisava de ajuda. O Lineu ficou... como se diz?... *receoso* de deixar a portaria abandonada e respondeu que ia mandar alguém pra ajudar. Ligou pra guarita do subsolo pra pedir que o outro, o seu Gustavo, subisse, mas ninguém atendeu. E, então, o Lineu não teve outra opção senão subir ele mesmo. Foi até o apartamento e ficou um tempão tentando puxar a porta, gritando para a senhora do outro lado que estava tudo bem. Mas aí a porta se abriu e a moradora saiu de cara feia.

— Cara feia?

— Acusou o porteiro de querer invadir a casa dela.

— Ela não tinha pedido ajuda nenhuma, não é? — Wilson lançou a retórica.

— Exato — Ribeiro confirmou.

— Foi o tempo que o agressor precisou para destruir os monitores e os aparelhos — apostou Wilson. — E depois ele correu até o elevador pra acertar a Olga na cabeça. Inteligente, mas arriscado.

Lyra concordou e complementou:

— Mas acredito mesmo que o agressor devia estar apavorado. A única chance dele era aquela. Tinha que agir o mais rápido possível.

De seu canto, Ivan Fortino soltou um gemido. Havia sido esquecido ali.

— Que coisa mais absurda. Os senhores falam de tudo isso como se fosse ficção, como se... como se não se tratasse de *pessoas* — ele deixou escapar um teor de asco enquanto opinava, a articulação das palavras lenta igual à de um doente. — Falam como se a dona Olga fosse apenas uma vítima e só importasse descobrir quem a atacou. Ela é uma pessoa... se é que se esqueceram. De carne e osso. E eu acredito que os senhores deveriam se importar mais com o bem-estar dela. — Seu rosto se contorceu de tristeza. — É o que eu acho.

E se calou, indômito, pronto para ser contrariado com pedradas. Porém, foi surpreendido com uma anuência veemente de Conrado Bardelli, que se aproximou do síndico, expressando:

— Eu acho isso também, seu Ivan. O senhor está absolutamente certo. — E depois de receber um sorriso de gratidão: — Agora, creio que o dia já rendeu demais. E está mesmo muito frio. Eu topo encerrar por hoje, Wilson. Doutor Anderson?

— Quem manda aqui não é você — disse o delegado.

Conrado fingiu não ouvir.

— E sugiro, seu Ivan, que o senhor suba para o seu apartamento pelo elevador de serviço. Pra fugir dos condôminos que estão ali no hall.

45. INESPERADO

Era bem cedo — aquele horário da manhã em que, apesar da claridade recém-surgida no céu, o sereno ainda traz a umidade da madrugada para debaixo do edredom de quem dorme. Aquele domingo trazia um agravante: a temperatura não subira com a vinda da alvorada e os quinze graus daquele instante provavelmente se estenderiam por toda a manhã. Bastava conferir a quantidade de nuvens no céu e o chuvisco fino para se comprovar esta hipótese.

Bardelli dormia profundamente. E teria permanecido assim por mais algumas horas se não houvesse sido arrancado do descanso — pelo telefone, claro.

Foram necessários cinco toques para que o detetive despertasse e ganhasse noção do que se passava ao seu redor. Ele também ganhou consciência de um ódio extremo por ter sido abruptamente sequestrado do sono.

— O quê...? — ele testou a voz.

E ainda como um sonâmbulo, o advogado agarrou o fio do telefone e puxou-o para a cama até que o fone deslizasse da base e caísse sobre o lençol.

— Oi.

— Seu Conrado Bardelli?

Quem perguntava era dono de uma voz rouca e fraca.

— É ele. — Lyra produziu um bocejo animalesco e conferiu as horas no relógio do criado-mudo: 08h07.

— Bom dia, senhor Bardelli. — A voz do interlocutor soava mais como um anêmico suspiro do que uma fala propriamente dita. — Creio que o senhor tem me procurado bastante nos últimos dias.

— Tenho?

— Aqui quem fala é Eustáquio Schatz.

Lyra, de repente, sentiu o sangue correr rápido nas veias. O simples anúncio daquele nome foi o despertador que o advogado precisara.

— Seu Eustáquio? — O detetive abriu bem os olhos, ergueu-se na cama e arrumou o cabelo, como se estivesse conversando pessoalmente com seu interlocutor e quisesse parecer arrumado. — Bom dia, bom dia. É, de fato, eu tenho procurado pelo senhor... É que estou trabalhando junto com a polícia civil de São Paulo pra descobrir por que seu filho se matou... Por sinal, lamento muito. Mesmo. E o senhor me desculpe pela voz de sono.

Do outro lado, Eustáquio foi novamente educado, apesar de sua falha entonação pouco representar suas emoções.

— Não se preocupe, senhor Conrado Bardelli. E obrigado pelos seus pêsames. — O homem ficou quieto por um segundo e, depois, tossiu com força. — Quanto ao resto, já sei de tudo; minha mulher me colocou a par do que aconteceu. Mas estou ligando pra que o senhor não ache que sou um pai sem amor por não ter aparecido em São Paulo quando... — Eustáquio voltou a tossir. — ... quando meu filho resolveu terminar com a própria vida. — A voz ficou pesada. Despencou conforme a frase chegava ao fim: — Também não quero que... que pense que não me importo com as investigações e que por isso não retornei seus pedidos de conversa...

— Não...

— Estive fora do Brasil pelas últimas duas semanas. — Houve um novo intervalo para as tosses desesperadas. — Tenho câncer de pulmão, senhor Bardelli.

Os dois silenciaram por alguns instantes.

— É uma pena... — Lyra viu-se dizendo.

Mas o outro continuou o discurso de onde havia parado:

— Por isso fui à Suíça pra fazer sessões de quimioterapia com um dos melhores especialistas do mundo. Fiquei sabendo da morte do meu filho enquanto estava lá, poucas horas depois do ocorrido. — Silêncio. — O senhor não tem ideia do que é... O choque! Um choque enorme... enorme...

— Eu imagino, seu Eustáquio. — E Conrado realmente imaginava.

— Voltei pro Brasil assim que pude. Não divulgamos nada sobre a minha viagem porque não quisemos que os investidores achassem que a empresa estava sem dono. O que é uma enorme mentira, já que, hoje em dia, minha mulher é até mais capacitada do que eu para mandar na Viva. Mas o senhor sabe como são investidores e acionistas...

Lyra confirmou com um murmúrio.

— O senhor chegou hoje?

— Ontem à noite — Eustáquio respondeu. — Deveria ter voltado um dia antes, mas o médico achou melhor que eu ficasse em observação. Me prendeu lá. É que eu tive uma recaída depois de receber a notícia. — E, novamente, sentiu o gosto do catarro com aquela tosse que era mais forte do que ele.

Instalou-se entre os dois, então, um silêncio incômodo e duradouro. Lyra percebeu que estava apático e sem assunto para trazer à tona — mesmo depois de ter esperado tanto tempo para finalmente conversar com Eustáquio Schatz e abordá-lo com temas relacionados aos negócios e às investigações sobre o suposto suicídio de Eric.

Entretanto, agora, lá estava ele, calado diante do aclamado gigante do empresariado.

— O senhor — recomeçou Eustáquio — queria conversar sobre alguma coisa específica?

É claro que ele queria. Havia inúmeros acontecimentos inexplicáveis envolvendo o suicídio do filho dele e que deveriam ser tirados a limpo. Além disso, o detetive tinha imenso interesse em saber por que Eustáquio desaparecera da mídia nos últimos anos. Mas, àquela altura, todas as perguntas pareceram desinteressantes. Inúteis até, perto de uma notícia de câncer de pulmão.

— Bem... acho que... Eu não lembro... — disse Conrado, concretizando a incômoda distância entre os dois. E se odiou por isso.

No Rio de Janeiro, o interlocutor tossiu mais uma vez ao telefone — de novo aquela tosse incorporada e longa — e, com a mesma voz murmurante, se despediu de Conrado Bardelli. Disse que estaria a seu dispor e desligou.

Ao devolver o fone ao gancho, Lyra afundou o rosto no travesseiro e desejou que aquela ligação não tivesse acontecido. Ou que tivesse acontecido mais tarde, em algum horário em que ele estivesse raciocinando de verdade a ponto de poder ter controle sobre suas ideias.

Mais do que a si mesmo, Bardelli odiou o telefone, quando achava que já não era possível odiar ainda mais um simples aparelho eletrônico.

46. DIRETO AO PONTO

— Acordei você? — Conrado indagou, assim que o dr. Wilson atendeu ao celular.

— Bom dia, barbudo. Claro que não me acordou. Estou de pé desde as sete, Helena não me deixou dormir um minuto a mais. Só folgo durante a semana. Achei que *você* não estaria acordado.

— É, mas sempre dão um jeitinho de me tirar da cama. Onde você está agora?

— Na delegacia, resolvendo uma pilha de problemas.

— Hum... — Ele fez uma pausa. — Sabe quem me ligou agora cedo?

— Não.

— O Eustáquio.

Wilson, de repente, prestou mais atenção à conversa.

— Puxa, sério? Ele resolveu aparecer?

— Disse que não tinha aparecido antes porque estava na Suíça, cuidando de um câncer no pulmão.

— Hum... Deve ser chato voltar pro Brasil e descobrir que seu filho único se suicidou... Ainda mais com esse câncer... Há quanto tempo ele está com a doença?

— Boa pergunta. Mas parece que já deve fazer algum tempo.

— E ele ajudou de alguma forma?

— Sinceramente, Wilson, acho que ele mais atrapalhou do que ajudou.

— Espere só um minutinho, Lyra... — E, colocando o celular na mesa, Wilson começou a berrar com alguém que acabara de entrar na sala. Rugiu por quase dois minutos, durante os quais Lyra foi esquecido na linha telefônica. Terminando com palavras de ordem como "agora resolve essa bagunça de uma vez", o delegado retornou à ligação: — Oi, Lyra, desculpa.

— Tranquilo. Wilson, o que você vai fazer hoje?

— Muitas coisas.

— Tá bom. O que você vai fazer hoje relacionado ao caso do Eric?

— Isso é informação oficial, mas tudo bem. Nesse quesito, você já é quase a minha esposa. — Gargalhou alto. Em seguida, recuperou a seriedade que lhe era de costume. — Agora o caso é oficialmente do DHPP. A *Folha* já até deu a informação. Queria ver a cara daquele bosta do Anderson ao saber disso... — Wilson riu com prazer. — Bom, a ideia é interrogar todo o corpo de funcionários do prédio e tentar descobrir alguém que estava na rua na hora do ataque. Tem alguma sugestão?

— Pois é, Wilson, eu tenho. Será que você não tem uma meia hora pra ir a um prédio lá perto do Royal Residence?

Wilson suspirou fundo.

— Caramba, no que você vai me meter agora?

— É em Higienópolis mesmo, no prédio da Michelle, a namorada do Eric. Ex-namorada...

— Sei.

— Não tem como você dar uma palavra com a família? Perguntar se eles sabem por que o Eric se matou, se ele mostrou algum sinal de que ia se suicidar, se a família sente por ele... Todas essas perguntas prontas, sabe?

— E você acha que isso vai me ajudar a descobrir quem atacou a velhinha Olga? Porque eu tenho um diretor e uma cidade inteira atrás de mim, praticamente me ameaçando para descobrir rápido quem cometeu essa atrocidade. Só seria pior se tivessem atacado um bebê ou um cachorro. Ou um bebê com um cachorro.

— Claro que vai ajudar. A Olga só se meteu nessa história porque eu pedi pra ela ajudar nas investigações. O ataque a ela tem relação com a morte do Eric.

— Bom, mas o que você quer que eu tire da família da ex-namorada?

— Lembra da conversa com a Miranda Schatz?

— Ô, se lembro... — Wilson tremeu.

— Ela disse que a mãe da Michelle tinha começado a pedir emprego na Viva Editorial.

— Disse?

— Disse. Talvez a gente ache alguma ponta solta nessa história.

Na sala do DHPP, o delegado Wilson Validus coçou a cabeça.

— Ah, tudo bem, vai. Eu vou atrás deles. Ligo pra você amanhã cedo pra dizer como foi.

— Depois das dez da manhã, né?

— Vá se ferrar!

Desligaram juntos.

47. PROMESSA A UMA MÃE FALECIDA

A mãe de Zeca falecera seis anos antes. Ela fora uma mulher bastante antiquada para o século XXI, adotara ideologias patriarcais enquanto as mães das outras crianças na escola viviam propriamente como mulheres contemporâneas. Mas Zeca não se incomodava com isso. Pelo contrário, amava a simplicidade da mãe e aquele jeito dela de sempre estar encolhida, dar conselhos baixinho e manter-se inexpressiva, como se temesse uma repreensão do marido, como se soubesse que seu lugar era inferior e secundário. Ela crescera com essa mentalidade e criara o filho assim. Não por isso ele deixara de respeitá-la.

Quando menino, Zeca era levado pela mãe para brincar em um parque do Rio de Janeiro, onde encontrava crianças de sua idade no *playground* e com quem chegou a estudar a vida inteira junto. Uma delas era Eric — o riquinho que ostentava suas posses, com certeza fadado ao esnobismo, mas que inexplicavelmente via graça no filho dos caipiras. Entre eles surgiu uma amizade inesperada que só poderia mesmo ter nascido em um *playground*.

Zeca, porém, nem sempre brincava com as outras crianças. Às vezes, preferia desfrutar da solidão nos escorregadores menos populosos. E sua mãe, em vez de tentar curar o isolamento do filho, apenas o contemplava, lá do banco onde ficavam os pais. No semblante, a inexpressividade dela levava as outras mulheres a crerem que a mãe de Zeca não se importava nem um pouco com o filho. Mas ele sabia que aquele olhar, aparentemente vazio, era a maior representação de amor e cuidado que sua mãe poderia ter por ele. Ela via tudo, ouvia tudo. Só escolhia ser discreta.

— Eu vi que aquela menina te bateu no rosto quando vocês estavam atrás do escorregador e você tentou esconder de mim — a mãe disse certa vez a Zeca, com a fala tão mansa quanto a de uma criada; o garoto devia ter seus sete anos. — Machucou?

Zeca corou pelo flagra. Chacoalhou a cabeça de leve.

— Por quê?

— Porque eu não bato em meninas... — ele respondeu, meio choroso.

— Isso eu sei, querido, e você fez bem. Não devia mesmo ter revidado. Mas o que aconteceu?

— A Luize tinha pedido pra eu cuidar do hamster dela enquanto ela viajava no fim de semana. Mas eu... eu... — O maxilar dele começou a tremer, os olhos se encheram d'água. — ... eu esqueci o hamster na escola e ele morreu!

Zeca chorou por pelo menos cinco minutos. Como se escutasse uma explicação consistente do filho, a mãe ouviu o choro todo, sem se intrometer, o rosto inalterado. Quando o garoto deu o choro por concluído, a mãe disse:

— Já foi, querido. Você só precisa ser mais atento. Só isso. Corra atrás das coisas — ela sustentou —, senão, quando você menos perceber, já vai ter esquecido tudo. E, então, terá de arcar com as consequências. Elas nem sempre são boas.

E ela logo se calou, como fazia nas vezes em que dava conselhos. Se ele pedisse explicações, a mãe daria de ombros, impotente, e alegaria que era melhor que Zeca perguntasse ao pai. Depois iria descascar laranjas para o filho, exprimindo aquela humildade de camponesa dos séculos passados.

Foi acompanhada dessa mesma humildade que a mãe morreu, nos braços do filho.

A apendicite evoluíra para uma infecção generalizada e, em pouco menos de uma semana, a mãe de Zeca chamava seu garoto para conversar no quarto. Ele chegou da escola naquele dia e sua primeira visão foi a do pai chorando na sala, inconsolável. O menino — então na oitava série — correu para o quarto no final do corredor e encontrou a mãe psicologicamente sã, apesar da doença aparente. Ela, então, tocou o braço do filho e ele se aproximou mais. Com dificuldade, a moribunda cochichou, como de costume:

— Eu estou indo, querido.

O choque foi imediato.

— Mas você disse que não era nada! Você disse que era melhor cuidar em casa!

— Eu estava errada...

Contudo, não foi essa cena que Zeca guardaria como foto em sua memória pelo resto da vida.

Foi uma de três dias antes — de quando ele se esquecera de apresentar os papéis da rematrícula escolar aos pais e, por isso, corria o risco de perder o ano letivo. O pai esbravejou e ameaçou bater no filho com a cinta. O garoto precisou se trancar no quarto até que o patriarca se acalmasse e voltasse à sala para assistir à TV. Nessa brecha, Zeca abriu a porta e procurou refúgio no quarto do fim do corredor. A mãe — já de cama pela doença silenciosa — o acolheu em seus braços com aquela mesma face inalterada. Afagou o cabelo do menino e o tranquilizou em muito menos tempo do que ele achava possível. Mas, pouco antes de deixá-lo ir, a mãe murmurou aquelas palavras de conselho:

— Por favor, querido, prometa pra mim que você vai começar a correr atrás das coisas. Prometa que será mais atento. Senão as coisas passam... e você percebe que não teve tempo pra consertar metade do que queria antes de enfrentar as consequências.

Zeca, naquele momento, sentiu-se traído pela mãe. Ele a havia procurado, afinal, na expectativa de fugir dos problemas, de conseguir um ombro no qual lamentar seus erros. Ela, no entanto, havia sido igual ao pai e o mandara embora com uma lição de moral que ele não queria ouvir naquele momento.

Mas que ouviria pelos anos seguintes. Pois, três dias depois, a mãe de Zeca morreu e fez daquela lição de moral seu legado. A seis anos daquela cena, o rapaz ainda podia assistir a si mesmo, um moleque irritado fechando lentamente a porta do fim do corredor e indo em direção à própria cama, querendo fugir de tudo aquilo.

Em São Paulo, naquela manhã de domingo, Zeca Carvalho acordou cedo e decidiu não atrasar mais suas ações. Precisava ir atrás das coisas ou elas passariam e não poderiam mais ser remendadas.

E, desta vez, Zeca não queria lidar com as consequências das quais sua mãe falara.

48. CONSELHO

Zeca acordou antes das sete, vestiu a calça jeans que usara na noite anterior, escolheu uma camiseta preta do Iron Maiden e partiu ainda cedo para o Royal Residence. No domingo, o combinado era que chegasse antes das nove — depois disso, o turno de seu Gustavo acabava e o porteiro ia embora sem esperar o jovem roqueiro para as conversas costumeiras.

Por isso, Zeca tocou o interfone da portaria às oito e quinze.

Mas, dessa vez, não foi seu Gustavo quem o atendeu.

— Pois não? — disse uma voz diferente daquela que o cabeludo esperava. — Oi?

O jovem não soube como reagir. Ficou aturdido como se tivesse sido descoberto em território inimigo.

— O senhor vai no apartamento de quem? — o porteiro insistiu, pronunciando as palavras ainda mais alto.

— Eu... Eu vou...

O porteiro esperou em vão que Zeca terminasse a frase. O rapaz se viu numa de suas crises de timidez — daquelas que só passavam quando ele se imaginava tocando baixo em um show de rock lotado. Somente o casamento entre música e diversão era capaz de apaziguá-lo.

— O Gustavo não veio hoje? — o roqueiro lançou, assim que teve forças para unir a coragem típica de um fã sustenido.

Foi a vez de o porteiro emudecer.

— O seu Gustavo não vem mais, eu acho, viu?

Zeca franziu o cenho. Fitou o interfone como se mirasse diretamente os olhos do porteiro.

— O que aconteceu?

O silêncio surgiu novamente. Desta vez, até mais longo do que da última. E logo Zeca percebeu o motivo: o porteiro — o negro de rosto triste — havia abandonado seu posto. Apareceu à porta de sua cabine e, depois de dar uma boa conferida em Zeca, desceu os poucos degraus até a grade do portão.

— Eu vou contar pra você, jovem, porque já te vi conversando com o Gustavo antes e vocês devem mesmo ser amigos. Mas ó: não espalha isso por aí não.

Zeca, do outro lado das barras da grade, pediu que o homem continuasse.

— O negócio está preto pro lado do Gustavo, sabe? Ele foi em cana ontem à noite.

— Está falando sério?!

— Jovem, uma moradora daqui foi atacada na cabeça. Bateram na cabeça dela até ela desmaiar. Quase morreu desmiolada, a mulher! Uma condômina; sim, daqui do prédio. E sabe quem foi que quase estourou a cabeça dela? O Gustavo. Sim, o Gustavo, estou te dizendo! Foi o que o homem da polícia disse. E parece que todo o mundo acha isso também. O pessoal daqui está horrorizado, disso você pode ter certeza... Levaram o Gustavo pra delegacia ontem mesmo e ele vai ficar preso. Eu vi que você costumava conversar de manhã com ele, jovem. Quer uma dica de um velho que já viu muita polícia na vida? Vaza! Cai fora daqui e não volta mais. Senão, eles pegam você também.

49. QUANTOS ANOS DE SOLIDÃO?

O rapaz se afastou do Royal Residence com a respiração pesada. Roía a unha inconscientemente. Atravessou para o outro lado da rua e seguiu pela calçada até a esquina, sem nem ao menos perceber para onde estava indo. Sua expressão era a de quem se achava muito longe.

Até que a buzina de um carro o fez voltar à terra. Zeca já estava a vários metros do Royal Residence, em frente ao Shopping Higienópolis. O motorista que quase atropelara o rapaz ofendeu-o com três palavrões que Zeca nem ouviu. "Para onde estou indo?", ele se perguntou. E, então, recebeu outros xingamentos de um taxista que vinha atrás.

— Preste atenção, moleque! — o taxista gritou antes de cantar pneu em primeira marcha.

Preste atenção.

A lembrança veio imediata e espontânea. "Prometa que será mais atento", Zeca recordou aquelas palavras duras; lembrou-se de como sua mãe as dissera com um excesso de paciência que, no linguajar dela, traduzia a pior das infrações.

Zeca voltou a experimentar a tristeza daquela última bronca materna. Relembrou ainda mais: daquele exato instante em que o Zeca de catorze anos havia voltado ao próprio quarto, sentindo-se traído pela mãe — como qualquer jovem sente quando leva uma bronca. E não tinha uma relação afetuosa o bastante com o pai a ponto de recorrer a ele naquele momento de amargura. Sentiu-se sozinho. "Quantos anos de solidão?", ele tentava se lembrar do livro de Gabriel García Marquez. Dez? Cinquenta? Cem?

Para ele, haviam sido seis.

Ainda parado na sarjeta, com os olhos ausentes do presente e perdidos no passado, Zeca retornou aos pensamentos daquele dia. "Não posso contar com a minha mãe", ele pensara, melancólico, "não posso contar com o meu pai, com ninguém... ninguém...". Até que seus protestos mentais foram interrompidos pelo toque do telefone. Ele atendera, a contragosto.

Era Eric... Eric Schatz, o garoto que por tantos anos insistira em chamar Zeca para jogar videogame na sua luxuosa e gigantesca residência, para jogar futebol no clube, para ir ao Posto 9 com ele e com o pai.

— Não posso hoje, Eric...
— Eu não liguei pra você recusar — Eric replicara, mimado. — Minha mãe e meu pai foram viajar, a TV da sala é só nossa! Vai, Zeca, vem pra cá. Se você não vier, eu chamo o Lucas e a gente vai ficar falando mal de você! — E riu com um humor travesso.
Eric...

50. ANTES DO ALMOÇO

Dênis ouviu o toque do celular vindo da sala e congelou. Calculista como sempre fora, ele não foi atender na hora. Continuou sentado na cama e ficou a refletir: quem poderia estar ligando para ele naquela manhã? Não esperava nenhum telefonema. E o pior: a ligação era no celular, o que significava se tratar de algo importante. Se fosse uma ligação da família ou telemarketing, seria o telefone fixo que estaria berrando.

Os toques, de repente, cessaram. E recomeçaram depois de alguns segundos.

Ainda com o semblante pensativo, Dênis ergueu-se e foi, a passos lentos, até a sala. Checou o número de quem telefonava pelo visor do celular. E, então, relaxou os ombros, antes rígidos, e suspirou com tranquilidade. Foram necessários apenas mais dois toques até que Dênis estudasse que atitude adotar e o que exatamente dizer.

— Alô.
— Oi, Dênis — a voz veio apreensiva e agitada.
— Opa, Zeca, e aí? Como você está?

O roqueiro demorou para responder. E quando o fez, pulou as introduções.

— Eu estive aí no prédio hoje cedo. O porteiro me contou o que aconteceu.

— Ah... — E depois de um intervalo para selecionar as palavras certas: — Pois é, o clima aqui está meio pesado. Não é pra menos...

Zeca, do outro lado, voltou a cortar as frases genéricas:

— O porteiro, o Gustavo, foi preso mesmo?

— Foi? Eu não desci para perguntar — Dênis falou como quem perdeu a fofoca. — Não saí do meu apartamento pelo menos nas últimas quinze horas...

O rapaz de cabelo longo não aguentou:

— Até parece! Quer mesmo que eu acredite que você não ficou sabendo de nada?

— Eu... O quê?

— Não mente! — Zeca começava a se irritar como nunca antes.

— Calma... Não é bem assim. Fiquei sabendo por causa da movimentação da polícia por aqui. Mas só isso.

— E por que você não me ligou pra contar? Cacete...

— Ué, não liguei porque o porteiro não tem nada a ver comigo...

— Mas você sabe que tem a ver comigo!

Ante a exclamação irritada de Zeca, os dois se calaram por longos instantes.

— Quem foi a mulher que levou a batida na cabeça?

— Olga Lafond — informou Dênis, sem emoção.

— Você conhece?

Pausa.

— Mais ou menos... — E indo de uma frase verdadeira para uma montada: — É mesmo um choque pra quem mora aqui. Ainda mais pra *nós*, que primeiro perdemos o Eric, e que agora...

Foi a faísca de que Zeca precisava para entrar em combustão.

— Puta que o pariu, Dênis! — ele vociferou. — Mas que porra! Pare de ficar fingindo que você não tem nada a ver com isso! *Você tem!* Eu, você, a Michelle, todos nós...

— Zeca, o que você...

— ... e mesmo assim você continua fazendo esse joguinho de...

O corte foi hostil:

— Mano! Pare de falar bosta!

E, de repente, foi a vez de Dênis explodir em ira — aproveitando, claro, para tomar o controle da situação:

— Deixe de ser covarde! Será que nem agora você consegue parar de agir igual a uma menina? Hein? De ficar chorando por aí? Seu veadinho de merda!

Aquele era definitivamente o Dênis que Zeca conhecia.

Zeca, por sinal, ouviu os insultos com os olhos esbugalhados e as orelhas ardentes. Durante o silêncio seguinte, ele deu uma fungada longa — que fez Dênis cogitar se seu interlocutor começara a chorar.

Dênis fechou os olhos, suspirou e voltou a manter a calma.

— Agora... — ele retomou a conversa com um tom de voz firme e controlado. — ... o que você precisa é esquecer que algum dia trocou um "bom dia" com esse porteiro. Ele que se foda na cadeia. Entendeu?

Silêncio.

— *Entendeu?!*

— U-hum... — Zeca respondeu, assustado.

— Bom.

E, depois, numa súplica desesperada, o carioca indagou:

— Dênis, o que a gente faz?

— A gente tem que continuar de luto pelo suicídio do Eric; só isso. Mais nada. E, por tudo que é mais sagrado, não dá nenhum fora! Puta merda, não me dá nenhum fora! É só agir de boa até tudo isso passar. Mas, até lá, fica na sua.

Obediente, Zeca concordou, com a voz fraca.

— E não me liga mais nesse número — Dênis ainda advertiu. — Pra polícia, você era amigo do Eric, eu era amigo do Eric, mas eu e você não nos conhecíamos bem. E a gente não vai dar motivos pra que eles pensem o contrário. Fica esperto pra grampo no telefone ou pra microfone na sua casa. É só não sair por aí falando o que você não deve que não tem perigo. Se for urgente... só se for urgente... e você precisar falar comigo, liga pra imobiliária do meu pai, entendeu? Agora vai pra casa e vê se não sai de lá.

Medroso, Zeca despediu-se de Dênis que retribuiu com um cumprimento seco. Mas quando estava prestes a apertar o *end* e encerrar a ligação, Dênis lembrou-se de algo mais:

— Ah, e toma cuidado com aquele barbudo...! — foi o máximo que conseguiu dizer antes que a linha fosse cortada de vez.

Dênis ficou em dúvida se Zeca conseguira ouvir aquele último aviso.

51. TESTEMUNHA

Catorze andares abaixo, o dr. Wilson fazia companhia ao dr. Souza. Estavam os dois em frente a uma mulher negra de cabelo crespo caído sobre o ombro. Bonita. Vestia uma saia jeans até as canelas e uma blusa de algodão creme. A combinação seria mais adequada a uma senhora mais velha, não a uma moça de seus trinta anos.

— Qual é seu nome completo? — indagou Souza, o diretor do DHPP, sem desviar os olhos espertos do papel e da caneta. Souza era pelo menos vinte centímetros mais baixo do que Wilson. Tinha o rosto redondo, cabelo ralo loiro e esperteza na voz cansada. Na verdade, tudo nele parecia gritar cansaço.

E aí se encontrava a maior diferença entre ele e outros delegados da polícia civil: a responsabilidade com o trabalho era tanta que até as exigências mais básicas do dr. Souza — como descanso, alimentação, diversão — eram deixadas de lado quando competiam com a investigação de um crime. Não à toa Souza se tornara diretor do DHPP antes dos cinquenta anos. E também não era coincidência ter se divorciado das três mulheres com quem casara ao longo da vida.

— Lidiane dos Santos Magalhães.

— E o endereço é este mesmo? — O delegado mostrou a anotação de seu caderno.

Lidiane leu com atenção a caligrafia caprichada e concordou com um ar sério.

— É esse. — E depois, soando verdadeira: — Sua letra parece de convite de casamento, delegado.

Souza esboçou um sorriso. Levou aqueles olhos atentos ao dr. Wilson e suspirou.

— O Wilson aqui me disse que a senhora esteve...

— Pode me chamar de você.

— Ok. O Wilson me disse que você esteve no banco aí de fora ontem à noite esperando o ônibus.

Por mais que estivesse cansado pela noite curta, Wilson sentia vontade de fazer as perguntas ele mesmo. Mas sabia se colocar em seu devido lugar e respeitar a hierarquia vigente.

— É isso. Trabalho no prédio aqui do lado e ontem ajudei minha patroa em uma festa que o filho dela fez.

— Festa, é? Bom, bom. — O dr. Souza escondia suas verdadeiras reações. — Quantos anos tem o menino?

— Fez dezoito ontem.

— Ah, então você deve ter trabalhado muito — Wilson comentou.

Lidiane não respondeu.

— Mas continua — Wilson pediu.

— A festa durou o dia inteiro e acabou depois das nove. Devo ter chegado no banco aí da frente lá pelas dez horas. Mas o ônibus não veio até as onze. E eu fiquei sozinha lá. Nem um guarda perto.

Aquela última frase soara mesmo como uma reclamação?

— Ainda não entendi por que só o seu ônibus passa aí fora, sendo que o ponto é lá pro fim da rua...

— Eu vou de ônibus fretado. É um micro-ônibus, na verdade. Ele me busca aqui, junto com os outros funcionários, e me deixa no meu bairro. Acontece que só eu trabalhei no sábado. Então, o ônibus veio só me buscar. O problema é que o motorista resolveu beber e me deixou uma hora esperando, o desgraçado.

Souza mudou de assunto:

— O que importa é que você viu quem entrava e saía deste prédio aqui. É isso?

— Olha, eu praticamente não vi nada. Os únicos moradores que notei entrando foram um homem e uma mulher em um carro. E isso foi logo que eu cheguei.

O dr. Souza concordou com a cabeça enquanto procurava anotações a esse respeito no caderninho que tinha em mãos.

— Sim — ele afirmou, quando achou o que buscava —, o senhor e a senhora Torres, do 2303-B. A gente já falou com eles; também não viram nenhuma movimentação no térreo do prédio.

— Pois é — falou a empregada. — Do lado de fora, foi igual. Não vi mais ninguém entrar ou sair. Nem de carro nem a pé. Só teve uma hora em que a luz da portaria apagou...

Wilson levantou o rosto.

— E você viu quem estava lá dentro?

— Não... não tinha como, com o escuro.

— E você ouviu o barulho dos monitores sendo destruídos?

A moça refletiu por alguns instantes e fez uma careta de dúvida. Não sabia a qual dos delegados deveria responder.

— Eu devo ter ouvido, mas não sei. A gente ouve cada barulho nas ruas desta cidade que nem repara mais no que é importante ou não.

— Tudo bem, não esquente com isso. — Souza sorriu.

Lidiane foi dispensada com um longo agradecimento dos delegados. A empregada disse que não havia problema em ajudar e saiu, sem falar mais.

Ninguém saíra e ninguém entrara no Royal Residence durante a hora em que Olga Lafond foi atacada. Isso só queria dizer uma coisa...

52. FELIZ COINCIDÊNCIA

Zeca deixou o Shopping Higienópolis poucos minutos depois das onze horas. Os corredores iluminados pela luz artificial já começavam a ser preenchidos por uma infinidade de famílias que aproveitavam o domingo para passear entre lojas e redes de *fast-food*. Quando a seção de CDs da livraria em que Zeca estava começou a dar sinais de que logo também estaria lotada, o roqueiro deu meia-volta e partiu, sem comprar nada.

Já na rua, ele andou cheio de incerteza e vazio de objetivos. Seus passos vacilantes pareciam os de um mendigo que não tinha um lar para o qual se dirigir.

Agora vai pra casa e vê se não sai de lá.

Como se ainda obedecesse ao que Dênis orientara pelo telefone, Zeca trilhou um novo caminho até o ponto de ônibus da esquina e esperou por treze minutos. Pegou a mesma condução de sempre.

Levou quarenta e cinco minutos para chegar até o ponto em que costumeiramente desembarcava: o mais próximo de sua casa, no Tatuapé. Desceu com os olhos perdidos e caminhou mecanicamente pela calçada que tão bem conhecia.

Zeca estava bem próximo de sua casa quando percebeu um rosto familiar passar por ele, na direção oposta. Curioso, o rapaz virou-se. O homem, que ele reconheceu na hora, também se detivera e o analisava com a cabeça virada sobre o ombro.

— Zeca? Opa, tudo bem?

— Ah, o senhor...

Conrado Bardelli girou o corpo e voltou alguns passos no caminho para apertar a mão de Zeca Carvalho.

— Como é que você vai? — Conrado indagou, e pôs ênfase na pergunta, realmente querendo saber do estado de saúde de Zeca.

— Bem.

— Bom, bom... — E olhando em volta: — Puxa, que coincidência!

— É... É mesmo?

Conrado franziu o cenho com a pergunta.

— Opa se é!

O outro, acuado, não falou por alguns segundos. Nem parecia respirar.

— Achei que o senhor tivesse vindo me procurar...

— Não, não, nada disso. Vim pra feira, comprar umas frutas. — E exibiu algumas sacolas plásticas com caixas de uvas e carambolas. Lyra adorava carambolas. — Por quê? Você mora aqui perto?

— Moro neste bairro — Zeca se viu obrigado a confessar, preocupado.

— Ah, certo. Mas olha, Zeca, mesmo se eu quisesse falar com você, não teria como te procurar na sua casa. Não tenho acesso às informações da polícia. Não sei qual é o seu endereço.

Zeca acenou com a cabeça, um pouco mais calmo. Sua face, porém, ainda era a de uma presa assustada. E quando olhou para a frente, percebeu que Conrado o analisava com um meio sorriso de simpatia nos lábios. Um tipo de sorriso que Zeca não recebia havia muitos meses.

— Você deve me achar um velho estranho — disse Conrado.

— Ah, sei lá... Mais ou menos.

— Desculpa se eu te assusto.

— Não, tudo bem.

Calaram-se de novo. O jovem esperava a primeira oportunidade para ver-se livre daquele diálogo perigoso.

— Bom, eu já vou indo...

Zeca foi interrompido:

— Eu vi que ali atrás tem um bar-restaurante com estrogonofe hoje.

Inconscientemente, Zeca deu um passo atrás. Lyra começou a rir.

— Calma, rapaz — falou, ainda entre as risadas. — Eu só ia te chamar pra tomar um porre.

"Um porre" era o tipo de expressão que Conrado Bardelli dificilmente usaria em outras situações.

— Eu ia tomar um uísque sozinho agora à tarde, de qualquer jeito. Não tenho muitos amigos aqui em São Paulo e os que tenho não podem largar a família pra tomar uísque em pleno domingo. É difícil ser o único cara sozinho... — Suspirou. — Você tem família aqui?

Tinha. O pai. Zeca preferiu dizer:

— Não...

— Então, não quer vir comigo? Vai! Vamos lá... A gente come um estrogonofe, toma um uisquinho e, quando der duas horas da tarde, eu vou embora porque tenho compromisso.

Zeca emanava receio por todos os poros. Começou, inclusive, a mastigar a unha do indicador enquanto pensava em alguma forma de fugir do convite.

— Eu não sei se dá... — ele articulou, prestes a embalar uma história qualquer sobre provas na faculdade.

— É uma horinha só. E outra: você me deve um almoço desde sexta-feira. Lembra?

Agora ele foi pego desprevenido. "Fico te devendo", ele dissera ao detetive naquele primeiro encontro de sexta-feira, sem de fato pensar no que dizia. Afinal, como ele iria adivinhar que uma próxima oportunidade de almoço com Conrado Bardelli de fato surgiria?

Quando deu por si, o músico já estava andando lado a lado com o barbudo, que o conduzia ao tal bar-restaurante no final da rua.

Entraram por uma porta de vidro, dura de se abrir, e vislumbraram um salão pequeno e cheio de mesas de ferro. Apenas três delas estavam ocupadas. Os dois novos clientes se entreolharam e decidiram se sentar a uma mesa da parede, encimada por uma janela aberta para a rua lateral. Ao fundo do salão, um balcão de madeira ocupava toda a parede. Do outro lado do balcão, um rapaz de camiseta preta fazia uma caipirinha com habilidade e monotonia. Sua expressão facial era a de um operário que realizava a mesma tarefa repetidas vezes ao longo do dia, sete dias por semana, trezentos e sessenta e cinco dias por ano. Quando viu os dois novos visitantes se acomodarem, ele direcionou, falando alto:

— Vão querer beber alguma coisa?

— Oi, boa tarde. Dois uísques, por favor. Quais você tem? — Conrado ouviu a resposta do *barman*. — Ah, pode ser o Jack. Obrigado.

Depois, Conrado voltou sua atenção ao rapaz sentado no outro extremo da mesa. Zeca mantinha a cabeça baixa e encarava as mãos. Então, os dedos da mão direita começaram a se mover e a batucar um ritmo marcado e repetitivo no tampo. O detetive se perguntou se o jovem seria capaz de passar o almoço inteiro daquele jeito.

— Você conheceu o Eric quando eram crianças?

Zeca concordou uma só vez e sussurrou uma reposta afirmativa. Continuou a batucar a música.

— Eu lamento mesmo pela morte dele. *Realmente*. Peço desculpas por ter que falar dele. Peço desculpas até pelo fato de eu fazer com que você se lembre da morte dele.

O rapaz balançou a cabeça mais uma única vez. O efeito agora, contudo, foi diferente. Ele interrompeu o movimento dos dedos.

— Eu... Obrigado — murmurou para o umbigo.

Conrado passeou o olhar pela cena e se viu sem reação. Esperou por mais alguns instantes e, enfim, foi salvo pelo garçom — um senhor de mais de sessenta anos com o rosto enrugado e sobrancelhas grossas.

— Boa tarde, boa tarde. A bebida — ele anunciou, e deixou os copos diante deles. Depois perguntou se os dois iriam querer o prato do dia. Quando recebeu a resposta afirmativa, se distanciou sem alterar o semblante.

— Obrigado pela companhia também. — E, então, Conrado agarrou seu copo com a mão direita e o ergueu à altura do rosto.

Forçado, Zeca o imitou. Os dois fizeram um brinde tímido.

— Eu queria ter um filho que pudesse me acompanhar nos drinques de domingo. Só tenho uma sobrinha, que já é casada e não tem motivos mais pra ligar pra mim. Mas estou começando a falar besteira... Obrigado, Zeca. Por isso, eu te convido a tomar esta primeira dose num gole só. Aguenta?

O rapaz não conteve o riso divertido.

— Você é louco...

— Ué, não aguenta? — o barbudo desafiou.

— Aguento — balbuciou.

Agora, brindaram com mais ânimo e cada um virou o próprio copo. Seria o primeiro de muitos.

53. FELIZ PLANEJAMENTO

Três horas antes, Conrado Bardelli havia gasto vários minutos analisando uma extensa lista telefônica de São Paulo.

— Que saco... — reclamou, sem encontrar o que tinha em mente.

Até que uma ideia pipocou em sua cabeça.

A internet.

Jogou a lista telefônica no lixo — literalmente — e correu para o *notebook*. Sua mente arcaica ainda não era acostumada às facilidades que a internet oferecia; por isso, não pensara antes na possibilidade de achar o telefone pelo site de buscas.

Ele se sentou na cadeira de estofamento azul, abriu a parte superior do aparelho e checou a conectividade. Iniciou o navegador da internet e digitou no campo de busca o que procurava. Não encontrou nada na página 1 dos resultados, nada na página 2. Quando já perdia as esperanças, a página 3 se abriu e exibiu no topo uma relação de bares e restaurantes da zona leste de São Paulo. Conrado ergueu uma sobrancelha.

Abriu a página e procurou o nome que queria. Não, não, não... *Voilà*.

No mapa que abrira em outra aba do navegador, o detetive conferiu os endereços apontados pelo site. Sim, era aquele mesmo restaurante. Levantou-se e apanhou o telefone da cabeceira. Digitou o número que acompanhava o endereço.

— Alô?

— Oi, bom dia. É da Pão e Rum?

— É sim. Quem está falando?

— Meu nome é Conrado. O seu é...?

— Luís. Sou o gerente daqui.

— Então é com você mesmo. Luís, é o seguinte: eu devo ir almoçar aí no restaurante hoje à tarde com um amigo. Não sei a que horas a gente vai chegar, porque não sei quando vou encontrar esse meu amigo. Mas deve ser entre meio-dia e duas horas.

O gerente vinha tentando interromper Lyra desde o início do discurso. Usou a pausa de respiração do cliente para conseguir falar:

— Mas é só vir. Hoje, não precisa marcar reserva, não.

— Não, não é isso. Eu preciso que vocês me façam um favor. Sabe o que é? É aniversário do meu amigo e a gente está planejando a maior festa. Eu só preciso que ele fique animado rápido, sabe?

Luís viu graça naquilo e deu três gargalhadas patéticas.

— Onde é que vai ser essa festa?

Lyra seguiu com o teatro e deu uma risada maliciosa. Respondeu:

— Lá mesmo onde você está pensando!

E deu mais gargalhadas com o gerente.

— Mas o que eu quero propor — Conrado prosseguiu — é o seguinte: eu vou até o restaurante, me sento com esse meu amigo e peço uma bebida. Não tem como não reconhecer a gente: eu tenho uma barba enorme e ele tem um cabelo enorme.

— Puxa!

— É, coisa de família. Ele é meu sobrinho, sabe?

— Porra, queria eu ter um tio que me desse uma festança assim de aniversário!

Aproveitaram mais algumas risadas conjuntas.

— Mas, e aí, você vai chegar com seu sobrinho e fazer o quê? — Luís pareceu, finalmente, curioso.

— A gente se senta, e aí quero que vocês perguntem o que a gente vai beber. Vou pedir dois uísques; meu sobrinho gosta muito de uísque. Mas você vai trazer uísque só pra ele, entendeu? Eu sou um ex-alcoólatra, meu amigo. Se puser uma gota de cerveja na boca, a merda está feita. Que dirá uísque!

— Eita...

— É. Mas meu sobrinho não sabe e queria beber com o tio. De qualquer forma, ele precisa mesmo é estar pra lá de louco pra aproveitar a festinha. Então, o negócio é esse: avisa pros garçons e pro *barman* que um barbudo e um cabeludo estão indo pra aí e vão pedir dois uísques. Mas no copo do barbudo é pra colocar chá de pêssego.

— O seu sobrinho vai perceber, não vai?

— Põe bastante gelo no meu copo. Assim, dá pra confundir. E outra: ele nem vai reparar direito, tenho certeza. Fechado?

— Bom, se o senhor quer... — E soltou mais algumas gargalhadas.

54. ALMOÇO DE TIO E SOBRINHO

— Vira mais este comigo, vai! — clamou Conrado, infantilmente alegre.

Zeca chacoalhou a cabeça, um sorriso bobo agora pairando em seus lábios.

— Não...

Ele já não parecia mais o mesmo Zeca Carvalho de antes. Seu cabelo comprido não havia sido arrumado e, agora, estava em desordem pelo rosto, às vezes escondendo os olhos. Estes se encontravam um pouco mais pesados do que quando chegaram. A postura também mudara: o rapaz tinha os dois cotovelos apoiados na mesa, o pescoço menos tensionado e, por duas vezes, quase tocara a testa na superfície de ferro, tamanha sua tontura. Seus gestos desmedidos já teriam derrubado algum dos copos, caso o garçom de rosto enrugado não tivesse sido eficiente o bastante para recolhê-los de minuto a minuto.

Na porta lateral do restaurante, que dava acesso à cozinha, o gerente Luís dava risada sozinho.

— Alguém vai cair na zona hoje...

Na conversa entre os falsos tio e sobrinho, o tio insistia:

— Vai, vira mais uma... Olha aqui, oh! — E tremeu o copo para instigar o mais novo.

Zeca apanhou seu copo e deu três grandes goles no líquido, um entusiasmo juvenil crescendo dentro dele. Conrado, do outro lado, ingeriu sua sétima dose de chá. Enquanto o mais novo se embriagava com altas doses de álcool, o mais velho se inebriava de puro açúcar. Por um segundo, ele se viu refletindo se não teria sido mais saudável ter bebido mesmo o uísque em vez daquela bebida industrializada com gosto de metal.

— Mas ca-cadê esse estrogonofe? — gaguejou o roqueiro, tentando, sem sucesso, manter a fala fluida.

— Pois é, cadê esse estrogonofe? Meia hora já...

E quando o gerente apareceu na porta lateral, Conrado lançou-lhe uma piscadela disfarçada. O funcionário compreendeu e sumiu para o interior da cozinha.

— Olha, Zeca — começou Lyra, fingindo-se ébrio —, eu vou te dizer que não sei de absolutamente nada desse caso do Eric, hein.

Ao compreender que evoluíam para aquele assunto, Zeca, imediatamente, enrugou o rosto. Irritou-se com um desconforto interior muito visível. Mas o que pareceria intimidador no Zeca sóbrio pareceu risível no semblante do Zeca bêbado.

"Espero que ele consiga me responder o que sabe antes de vomitar ou apagar."

E como se lesse a mente de Conrado, Zeca articulou, de maneira infantil:

— Eu não vou te responder na-nada. — E deixou a cabeça pender para o lado.

— Opa, mas calma, rapaz. Eu nem pedi respostas. — E depois de um intervalo estratégico: — Mas você tem alguma coisa pra me responder?

O bêbado pareceu tornar-se sóbrio naquele instante. Seus olhos se esbugalharam, sua postura endireitou-se, sua face pareceu ciente da situação.

— Não, não, não.

— Ué, mas você acabou de dizer que não vai me responder nada. — Ele tomou mais um gole do chá e fez careta, como quem sente o álcool arder goela abaixo. — Então, você *tem sim* alguma coisa pra me responder.

— Eu já disse que...

— Ó o seu prato — o garçom veio por trás de Zeca e encaixou o estrogonofe na mesa por cima dos braços do cliente.

Zeca encarou o velho, depois o prato que fora introduzido na sua frente, depois o velho de novo, enquanto este servia Conrado. Por fim, o garçom deu meia-volta e já ia saindo quando tocou de leve no ombro do mais jovem e cochichou:

— Que tiozão, hein? Meus parabéns, moleque. — Foi embora com risinhos baixos.

— O que foi que ele...?

— Nada, Zeca.

O rapaz, então, começou a comer. Dava garfadas desproporcionais no arroz e no estrogonofe e passava a impressão de que calculava minuciosamente a trajetória do garfo para levá-lo com sucesso à boca e despejar a comida nela.

Aos poucos, as bochechas claras de Zeca foram ganhando cor. Cor de choro. Entre uma garfada e outra, Conrado percebeu que Zeca fungava.

— Tudo bem, Zeca?

O rapaz não respondeu. Ele também não mastigou mais e soltou o garfo. Quando levantou o rosto, exibiu lágrimas de bêbado que se formavam no entorno dos olhos e estavam prestes a serem despejadas.

— Ah, tudo... — Ele pegou dois guardanapos e secou a face.

— Eu queria que você soubesse que vou te ajudar no que der, Zeca — disse Conrado, pela primeira vez não forçando a voz para a falsa ebriedade.

— Ah, meu... — Zeca deixou que uma lágrima caísse sobre o estrogonofe. — É que é foda...

— Eu sei... — consolou.

E, então, Zeca fixou a vista em Conrado Bardelli. Contemplou-o como se pela primeira vez e foi retribuído pelo olhar calmo de Lyra, que não desviou o rosto por um segundo sequer.

— Você foi o único que conversou comigo, cara. Que me consolou sobre o Eric, quer dizer. — Zeca suspirou e deu outras fungadas. — Mais ninguém veio me dizer que sentia muito ou que era uma perda muito grande... É só "Quando você viu o Eric pela última vez?", "Por que ele se matou?", "Toma cuidado com a polícia!". Ninguém está nem aí pra ele. Ele... ele merecia mais.

O jovem emocionado fixou os cotovelos no tampo, baixou o rosto e apoiou as bochechas contra os punhos. Seguindo a gradação comovida, ele disse, baixinho:

— Obrigado.

Conrado sorriu do outro lado — desta vez, não foi aquele sorriso dissimulado — e concordou. Mas o sentimento de traição pesou-lhe forte sobre os ombros. Ele também escondeu a fisionomia e tentou conter o impulso. Tentou com todas as suas forças. Mesmo assim, não foi o bastante. O senso de moralidade se empossou dos músculos de sua língua e o obrigou a arcar:

— Zeca, eu não fui justo com você. A verdade é que vim sim atrás do seu endereço e planejei tudo isso pra conseguir tirar alguma informação sua sobre o Eric.

55. ESCAPISMO

Como de costume, Zeca arregalou os olhos. E começou a se remexer na cadeira, amaldiçoando baixinho:

— Merda, merda, merda...

De súbito, ele lançou um olhar assustado a Conrado e tremeu.

— Preciso sair daqui... — Fez menção de se levantar, mas foi detido pelo braço de Lyra.

— Espera...!

— Me solta!

— Zeca, por favor, senta aí. Eu *preciso* que você me responda antes que a polícia venha atrás de você. Sim, eles sabem também. E acredite, meu velho: vai ser muito pior se *eles* te convidarem pra um almoço.

O músico emperrou no lugar.

— Zeca — Conrado voltou a suplicar —, eu acredito que você não tem ligação direta com a morte do Eric. *Mas alguém tem.* E eu preciso saber! Caramba, senta aí...

O rapaz tremeu nas bases, seus joelhos instáveis como um castelo de cartas.

— E que-quem disse que eu se-sei de alguma coisa?

— Zeca... Você tem que me ajudar. Por favor, cara, por favor.

— Você quer saber, é? VOCÊ QUER SABER?! — ele bradou com um soco na mesa. — Então tá. *Fui eu que matei o Eric.*

Em seguida, tombou o rosto sobre a mesa e empurrou para longe o prato de estrogonofe, que fez voo livre até se espatifar contra o rodapé.

— Pelo amor de Deus, o que está acontecendo aí? — o gerente veio a passos rápidos.

— Nada, acidente de bêbado — Conrado desconversou, sem desviar os olhos de Zeca, que ainda tinha o rosto oculto pelas mãos.

— Como é que o garoto derrubou o prato...?

— Depois. Pode ser? — Lyra pediu, e dirigiu um olhar severo para Luís.

O gerente permaneceu parado, curioso. Mas, depois que percebeu o olhar do barbudo novamente deitado sobre a figura do sobrinho, entendeu que nenhuma insistência surtiria efeito. Deu as costas e foi pedir desculpas pelo inconveniente aos demais clientes.

Conrado Bardelli permaneceu calado por mais de um minuto, congelado naquela posição examinadora. As palavras seguintes saíram baixas, fracas:

— Você sabe quanto tempo um assassino pega de prisão, Zeca?

O outro não respondeu. Paralisado como se achava, poderia muito bem estar dormindo.

— Sabe?

O rapaz deu de ombros.

— Imaginei mesmo que não soubesse. Creio que você não tem noção. Quantos anos você tem? Vinte e um?

O rapaz proferiu por entre os braços cruzados:

— O que isso interessa? Liga logo pra polícia. De uma forma ou de outra, eu vou acabar na bosta da ca-cadeia.

— Não, você não vai.

— Mas que porra, você não ouviu o que eu acabei de dizer?! — ele esbravejou e ergueu o rosto que estava marcado por uma tira vermelha na altura da testa. — *Eu matei o Eric!*

— Não matou coisa nenhuma — Bardelli martelou, como se passasse de advogado a juiz. Aproximou o rosto do de Zeca, curvando-se sobre a mesa. — Você só está falando isso pra se livrar de toda essa história de uma vez. É uma forma de escapismo derrotista. Mas não tem efeito comigo, rapaz.

Zeca encheu a boca de ar para refutar. Mas percebeu que não possuía material suficiente para isso. Assim, decidiu-se pelo silêncio com uma expressão irritada — a mesma que assumira no dia em que sua mãe lhe dera sua última lição de moral.

Conrado acrescentou:

— As coisas estão complicadas, eu imagino.

— Ah, se estão...

— Nesse caso, vamos tirar isso a limpo! Conta comigo, pelo amor de Deus. — E aproximando-se mais ainda de Zeca, Conrado confidenciou, com excesso de vaidade: — Um dos motivos de eu estar nesse caso é para salvar o dia. O seu e o de quem mais for inocente.

Zeca Carvalho titubeou. E voltou a batucar com os dedos.

— Você não entende... Eu não sei por onde começar...

— Começa pela sua brincadeira. Aquela do colega de quarto.

56. ELE ESTAVA LÁ

Zeca silenciou as palavras e os dedos, mas fez ouvir seu coração — cujos batimentos, rápidos e secos, soavam como gritos de desespero vindos do interior daquele rapaz.

— O seu Gustavo contou das visitas que você fazia pra discutir sobre essa brincadeira toda. Uma amiga minha de dentro do Royal Residence conseguiu tirar essa informação do porteiro. E agora ela está em coma num leito da U.T.I.

— U.T.I.?! — o carioca se desesperou. — Então foi mesmo o Gu-Gustavo quem atacou essa mulher?!

Conrado não negou nem confirmou.

— Eu queria que você me explicasse mais sobre essa brincadeira.

— Para de falar que foi uma brincadeira!

— E não foi?

Zeca engoliu em seco e fugiu do olhar de Conrado.

— Tá, foi. Co-começou como uma brincadeira. Mas...

— Mas seu amigo morreu por causa dela, é isso?

O roqueiro assustou-se com a conclusão precipitada do outro.

— E é por isso — o advogado ainda agregou — que você se sente tão culpado e prefere terminar com tudo logo. *Porque você começou com a brincadeira que levou ao suicídio do seu melhor amigo.*

— NÃO, NÃO, PARA!

Desta vez, o restante dos clientes se viu impelido a se intrometer.

— Tudo bem aí? — indagou um gordo do outro lado, ao constatar que não apenas havia um prato de estrogonofe quebrado no chão como também o jovem de cabelo comprido tinha a cabeça baixa.

— Tudo.

— E com o garoto?

— Não é nada. Só a bebida.

— Ah... — E o homem foi obrigado a deixar de lado a curiosidade.

Um silêncio mórbido pairou sobre a atmosfera do restaurante. Até que as pessoas resolveram voltar a conversar e o murmúrio abafado devolveu a vivacidade ao ambiente.

— O que vo-você tem que entender — reiniciou Zeca, entre resfôlegos do pranto — é que eu... eu n-não tinha intenção nenhuma. Eu não sabia!

Como eu ia sa-saber que ia dar ni-nisso?! Que o Eric... — Ele perdeu as sílabas no ar. Mas achou-as em seguida, com determinação: — Eu tive a ideia faz uns três meses. O Eric tinha me dado o cano em um sh-show, e aí... Foi uma brincadeira só pra tirar um sarro dele, por ele não ter aparecido porque es-estava com uma morena qualquer da faculdade. E aí eu decidi dei-deixar uma escova de dentes estranha no banheiro dele. A ideia era mesmo fazer o Eric pensar que alguma das meninas que ele pe-pegava tinha se mudado pra morar com ele. Uma pi-piada. Isso, só pra ele aprender a não trocar mais os amigos pelas mulheres. Acontece que pra deixar a escova de dentes lá, eu precisava primeiro entrar no apartamento do Eric. A-aí eu fui atrás de alguém que pudesse tirar uma cópia da chave dele pra mim.

— Claro, ninguém melhor do que o seu Gustavo.

Zeca concordou. Refletiu se a falta de caráter de seu Gustavo seria assim tão evidente — e sentiu-se um completo idiota por ter ingenuamente confidenciado seu plano, de início, inofensivo, a um homem que, depois, o extorquiu pela informação e agora passava seus dias atrás das grades, suspeito de atacar uma senhora com uma barra de metal.

— Eu... pedi ajuda pro seu Gustavo. E ele ajudou. Disse que achava a brin-brincadeira muito engraçada e que-queria ver a cara do Eric. Eu agradeci e voltei no dia seguinte com uma graninha pra ele. A cópia estava feita. Agora, eu percebo que ele só aceitou participar pra poder me chantagear depois. Na sexta-feira à tarde, ele me ligou, dizendo que poderia contar umas verdades pra polícia e que só dependia de mim... Queria dinheiro. A seriedade da situação lhe trazia a sobriedade de volta.

— Eu imagino muito bem. Mas e aí? Você pegou a cópia da chave e...

— É, eu estava com a cópia e aí esperei a primeira oportunidade pra entrar no apartamento do Eric. Foi à noite, uma vez em que ele tinha saído com a Michelle. Eu tentei a chave copiada e ela girou perfeitamente na fechadura. Aí, fui até o banheiro e coloquei a escova branca junto com a escova dele. Fui embora me achando o amigo mais engraçado do universo. Patético... Só que nos dias s-seguintes, eu percebi que o Eric tinha entendido tudo errado. Primeiro porque ele nem citou a escova nas nossas conversas. A gente tinha o costume de tomar uma cerveja dia sim, dia não em um bar lá perto. Segundo porque, quando eu consegui que ele falasse disso, ele começou a fugir da minha ideia... Começou a me perguntar se eu acreditava que poderia ter algum tipo de assaltante que deixava objetos nas casas que invadia, sabe? Tipo assinatura. Eu não sabia o que responder e perguntei se ele havia sido assaltado, mas o Eric disse que não, que tinha revistado a casa, mas não deu por falta de nada. E aí ele sugeriu procurar um detetive particular; o senhor. Só disse isso. Eu entrei em pânico. Falei que fosse lá o que estivesse acontecendo com ele, não devia ser coisa de detetive. *Detetive, não!*

Conrado introduziu-se nessa brecha do discurso.

— Você não contou a verdade?

— Eu fui um idiota! — Ele envolveu o rosto nas mãos. — Fiquei com raiva por todo o meu plano não ter dado certo, pelo Eric ter ido pro caminho errado... Ele estava pensando em meter uma porra de um detetive no meio... E resolvi tentar de novo. Mas... mas eu fiz merda, pra variar...

Zeca baixou o rosto em sensível decepção pelos atos passados. Voltou a bater os dedos e repetir o mesmo ritmo musical de antes. Isso começava a irritar Conrado...

— Eu contei pra Michelle, que contou pro Dênis, e aí, do nada, os dois tomaram a dianteira de tudo. Assim, de repente. Em menos de uma semana, eles estavam planejando colocar mais um monte de coisas no apartamento do Eric pra que ele achasse que mais alguém estava morando lá com ele. Quando me toquei, a minha zoeira inicial tinha virado uma brincadeira doentia que eu nem achava mais engraçada.

Conrado Bardelli descansou os braços no canto da mesa e uniu as mãos.

— Quer dizer... — Seus olhos brilharam com a descoberta. — ... que a Michelle e o Dênis estavam, então, por trás de tudo isso.

— Eu fui um imbecil. Não devia ter contado nada pra eles...

— Bom, mas o que veio depois?

— Depois? Veio tudo aquilo que o Eric deve ter te contado antes de morrer. O par de chinelos, que eram do próprio Dênis; o rolo de papel higiênico jogado na sala; o pano de chão rasgado; o micro-ondas que ligava sozinho; a descarga... Mas o pior... — Zeca estacou naquele determinado ponto e piscou repetidas vezes. Voltou a roer a unha. — O pior foi o que veio naquela noite. Na noite da quinta-feira.

A noite da morte de Eric Schatz.

— Zeca, onde você estava na noite de quinta-feira?

— Eu estava lá, é claro — ele assumiu com o tom constante, apesar da tremedeira desenfreada que só podia significar medo. — O Eric era o meu melhor amigo, é óbvio que ele me ligou pra contar que tinha visto uma sombra fantasma... ou sei lá que porra era... entrar no apartamento dele. Ele me telefonou depois de ter saído do seu escritório, seu Conrado. Mas eu fui covarde e não contei nada pelo telefone. *Nada!* Se pelo menos eu já tivesse dito tudo naquela hora... Ele poderia...

— Não dá pra mudar o passado, Zeca.
— Eu sei, caramba, eu sei!

O rosto de Zeca começou a ser tomado por mais lágrimas carregadas, que, sob o efeito da carne trêmula, traçavam percursos sinuosos pela face. Pareciam beijar-lhe a pele como forma de atenuar suas tensões e seus medos.

— Eu me arrependi assim que desliguei o telefone. Percebi que essa brincadeira já tinha ido longe demais. Puta que o pariu, o Dênis e a Michelle estavam se aproveitando da história toda como dois doentes! A gente não podia mais fazer aquilo com o Eric. Ele chegou a me dizer que tinha até procurado um psicólogo. Era demais. Eu decidi que precisava ir naquela mesma noite contar tudo pro Eric.

Zeca respirou fundo e continuou:

— Quem estava na portaria era o seu Gustavo, desde as dez da noite, de acordo com o que ele me disse. Ele já estava acostumado a me deixar entrar sem ser anunciado. Então, eu subi. Devia ser mais de quatro da manhã já. Mas eu não me importava: precisava contar tudo, cara a cara com o Eric, por mais puto e revoltado que ele fosse ficar comigo por saber de tudo isso no meio da madrugada. Bati na porta e ouvi uma movimentação lá dentro do apartamento. Achei estranho que o Eric estivesse acordado e, por isso, bati de novo. Não ouvi mais nada por um bom tempo. Até que a porta se abriu do nada. E lá estava o Eric, com a mesma roupa de quando tínhamos nos encontrado no bar naquela noite.

— Verdade, vocês tinham se encontrado no bar naquela noite, antes de o Eric ver o fantasma e ir me procurar, não é?

— Sim...

— Bom, mas ele abriu a porta pra você de madrugada...

Zeca pegou a deixa:

— ... ele ficou bastante surpreso em me ver e perguntou o que eu fazia ali. Apertei a mão dele e avancei, dizendo que precisava contar uma coisa. Mas o Eric me segurou pelo ombro e disse que não ia dar, que ele estava ocupado. Foi então que parei pra dar uma boa olhada no Eric e vi o quanto ele estava alterado. O olho vermelho, sabe? Perguntei se tinha fumado maconha, mas ele jurou que não. Disse que realmente não poderia falar comigo naquela hora e pediu pra eu ligar no dia seguinte. "Mano, você não está entendendo", eu disse pro Eric. Mas eu conhecia bem o cara e logo naquele primeiro "não" entendi que não ia adiantar nada insistir. Ele sempre foi muito teimoso...

Conrado nem piscava.

— Então, perguntei se ele estava mesmo bem... até a voz dele parecia diferente, meio desesperada, sei lá. Depois, me virei de costas pra ir embora. O Eric já ia fechando a porta quando eu empurrei pra abrir de novo e apertar a mão dele uma última vez. E aí eu vi.

Zeca parou. Já não roía a unha; ele a mastigava. Seu rosto, antes vermelho pelas lágrimas, agora era dominado por uma palidez intensa, que lhe tirava a cor da vida. O rapaz se tornou uma estátua esculpida em medo e desespero — e logo Conrado percebeu que o que estava por vir tirara as últimas noites de sono de Zeca Carvalho.

— Você viu... o quê, Zeca?

— O colega de quarto.

Lyra não replicou de imediato; em vez disso, ficou a raciocinar. Teria ouvido direito? Entendera corretamente a informação recebida?

— Você viu o colega de quarto?

— No fundo, atrás do Eric. Eu vi.

— Mas não é possível, você acabou de dizer que criou esse personagem junto com a Michelle e com o Dênis.

— Eu sei, eu sei — ele repetia, pouco convencido. — Mas a silhueta estava lá, a de um homem passando pelo corredor do Eric. Eu... eu... fiquei sem reação. E corri, seu Conrado, eu corri!

Bardelli percebeu que a overdose de novidades derrubava sua linha de raciocínio. Porém, o que o incomodava mais do que isso era aquela fantasia assumida de maneira tão infantil por Zeca. Na necessidade de acabar com essa lenda, o advogado teimou:

— Zeca, *não existe colega de quarto nenhum*!

O rapaz levou a mão à boca e mordeu um último pedaço de unha, chegando à carne do dedo. Devia ter doído.

— Eu também quero pensar assim...

— Então pense!

— Mas não era você quem estava lá e viu aquela silhueta! — ele exclamou, nervoso. Na ausência de unha para morder, já que machucara o dedo, Zeca voltou a batucar a música na mesa.

— Eu tenho certeza de que não precisaria ter visto essa silhueta pra acreditar que ela era de um humano, não de um fantasma.

— Humano, fantasma, foda-se! Quem poderia ser? Quem, que o Eric não ia me contar?!

Enfim, Zeca abordava a problemática pela qual Conrado se interessava. O detetive sorriu timidamente — e pareceu deliciar-se com o enigma ainda sem solução.

— Eu ainda não sei de quem era essa silhueta, Zeca. — Ele se recostou no apoio da cadeira. — Mas tenho duas certezas. A primeira é de que essa pessoa não fazia boa coisa no apartamento do Eric. Afinal, foi por volta desse horário que o Eric caiu da janela. A segunda certeza? É que o motivo de o Eric não ter deixado você entrar e não ter explicado o porquê foi o que o matou.

Calaram-se. O garçom veio e começou a recolher o prato quebrado de estrogonofe, ainda sem perguntar nada, espantado pela discussão. O único ruído que se podia ouvir era uma batida repetitiva de um ritmo musical.

— Que música é essa que você tanto batuca? — perguntou Conrado, finalmente.

Zeca se deu conta de sua mania e corou. Ele balançou a cabeça.

— Não é nada... Só uma música.

E com os olhos ainda marejados perdidos na atmosfera, o rapaz deu uma risada nostálgica.

— Era a única música que a gente tocava que o Eric curtia. Quando ele ia aos shows da minha banda, ficava bocejando o tempo todo, lá atrás, no bar. Mas quando a gente começava essa música, essa música em especial, ele corria lá pra frente e balançava a cabeça como se fosse roqueiro... Mas era ridículo.

Seus olhos revisitaram aqueles momentos do passado. Ele riu.

— Como chama a música? — Conrado perguntou, sem interesse especial.

— É uma do Ozzy. Se chama *Suicide Solution*.

Ele levantou o rosto a tempo de perceber o que acabara de dizer.

57. A VISÃO

Já passava das quatro da tarde e o sol começava a descer no céu de São Paulo. O fim de domingo, que trazia uma sensação depressiva à maioria dos paulistanos, animava Conrado Bardelli. Confortavelmente sentado no sofá de sua sala de estar, ele tinha nas mãos uma folha de papel com linhas negras e escrita em uma só face.

RECEIO, estava escrito sublinhado, na antepenúltima linha do documento. Conrado acariciou a barba como se a um cachorro e deixou o fluxo de ideias seguir seu percurso, como as águas de um rio ao sabor da correnteza. Toda água de rio, afinal, desemboca em algo maior — o mar.

DECEPÇÃO, o manuscrito ainda dizia. NÃO SABER COMO AGIR, INSEGURANÇA, RESSENTIMENTO. Ressentimento? Decepção? Conrado ponderou sobre esses sentimentos, mas logo se viu incapaz de ir além de seus significados devido à falta de contexto. Além do mais, "ressentimento", por exemplo, era um conceito muito genérico...

E, por fim, a frase central, aquela que fechava o relatório, mas abria um enigma. MEU PAI, O DÊNIS, VAI ACABAR ME DEIXANDO LOUCO.

Lyra suspirou e chacoalhou a cabeça.

Guardou o documento na gaveta da escrivaninha e foi à cozinha buscar algo para comer. Escolheu uma banana de casca já muito negra e a devorou sem prestar atenção ao gosto, tamanho era seu foco no problema que tinha em mãos. Depois de mastigar o último pedaço, abriu o lixo para jogar fora a casca, mas percebeu que a lixeira estava cheia até a boca. Por isso, pegou o saco, amarrou suas pontas e saiu pela porta principal do apartamento, em direção à lixeira do condomínio. Não tinha ciência, claro, da ironia de seu ato.

Foi depois de deixar o saco preto no fim do corredor e virar-se para voltar que Conrado avistou a sombra de um homem alto, de pé, na frente da porta de seu apartamento.

Bardelli parou de andar. Sentiu os pelos dos braços se eriçarem. Ele pensou em Eric Schatz. Pensou no colega de quarto. Pensou em como deveria ter sido o encontro entre esses dois, na fatídica noite de quinta-feira.

— Seu Conrado?

O detetive particular voltou a andar e, conforme chegava mais perto, pôde distinguir os traços do homem na sombra.

— Seu Dênis. Seu Dênis...

58. AMANTES

— Desculpa vir atrás do senhor em pleno domingo.

— Não tem problema. — Conrado guiou Dênis Lima para a sala de estar. E repetiu, ainda ressentido pela última discussão: — Acho que não tem problema.

— Com licença.

— À vontade, pode entrar.

Dênis sentou-se no sofá sem ser convidado.

— Eu vim até aqui pra pedir desculpas, seu Conrado, por termos sido tão grossos com o senhor ontem e, também, por não termos contado toda a verdade.

Dênis esperava que Conrado Bardelli simpatizasse com aquela confissão. Esperava que o detetive agradecesse pela visita de Dênis, oferecesse a ele alguma bebida ou, pelo menos, erguesse a sobrancelha em surpresa. Mas Conrado não fez nada disso. Ele manteve a expressão apática no rosto barbudo e, sem se sentar, perguntou em voz baixa:

— Como o senhor conseguiu meu endereço?

Dênis estranhou e franziu o cenho.

— Eu... fui até o seu escritório. Lá, falei com o porteiro, que me deu o seu endereço daqui. Não tem probl...

Lyra cruzou os braços.

— Esse porteiro sempre acerta...

Dênis adiantou-se, suas bochechas coradas.

— O senhor quer que eu volte em outra hora? — indagou, ainda vestindo a máscara da simpatia.

— Não, não. Por favor, pode contar o que veio me contar.

O jovem tornou a se acomodar no sofá e iniciou:

— Seu Conrado, eu quero que o senhor entenda o quanto essa situação está difícil pra gente. Eu e a Michelle, quero dizer. A gente era muito próximo do Rico... *Muito*. Eu não tenho palavras para descrever o quanto a morte dele nos afetou e... e... — Dênis baixou o rosto. — Desculpa.

Conrado sentou-se no sofá oposto sem desviar os olhos da figura de Dênis Lima.

— Acontece que o peso caiu todo de uma vez. Primeiro, a morte dele. Depois, a polícia... que acha que pode existir um motivo maior por trás do suicídio do Eric.

— Sim.

— A gente ficou assustado, seu Conrado! — Ele ergueu o rosto, agora tenso. — E aí a gente agiu daquele jeito estranho pra nos proteger. Caramba, o senhor... O senhor entende?

Conrado não respondeu.

— A verdade é que a Michelle traía o Rico. Comigo.

Ficaram em silêncio por um longo tempo — mais tempo do que Dênis desejava.

— Sim, eu respondo antes de o senhor perguntar: a gente se encontrava enquanto a Michelle e o Rico namoravam. — Desincentivado, viu-se obrigado a continuar e injetou uma alta dose de drama nas palavras: — Acontece que eles já não estavam muito bem. Eram bons amigos, sim, mas ele nunca foi homem de ficar com uma mulher só. E a Michelle não é cega. Começou a se ressentir e veio me procurar. Eu... eu sempre gostei dela. A gente fez o ensino médio na mesma escola, seu Conrado. E eu acho que sempre tive algum sentimento por ela. E aí...

Dênis preferiu deixar implícito o resto de sua história.

— Fala alguma coisa, seu Conrado.

— O Eric sabia? — Conrado perguntou.

— Não tenho certeza... — Dênis começou a torcer as mãos. — Acho que sim. Ele também não era cego. Coitado, eu fui um escroto com ele... Não consegui pedir desculpas... — Fungou. — Mas ele e a Michelle prefeririam continuar mesmo assim, acho que pela proximidade que eu e ele tínhamos...

— E ele não pretendia terminar o namoro com a Michelle? Mesmo sabendo que um de seus melhores amigos estava...?

Dênis mirou Conrado diretamente nos olhos.

— Eu... Não... Não, ele não pretendia terminar.

— Digo isso porque é estranho, não é? Ou o senhor não acha?

Dênis, de repente, não soube o que dizer.

— Porque, se fosse comigo... — O detetive particular levantou-se e começou a caminhar pela sala de estar. — ... se eu descobrisse que o meu melhor amigo estava de caso com a minha namorada, definitivamente, terminaria com ela. E brigaria com ele.

— Mas é diferente!

— É?

— Sim. — Dênis também se pôs de pé. — Ele também traía a Michelle.

— Ah, então os dois ficavam quites, é isso?

Agora, Dênis já não tinha mais repertório para dar suas respostas educadas e automáticas.

— Caramba, eu não sei qual era a deles! Os dois eram chifrados, mas acho que preferiam ficar juntos porque... Sei lá, tinham um ao outro! Devia ser isso...

Dênis terminou dando uma palmada na coxa. Sentou-se de novo e laçou os dedos uns nos outros, a postura curvada pela irritação.

— Deixa eu ver se eu entendi. — Conrado foi em frente com a provocação: — O senhor veio até aqui pra me dizer que era amante da Michelle, mas ela preferia continuar namorando o Eric... que também a traía... porque ele era uma melhor companhia que você?

Dênis Lima petrificou no sofá. Percebeu que seus esforços de educação haviam sido em vão.

— Eu vim aqui pra contar a verdade! — ele vociferou, com rancor nos olhos. — A porra da verdade que o senhor tanto queria quando invadiu meu apartamento ontem!

Conrado, porém, riu:

— Não adianta o senhor vir até a minha casa me contar meia dúzia de obviedades e esperar que eu as encare como o maior segredo desde o desaparecimento do Santo Graal. Ou o senhor, realmente, esperava que eu me surpreendesse? — Sua boca emitiu mais risadas, que atingiram o ego de Dênis em cheio. Depois, Conrado aproximou-se de seu interlocutor e sussurrou: — Eu sei que o senhor tem *muito* a me contar. Não quero saber daquilo que todos já sabem; ou acha que não descobri sobre o caso de vocês ontem mesmo, quando encontrei a Michelle deitada no chão do seu apartamento? Quero saber daquilo que o senhor *não quer* me falar.

Para terminar, ele lançou uma piscadela para o rapaz, que a recebeu com indignação desenfreada.

— Mas, vamos lá. — Conrado se sentou. — Vamos ao que interessa. O que o senhor tem pra me dizer que eu ainda não saiba?

Foi necessário menos de um minuto para que Dênis Lima xingasse Conrado Bardelli de todos os nomes que conhecia e saísse do apartamento do detetive com passos fortes, batendo a porta atrás de si.

— Um dia — Lyra admitiu — ainda vão me dar um tiro num desses meus surtos...

59. INVESTIGAÇÃO ON-LINE

Conrado Bardelli passou horas na frente do *notebook*.
 Lembrava-se de ter se sentado à escrivaninha por volta das cinco da tarde. Agora, com os olhos pesados de tanto ler e procurar, ele via que passara quatro horas seguidas com o mouse na mão e os olhos atentos. Sentia-se uma cobaia de McLuhan ao dar-se conta de que, sim, os instrumentos do computador haviam se tornado extensões de seu corpo.
 E como se concluísse a missão daquele dia, Conrado puxou a gaveta da escrivaninha, sacou de lá um papel em branco e empunhou uma caneta. Mas, antes de fechar a gaveta, o advogado passeou os olhos por seu conteúdo. Lá dentro, pôde vislumbrar os contornos de uma revista — a semanal mais famosa da Viva Editorial. Suspirou.
 E, então, no papel, redigiu o resumo de sua pesquisa de quatro horas:

1960: Viva Editorial é fundada por uma associação — conselho preside a empresa. Stephan Schatz faz parte.

1964: Primeira revista semanal, da qual Stephan Schatz é editor-chefe, bate cinquenta mil assinaturas.

1965: Nasce Eustáquio Schatz, primeiro herdeiro da Viva Editorial.

1981: Stephan Schatz torna-se único presidente da Viva Editorial.

1984: Eustáquio Schatz começa a trabalhar na Viva Editorial, na área de contabilidade.

1992: Eustáquio Schatz se casa com Miranda Barbosa, jornalista da Viva Editorial.

1994: Nasce Eric Schatz, a segunda geração de herdeiros da Viva Editorial.

2001: Principal semanal da Viva Editorial atinge o ápice de vendas — um milhão de assinaturas.

2003: Viva sela parceria com a empresa de educação Nota 1000 — acordo milionário é eleito pela revista norte-americana Forbes *como um dos trinta melhores negócios do ano.*

2007: Morre Stephan Schatz — ações despencam na Bolsa de Valores. Eustáquio Schatz assume a presidência em duas semanas — novo presidente faz reunião com acionistas e investidores para provar credibilidade da sua gestão.

2008: Eustáquio Schatz, representado por Miranda Schatz, anuncia reformulação na Viva Editorial — cinco revistas são descontinuadas, sites de todas as revistas sobreviventes são criados. Ações voltam a valer o preço de antes da morte de Stephan.

2014: Líderes da ViraTela, empresa de criação de conteúdo on-line e venda de livros digitais, se encontram com Eustáquio e Miranda Schatz — encontro era para ser em segredo, mas foi flagrado. Possível fusão entre as empresas é cogitado.

2015: Morre Eric Schatz.

Lyra fechou os olhos e suspirou com uma tranquilidade rejuvenescedora. Recostou-se na cadeira. Parecia estar prestes a começar uma sessão de ioga.

Várias eram as perguntas que ele tinha em mente. Onde estavam hoje os herdeiros daqueles sócios que, junto com Stephan Schatz, fundaram a Viva Editorial? Teriam ainda algum contato com a empresa? Que espécie de acordo fizera de Stephan o único presidente da Viva e expulsara da liderança os outros membros do conselho? Por que a decisão fora tomada dessa forma?

Não se conseguia esse tipo de informações por resultados da internet.

Conrado sacudiu a cabeça. Eram questões, isso sim, cujas respostas poderiam ser encontradas somente com entrevistas, com o *tête-à-tête*. Mas tais entrevistas deveriam ser feitas com pessoas que, possivelmente, nem estavam mais vivas. E para descobrir seus herdeiros e localizá-los, seria necessária uma pesquisa longa...

O detetive, então, colocou-se no lugar do filho de um desses sócios que haviam sido expulsos da presidência da Viva Editorial. Sentiu como seria frustrante saber que poderia ser herdeiro de uma empresa que hoje era considerada uma das maiores e de maior receita de todo o país no ramo do jornalismo. Viu-se pensando na família Schatz com uma inveja descontrolada — aquela família que decidiu mandar sozinha na editora e, egoísta, definiu que os lucros seriam mantidos só para si... Um lucro que, como provavam os documentos de fundação da Viva Editorial, deveria ter sido dividido entre as famílias de todos os sócios!

Lyra sentiu um incômodo — uma raiva interior.

Até que, finalmente, chegou à questão que lhe interessava: a morte de Eric Schatz. E, ao pensar nisso, suas pálpebras se abriram de repente e revelaram olhos assustados.

E se alguém tivesse carregado nos ombros aquela história de inveja por todos esses anos e estivesse apenas esperando pelo momento certo para praticar sua vingança — um momento de descuido, um debruçar sobre a janela...?

"Não", martelou Conrado e levantou-se da cadeira, iniciando uma caminhada circular pelo quarto. Não achava razoável acreditar naquela hipótese. Mais ainda: ele não *queria* acreditar naquela hipótese. Era assustador imaginar que alguém havia passado mais de trinta anos — desde 1981 — sendo conduzido pela inveja e pelo desejo de vingança. Não podia ser. Não queria acreditar que existisse uma pessoa de sangue-frio suficiente para levar a vida em função da morte...

Porém, por mais que Conrado quisesse negar, ele sabia que existia gente assim. E pior — ele sabia que, naquele caso da morte de Eric Schatz, *estava lidando com gente assim.*

Conrado segurou a folha de papel entre os dedos e leu mais uma vez o que escrevera. Foi até a cama, deitou-se de barriga para cima e não desgrudou os olhos daquelas datas.

Precisava achar uma relação. Ele *sabia* que havia uma relação, um padrão — algo que ligava os acontecimentos daquelas datas ao contexto de Eric Schatz antes de morrer. Ele leu, releu e releu...

1960 — 1964 — 1981 — 2007. A vida de Stephan Schatz.

2007 — 2015. Morte.

1965 — 1984 — 1992 — 2007 — 2008. A vida de Eustáquio Schatz.

1964 — 2001 — 2003 — 2008 — 2014. Os momentos de sucesso da Viva Editorial.

2007. Queda das ações. 2014?

O pulso de Conrado Bardelli parou por um milésimo de segundo.

— Ah... Mas é lógico!

E, naquele instante, Lyra percebeu por que vinha tendo tanta dificuldade em achar a relação.

— Claro. *Está faltando uma data.*

Mas, para confirmá-la — apesar de já ter certeza de sua existência —, Conrado precisaria conversar com alguém.

Depois de três noites aflitas, Conrado Bardelli, enfim, conseguiu dormir tranquilo.

60. A ADVOCACIA

Dirce chegou ao escritório às oito e cinco e encontrou Conrado Bardelli concentrado à sua escrivaninha.

— Bom dia, doutor Conrado. — A pequena senhora de meia-idade veio à porta da sala, exibindo outro de seus nanicos vestidos sociais.

Encarando-a de cima a baixo, Conrado teve de novo a impressão de que contratara uma criança para ser sua secretária.

— Oi, Dirce, bom dia. Foi bom o final de semana?

— Foi bom — a secretária respondeu, já da outra sala, enquanto ajeitava a bolsa na mesa e ligava o computador. — Bem tranquilo. E o do senhor?

— Não. Absolutamente, não foi tranquilo.

— Ah...

— Uma amiga minha foi atacada, acredita?

Como se falassem de amenidades.

— Jura, doutor Conrado? — a voz doce ganhou um tom de surpresa. Um tom que, estranhamente, também era simpático.

— Juro... Um golpe na cabeça. Ninguém sabe quem foi.

A secretária voltou a aparecer no vão da porta.

— Deus do céu! É alguma amiga que eu conheça? — Ela estreitou os olhos, em dúvida. Seu rosto demonstrava uma preocupação maternal.

— Não, essa eu conheci no sábado, pra falar a verdade. — Conrado continuou a digitar.

Dirce não se mexeu.

— Tem a ver com algum desses casos que o senhor soluciona, doutor Conrado?

— Olha, tem sim, Dirce. Lembra que o Wilson veio aqui me procurar na sexta-feira? É, o delegado. Então, ele veio me pedir que ajudasse nesse caso.

— Ah, do garoto que veio procurar o senhor e depois se jogou da janela? Que pena! Um menino... — E depois de mais alguns segundos com o olhar perdido no umbral: — Doutor Conrado, soluciona esse caso também, tá?

Conrado deu uma risadinha.

— Você ficaria feliz, Dirce?

— Um menino e uma senhora, doutor Conrado!

— Bom, eu vou tentar. Já estou tentando.

— Eu sei que o senhor vai conseguir. O senhor sempre consegue.

— Nem sempre. — Conrado levantou os olhos do computador, um pesar surgindo em seu rosto. — Não sei se você se lembra do caso do garçom...

No entanto, a secretária desprezou a lembrança com um aceno e incentivou, voltando para sua cadeira:

— Aquilo não conta. — E reiterou: — O senhor sempre consegue.

O escritório ficou quieto até as nove. Pontualmente, Conrado salvou os trabalhos que fizera no *notebook*, encerrou o sistema e foi à sala da frente. Encontrou Dirce despedindo-se de uma cliente ao telefone.

— Era a dona Ana.

— Ah, e aí?

— Ela pediu pra ver o senhor assim que pudesse.

Conrado já tinha a resposta pronta:

— Liga de novo para ela, Dirce, e diz que estou indisponível até quinta-feira. Queria que você arrumasse a minha agenda pra encaixar tudo na quinta ou na sexta, pode ser?

— Claro, doutor Conrado, faço isso agora mesmo — a senhora respondeu com eficiência. — Mas o senhor vai ficar sobrecarregado, não vai? E o senhor está indo embora agora?

— Estou, Dirce. Preciso de um tempo pra esse caso. Adiantei, agora cedo, alguns processos e te mandei todos os pareceres por e-mail, para o caso de o Douglas Morato, o Iago Ventura ou a Renata Antunes ligarem. E quando eu voltar pro escritório com tudo resolvido, conto o caso todo pra eles. E aí, você vai ver, eles vão até esquecer que eu atrasei. Os clientes adoram casos de assassinato. Vejo você na quinta. Até lá, você segura as pontas por aqui? Ótimo! E não precisa ficar das oito às seis nesses dias;

fica o quanto achar que precisa ficar para resolver tudo. Diz pro seu marido que mandei um abraço.

Lyra deixou o escritório amparado por um sorriso suave de Dirce.

61. SOBRE A FAMÍLIA ROCHA

Na correria da segunda-feira de manhã, Wilson descobriu o que realmente significava tranquilidade quando conseguiu escapar da sala do dr. Souza — com quem acabara de discutir — e trancar-se numa sala só sua. Ali, Wilson jogou-se na cadeira de estofado duro e começou a massagear as têmporas. Aproveitou o silêncio com os olhos fechados — visualizou um oásis silencioso em meio a um campo de batalha, as águas claras da lagoa calando o ruído dos tiros.

— Wilson! Wilson!

A porta se abriu e apareceu um dos soldados daquela guerra. Mas quando o delegado ergueu as pálpebras, constatou que era só um agente.

— Tem um homem aí querendo falar com você, doutor. Não sei como ele entrou, mas liberaram.

— Traz o homem aqui. — Wilson já imaginava quem era.

O barbudo entrou a passos lentos e silenciosos. Parecia um gato intimidado pela presença de muitos cães a sua volta. Vestia calça social e uma camisa verde metida para dentro do cós. O sapato tinia como novo, e a barba, recém-aparada, parecia sustentada pela gola da camisa.

— Está bonito... — observou Wilson, um sorriso sarcástico em seu rosto cansado.

— Fui trabalhar hoje — disse Lyra, tímido. Cumprimentou o delegado com um aperto de mãos.

— Foi trabalhar e já saiu?

— Já.

— Vida fácil. Quisera eu... — Wilson dirigiu-se novamente para trás de sua mesa e convidou Conrado a se sentar na cadeira de visitantes.

— E aí, conseguiu alguma coisa com a família da garota?

Wilson deu de ombros.

— Acho que foi tempo perdido. A mãe mora sozinha com a Michelle e com um filho menor. É separada. Hortência Rocha, esse é o nome dela. Foi com quem eu conversei primeiro.

— E o que ela disse?

— Que adorava o genro e que ficou profundamente assustada pelo suicídio dele. — O delegado se inclinou para trás e jogou o peso de seu corpo contra o encosto da cadeira. O móvel rangeu como se chorasse pela carga. — Aí, depois, ela contou como conheceu o Eric, há mais ou menos dois anos, quando a Michelle levou o rapaz pra casa e apresentou pra família como "o garoto com quem ela estava ficando fazia três meses".

Conrado, por sua vez, inclinou-se para a frente. Fincou o cotovelo na mesa e descansou a cabeça sobre o punho.

— Qual a formação dela? Você perguntou se ela de fato estava querendo uma indicação da Miranda pra entrar na Viva?

— Calma. Primeiro veio a Michelle, que estava no banho. Ela disse que não esperava que a polícia fosse insistir nessa história do suicídio do Eric...

— U-hum.

— E, depois, contou que, pensando bem, ela se sentia culpada porque podia ter responsabilidade nisso. Demorou pra contar, porque ficava toda hora olhando pro céu, gemia, e aí ela pensava, e aí fazia que ia chorar, depois gaguejava... Um saco.

— E no fim?

— No fim... — O delegado voltou a se sentar corretamente na cadeira. — ... ela disse que estava de caso com o Dênis fazia algum tempo e receava que o Eric tivesse descoberto tudo e, por isso, houvesse se matado. A mãe fingiu indignação, mas ficou óbvio que a família toda já sabia.

Conrado Bardelli balançou a cabeça repetidas vezes.

— É isso: eles combinaram de dar essas revelações óbvias pra se safar.

— Eles quem?

— A Michelle e o Dênis.

— Quer dizer que você não acredita no que ela diz?

Lyra bateu as mãos e caçoou de Wilson com uma careta.

— É claro que não, Wilson. Tanto ela quanto o Dênis sempre souberam que o Eric tinha vários casos com outras mulheres. E a Michelle nunca ligou, porque, de acordo com o Dênis, ela e o Eric preferiam ter "um ao outro" do que terminar. Como confidentes, sabe?

— Não precisa fazer cara de retardado...

— Mas e o que mais?

Wilson bufou, irritado pelas provocações do amigo. Mesmo assim, exercitou a paciência e continuou:

— A Michelle contou que só podia ser por isso que o Eric tinha se matado. Porque ele havia descoberto o caso dela com o melhor amigo dele e, depois...

— O Dênis não era o melhor amigo do Eric.

— E, *depois* — o delegado impôs sua versão, o semblante irritado — ela começou a chorar e falou que nunca tinha percebido nenhum sinal de que ele fosse se suicidar. Não parecia estar escondendo nada e, sinceramente, não acho que estivesse. Ela parece ser só uma dessas adolescentes burras e gostosas que nem sabem por que fazem faculdade.

— Mas ela estava escondendo alguma coisa.

— Então, por que não foi você conversar com ela, porra?! — Falando alto, Wilson bateu na mesa com os punhos.

— Porque eu já fui e ela não falou nada!

O telefone do dr. Wilson tocou.

— Olha, Lyra, é melhor você ir. — O corpulento homem pôs a mão sobre o aparelho, mas não atendeu. — O dia hoje está uma bosta. Mataram um menino aqui perto e tem jornalista atrás da gente desde as seis da manhã.

— Pelo menos me conta se você descobriu alguma coisa sobre a indicação da mãe da Michelle para a Viva...

Sem resquício da tranquilidade que encontrara no oásis pouco tempo atrás, Wilson ignorou a pergunta e tirou o fone do gancho. Conversou com um tal perito como se discutisse política com um opositor. Depois, bateu o telefone com força e vislumbrou Conrado Bardelli acuado, na mesma posição de antes, com os olhos pedintes e as orelhas caídas.

Dessa vez, a voz do delegado saiu mais branda:

— O que é que você quer?

— Saber sobre a indicação da Hortência Rocha...

— Não teve indicação nenhuma, caramba... — O delegado voltou a massagear as têmporas. — A mulher disse que não fazia ideia do que eu estava falando quando perguntei se ela tinha pedido emprego à dona Miranda pra entrar na Viva.

— Ué! Mas a própria Miranda disse pra gente que a mãe da Michelle estava importunando com esses pedidos de emprego...

— A Hortência disse que não. E, sinceramente, eu nem mesmo lembro de a Miranda ter dito isso, Lyra...

— Ela disse, tenho certeza. Eu lembro muito bem.

— Bom, de repente a Miranda se confundiu e falou coisa errada. — E, mais sarcástico, o delegado acrescentou: — Por que você não pergunta de novo pra Miranda?

— Eu bem que tentei, mas ela vai ficar no Rio até quarta-feira.

Wilson enrugou a testa.

— Você está correndo atrás dessa mulher de novo?

O telefone na mesa de Wilson tornou a berrar. O delegado lançou a Lyra um olhar emburrado e, depois, atendeu:

— Alô. Sim, doutor... Não, não fui eu, deve ter sido o... Claro que não falei com o repórter! Não sei de onde eles tiraram isso... Espera, espera. O que é, Lyra?!

— O telefone da Hortência... Cadê?

Furioso pela interrupção, Wilson gesticulou ofensas e jogou um caderninho de capa dura em cima de Conrado, que folheou as anotações das últimas páginas até encontrar um número de telefone acompanhado dos dados de Hortência Rocha. O detetive particular se retirou da sala, deixando para trás um dr. Wilson descontrolado, que dava socos na mesa enquanto gritava ao telefone.

62. RH

Um toque. Dois toques. Três toques.

— Alô? — A voz de uma criança; um menino.

— Oi, bom dia, quem fala?

O garoto do outro lado não respondeu de imediato. Na linha, ouviu-se a respiração alta e insegura. Ele devia ter menos de sete anos.

— É o Pedro — o menino devolveu, por fim.

— Oi, Pedro. A sua mãe está aí?

— Ela tá sim. Tava dormindo, mas não tá mais.

— E eu posso falar com ela?

— Peraí. — O garoto bateu o telefone contra alguma superfície dura.

Conrado escutou os passos do garoto se distanciando — e depois, silêncio. A chamada ficou em espera por alguns segundos.

Lyra se apoiou contra o muro do prédio do DHPP e cruzou as pernas cansadas. O estrondoso barulho de uma moto rasgou pela rua Brigadeiro Tobias, berrando por todo o quarteirão. Conrado sentiu dor nos ouvidos e xingou o motoqueiro. Também desejou que mais nenhum motor soltasse seus berros durante a conversa. Isso porque se Hortência Rocha descobrisse que o interlocutor com quem falava estava na rua, o plano de Conrado iria pelos ares.

Só que não havia jeito. O grito de uma moto era apenas um dos muitos sons daquele ambiente. A fachada do DHPP, em pleno centro de São Paulo, era fatalmente um inferno sonoro, uma bomba aos ouvidos. Havia muita gente nas calçadas (portanto, muita conversa), excesso de veículos (como os ônibus esgoelavam!), muitos prédios (com sistemas de ar-condicionado igualmente agudos) e ventava e ventava e ventava como se o furacão Katrina tivesse decidido fazer uma visita ao Departamento de Homicídios (e o ruído do vento vazava no celular).

Lyra precisava sair de lá imediatamente e achar um refúgio. Ele correu para a esquerda e encontrou amparo no interior de uma banca de jornal. Bem a tempo de ouvir o barulho de passos se aproximando no celular.

— Alô.

Era uma voz fina, arrogante e instável — o tipo de voz que, apesar de alta, dificilmente ecoaria. Não na mente das pessoas, pelo menos.

— Bom dia. Dona Hortência? — Conrado usou o tom mais polido com que conseguiu falar. Espelhou-se nos atendentes de telemarketing mais educados que já ouvira.

— Quem gostaria?

— Aqui quem fala é Gilberto, dona...

— Gilberto de onde? — a dona Hortência interrompeu, instável. Parecia a um passo de se irritar e Conrado percebeu que aquela deveria ser uma mulher de pouco equilíbrio. — Como é que você conseguiu meu número?

O advogado pôde imaginar aquela voz aguda — tão irritante e ensurdecedora quanto o grito da moto — martelando verdades absolutas, iniciando discussões, testando tolerâncias.

Conrado a odiou. Odiou-a pelo estereótipo.

— Oi, dona Hortência — Lyra esforçou-se na tentativa de soar simpático —, eu sou da área de recursos humanos da Viva Editorial. Estou com o seu currículo aqui para uma vaga em uma de nossas revistas. Há interesse por parte da senhora?

A mulher emudeceu. Sua fala retornou aos trancos, muito mais suave do que quando expelida pela primeira vez.

— Claro, claro, tenho interesse sim, ahn... Desculpe, como o senhor se chama mesmo?

— Gilberto.

— Ah, sim. Então, Gilberto, eu tenho interesse sim. Qual é a vaga mesmo?

A pergunta foi feita com apetite. Conrado visualizou aquela mulher salivando com o telefone encostado na orelha, os olhos embriagados.

— Nós abrimos dez vagas, dona Hortência. Vamos preenchê-las nas próximas semanas, mas, como há uma indicação do seu nome, é possível que a senhora escolha antes dos outros. — E seguindo uma pausa: — Quem foi que indicou a senhora?

Um instante — foi tudo o que Hortência precisou para refletir e se pôr a gaguejar.

— Eu... Eu... bom, eu não sei direito. Só pode ter sido... A Miranda?

— Como?

— Miranda, Miranda Schatz.

— Ah, a dona Miranda. — Soou admirado. — Está bem, dona Hortência. Eu só preciso confirmar o e-mail da senhora.

Ela passou o endereço virtual.

— É pra passarmos as instruções por e-mail. Aí a senhora já dá uma olhada se interessa...

— Interessa, interessa, opa se interessa!

— Ótimo.

— E é no digital? Hein, você consegue adiantar?

Lyra foi pego desprevenido. O que ela queria dizer com "digital"? O que ele deveria responder para soar menos falso?

— Desculpe... dona Hortência? Como, eu não ouv...?

— Não, tudo bem, imagino que você não possa falar nada mesmo. — Hortência deu uma risada de cumplicidade. — É que, sabe, a gente que é do ramo acompanha as notícias, né, e estão falando aí do novo negócio com a ViraTela e tudo o mais... Rumores, né? Que abriria vagas por causa dos novos veículos...

— Ah, então, nós não podemos falar mesmo... Desculpe. — Lyra prendeu a respiração e mudou de assunto: — E então eu vou enviar o e-mail e já combinamos a entrevista, pode ser?

— Nossa, pode, claro!

— Acha que na quarta-feira é um bom dia pra marcarmos um encontro?

— Ótimo, ótimo! — Ela deliciou-se com a proposta.

— Só preciso confirmar a indicação com a dona Miranda e depois volto a falar com a senhora pra marcarmos...

— Não!

Silêncio.

— Desculpe, dona Hortência, a senhora falou alguma coisa?

A voz fina começou a produzir um chiado estridente. Era uma evidência de que Hortência Rocha não sabia como prosseguir na conversa.

— Eu só... Por que o senhor precisa confirmar com a Miranda?

— É o procedimento da nossa área, dona Hortência.

— Mas pra que, meu Deus?! Somos tão amigas... O filho dela namora a minha filha! E justo... *agora*?

Conrado Bardelli sorriu para o umbigo e decidiu que já ouvira o bastante. Desligou o telefone sem dizer mais nada. Em seguida, acessou o menu de configurações do celular e voltou a desbloquear o número de seu aparelho. Feito isso, guardou-o no bolso e comprou uma revista da Viva Editorial como forma de agradecer ao dono da banca pelo esconderijo. Lendo enquanto caminhava, Lyra regressou à entrada principal do DHPP.

— Já voltou, Conrado?

— Opa! Pode liberar pra mim, Ju? O Wilson me chamou...

A recepcionista, que conhecia o detetive de longa data, deu o cartão de acesso sem perguntar duas vezes.

O detetive bateu à porta de Wilson e encontrou-o debruçado sobre a mesa. Massageava as têmporas com tanta força que Lyra teve a impressão de que as laterais da cabeça do delegado estavam amassadas.

— Wilson — Conrado começou, amistoso, e sentou-se na cadeira de visitas —, acho que fiz uma coisa meio ilegal.

O delegado ergueu o rosto e mirou o detetive particular com algo muito além de estresse e impaciência. Parecia fazer força para não explodir. Mas, antes de xingar, Wilson simplesmente recitou:

— Será que eu não posso deixar você sozinho por um minuto?

63. À ESPERA DA CONSULTA

Conrado pegou seu carro e partiu do DHPP alguns minutos depois. O dr. Wilson, metido em discussões frequentes com o dr. Souza, estivera próximo de expulsar Lyra — mas este logo percebeu que não conseguiria mais conversar e resolveu sair de fininho.

Percorrer a rua da Consolação naquele horário foi surpreendentemente mais fácil do que ele imaginara: inseriu-se no tráfego sentido avenida Paulista e entrou na Dr. Arnaldo sem pegar trânsito. Chegou ao Pacaembu em menos de quinze minutos.

Por outro lado, foi mais difícil encontrar vaga disponível àquela hora na frente da clínica do dr. Armando Lopes. Por isso, Lyra precisou subir com o carro até o topo da ladeira, onde estacionou sob uma árvore alta de tronco grosso e espessas raízes. Raízes que, em seu desespero pela liberdade, rachavam o asfalto e saltavam do solo, esburacando a rua. O detetive particular fechou a porta, trancou o carro e desceu. Parou sob o letreiro da clínica de psicologia e a analisou por um segundo. Sem pressa. Afinal, ele não tinha consulta marcada.

Entrou pelo portão de ferro e andou devagar até a porta de vidro. Quem o visse diria que estava perdido no meio do jardim.

Janaína viu que uma figura de camisa verde se aproximava da porta principal. "Mas já o seu Horácio?" A dona Francesca havia acabado de entrar na consulta — e isso significava que o seu Horácio precisaria esperar por pelo menos meia hora para ser atendido pelo dr. Armando. "Justo o seu Horácio, que gosta *tanto* de falar...", e a secretária desanimou.

Mas quando o vidro se abriu e um homem pouco mais velho que o seu Horácio apareceu, Janaína franziu a testa.

— Bom dia, Janaína — desejou-lhe o visitante, que segurava uma maleta marrom-escura.

E, só então, a assistente se lembrou, num lampejo, daquele rosto tão inusitado.

— Ah, olá. — Mas continuou a mirá-lo com dúvida. — O senhor...

— Sou Conrado Bardelli. Não sei se a senhorita se lembra de mim...

— Lembro, lembro, claro — a recepcionista mexeu a cabeça em afirmação. O coque de seu cabelo negro manteve-se perfeitamente arrumado.

— O senhor veio com o delegado de polícia no outro dia.

— Isso mesmo.

— E o que eu posso fazer pelo senhor? — A pergunta foi lançada com aquela mesma incerteza que Janaína demonstrara havia pouco.

— Eu queria dar uma palavra com o doutor Armando.

A secretária expressou um pedido de perdão no semblante.

— O doutor está atendendo uma senhora agora e não deve sair da consulta nos próximos... — Ela olhou o relógio de pulso. — ... trinta minutos.

Bardelli deu de ombros.

— Bom, eu espero. Fazer o quê?

— Mas é que o doutor Armando tem uma consulta depois também.

— São só cinco minutos. Realmente só cinco minutos. Quero devolver as anotações que ele fez sobre a consulta do garoto que se suicidou.

Com a mesma fisionomia hesitante, Janaína ficou quieta por alguns segundos, como se desarmada de argumentos. Ela, então, fez uma careta de derrota e falou:

— O senhor é quem sabe.

Lyra disse que ia se sentar no sofá da sala de espera.

— Fique à vontade. — E, no embalo, a recepcionista ofereceu café, aceito de bom grado pelo advogado.

Foram trinta minutos passados em pleno silêncio. A recepcionista, como se consciente de seu papel de anfitriã, vez ou outra estendia o pote de balas ou mostrava a cafeteira. Conrado, porém, negava com sorrisos educados — até porque se sentia pouco à vontade para aceitar as ofertas da séria Janaína. No silêncio, podia-se ouvir a grossa voz de Armando Lopes viajar pelas paredes, vazando da sala adjacente.

O ponteiro do relógio indicava segundos para as onze da manhã quando se escutou o abrir de uma porta. Vozes — a do dr. Armando e a de uma senhora, conversando de maneira amena enquanto vinham pelo corredor até o hall da clínica.

— ... e a senhora pode, e *deve*, continuar tomando o Prozac; não importa o que o seu marido diga.

— Está certo, doutor, eu *vou* falar isso pra ele. Eu vou, não vou?

Era uma senhora loira, do tipo alemã, metida em um largo e caro vestido preto. Ela contemplava o dr. Armando com uma insegurança patológica.

— Sim, dona Francesca. É assim que se fala.

— Ai... Ai, está certo, é assim.

Mais ou menos a essa altura, o dr. Armando empurrou sua paciente adiante — como se a encorajasse a sair à rua de novo —, mas dona Francesca se voltou uma última vez.

— E me desculpe pelo Dinho, doutor, me desculpe, me desculpe, me desculpe! — Ela soava nervosa. — Não sei o que deu nele de vir aqui assim, sem mim, e gritar com o senhor! Eu nem sabia... Ele grita, doutor Armando, ele grita muito em casa. É muito difícil. — Francesca estava prestes a chorar. — Ai, como o Dinho é difícil! Mas com o senhor?! *Ameaças!* Gente! Eu... Ah, doutor, eu não sei se...

Ele a silenciou rapidamente com as mãos.

— Não, não fique pensando nessas coisas. Foi o que conversamos, dona Francesca. Lembra?

Ela concordou com olhos vidrados.

— A senhora consegue, sim.

E como se terminasse de vez a consulta com a dona Francesca, o dr. Armando olhou em volta. Parou os olhos em Conrado Bardelli e o analisou demoradamente, tomando tempo para reconhecê-lo.

— Olhe só. Senhor Conrado!

64. EM BUSCA DA LUCIDEZ

Ao contrário da apatia que demonstrara sua recepcionista, foi com visível interesse que o psicólogo aproximou-se de Lyra. Cumprimentou-o com um cortês aperto de mão, os olhos pretos fixos em Conrado, a monocelha contraída. Hoje, o homem parecia menos cansado do que nos outros encontros.

— Como posso te ajudar? Leu as anotações? Elas foram úteis?

— Sem dúvida, doutor Armando, agradeço muito mesmo.

— Não se preocupe. — E como se percebesse que atendia um paciente na calçada: — Vamos entrar, seu Conrado, venha até a minha sala.

— Não, não, não precisa. Eu só vim pra devolver o relatório. Não quero atrapalhar o seu dia.

— De forma alguma, por favor. E não se preocupe com o relatório, pode ficar com ele, se quiser.

Lyra chacoalhou a cabeça com convicção.

— De jeito nenhum, doutor Armando. O paciente era seu.

Nesse momento, a dona Francesca — que estivera firmando uma conversa sobre remédios antidepressivos com Janaína — despediu-se da recepcionista com altos agradecimentos e fez o mesmo com o dr. Armando.

— E desculpa os modos do Dinho, ai...

Na vez de Conrado Bardelli, a senhora encarou o barbudo quase com terror; por isso, partiu sem se despedir dele. Pelo vidro da frente, foi possível enxergar a dona Francesca dirigindo-se apressada para fora.

— Acredite, ela já foi pior — comentou o dr. Armando.

Conrado riu junto com o doutor, apesar de considerar antiético aquele comentário sobre a relação doutor-paciente.

Terminadas as gargalhadas, o detetive aproveitou para retirar da maleta o relatório de Eric Schatz.

— Aqui, doutor. E obrigado de novo.

— Não há de quê. Venha comigo. Vou guardar isso aqui.

E enquanto iam à sala do dr. Armando, este contava mais detalhes da vida de dona Francesca. Falava em voz baixa:

— ... e os dois homens com quem ela se casou bateram nela. Realmente uma pena. Casaram porque queriam o dinheiro dela, claro. O último ela denunciou. E conseguiu abrir um processo contra o homem, olha só que milagre. Ainda mais neste país...

— Claro, é verdade.

— Mas depois ficou arrependida porque amava o sujeito. É o que ela diz. Quis retirar a queixa, mas a família impediu. É um caso complicado...

— Dinho é...?

— Ah, cada semana ela vem com uma história nova. Não tinha um pingo de verdade naquilo. Naquela história dos gritos, sabe? É o filho dela esse Dinho, um rapaz pior do que os dois ex-maridos. É filho do primeiro casamento, mas mora com a mãe e tem um comportamento violento. Acho que é metido com negócios... Bom, deixa pra lá. Mas toda semana ela inventa uma briga nova. Esquece as coisas no dia a dia e lembra depois. Junta tudo. Tanto que eu nunca nem vi o filho dela.

Quando chegou ao escritório, o doutor foi até a escrivaninha e de lá tirou uma grossa pasta transparente que abriu e jogou sobre a mesa desarrumada. Uma etiqueta informava o conteúdo da pasta: "Anotações."

— Eric Schatz, não é?

À medida que procurava pela letra E para enfiar o relatório em seu devido lugar, Armando retomou a história de Francesca. Sobre como ela vinha semanalmente e inventava coisas. Lyra ouvia sem conferir relevância ao assunto e às vezes vislumbrava os relatórios que Armando folheava, todos cheios de garranchos e palavras não terminadas. Conrado riu por dentro, pensando em como aquilo reforçava o clichê de que é impossível ler a caligrafia de profissionais da saúde.

— E tem o relatório de hoje da dona Francesca — o psicólogo afirmou, em meio à longa história, e pegou mais aquele papel de anotações, preenchido pelos mesmos escritos indecifráveis.

Ele injetou os papéis na pasta transparente e depois a fechou. Naquele primeiro instante, não se deu ao trabalho de guardar a pasta de volta na gaveta. Conrado se incomodou com a desordem.

— Doutor Armando, eu sei que o senhor tem mais uma consulta agora às onze, então, eu vou tentar ser bem breve.

— Não tem problema, o seu Horácio sempre atrasa.

— Melhor. Mas serei direto.

O psicólogo levou os olhos até Conrado e assumiu uma expressão mais séria e profissional. Convidou o detetive a se sentar na cadeira oposta.

— É mais uma questão de curiosidade, doutor — Lyra dizia enquanto se adaptava ao duro assento. — Na nossa primeira conversa, o senhor disse que, por um instante, chegou a pensar que o Eric poderia estar mesmo vendo um colega de quarto inexistente por meio de... não sei se uso o termo certo... alucinações.

Armando disse que poderia ser.

— É alguma espécie de loucura, doutor?

O outro ponderou por um momento e depois enlaçou os dedos à frente do rosto, seus cotovelos sustentados pela mesa. Falou como se através das mãos:

— "Loucura", seu Conrado, é um termo muito abrangente e que raramente é utilizado de forma correta. Ou na ocasião apropriada.

— E quanto à lucidez? Os doutores identificam a lucidez, não identificam?

— Não acho — o psicólogo foi sucinto ao emitir sua opinião — que alguma pessoa seja capaz de distinguir perfeitamente a lucidez.

— A lucidez, portanto, não é visível; não é lúcida?

— Translúcida, eu diria. Você pode vê-la, mas não terá certeza. Se a loucura está ali, se não está... é difícil enxergar com precisão. Quem poderá dizer se o garoto, Eric Schatz, realmente não via um homem andando pelo apartamento? Hein? — Armando abriu as palmas das mãos no ar. — Ele veio me procurar porque talvez estivesse mesmo no terreno da loucura e queria a lucidez. Mas não são feitos milagres em somente uma consulta. — E respondendo à questão que ele mesmo estabelecera: — Ninguém dirá.

— E o senhor acha que isso é razoável? A alucinação, eu quero dizer.

Armando voltou a aproximar o corpo.

— Depende. Existem diversas formas de alucinação, seu Conrado. Há alguns dias, descobriu-se que uma senhora ouvia músicas na cabeça antes de dormir. Sabe quando um ritmo fica se repetindo? Só que essa senhora nem se lembrava dessas músicas. Depois de estudarem o caso, cientistas chegaram à conclusão de que essas músicas tinham sido armazenadas em um lugar distante da memória dessa senhora, que tinha acesso a essas lembranças quando estava em delírio. Por isso é que ela só ouvia as melodias antes de dormir e não se lembrava de nada. Mas isso já não tem a ver com o caso do rapaz.

— O que eu gostaria de saber, doutor Armando, é se o colega de quarto pode, de fato, *existir*.

— Não. — Ele foi seco na resposta. — Não fisicamente, pelo menos. Pode ser, sim, que o rapaz estivesse tendo alucinações ou qualquer outro problema psiquiátrico que faria com que o Eric visse um homem em seu apartamento. Porém, ainda não há autópsia capaz de identificar esse tipo de paranoia no cérebro dos mortos, seu Conrado.

— Uma pena...

— Mas o que o leva a perguntar *isso*? — o dr. Armando fez a indagação com certo ceticismo. — A meu ver, o senhor não faz o estilo de crente ou supersticioso.

Conrado deu voltas na pergunta, embaraçado pelas possíveis respostas.

— O fato é que o Eric não foi o único que veio atrás de mim dizendo que viu o tal colega de quarto.

Surpresa. Foi isso o que Armando imediatamente expressou pela postura e pelos olhos arregalados.

— Está me dizendo que mais alguém via esse homem inexistente?

— Sim. Alguém que o viu, na verdade.

— Bom... — O psicólogo voltou a injetar doses de ceticismo em sua sentença. — É, claramente, impossível. Ou, então, foi outra coisa. O senhor não está sugerindo que essa paranoia tenha sido passada do Eric para mais alguém, está?

— E isso seria possível?

Desta vez, o dr. Armando chegou a rir, afogado em descrença.

— De modo algum. Impossível. — Ele veio ainda mais perto de Conrado e confidenciou: — Doenças psiquiátricas não são contagiosas, seu Conrado.

Lyra viu-se obrigado a rir também.

— O senhor tem razão... Mas é que tenho ouvido tanto sobre esse colega de quarto que eu... às vezes... — Ele gaguejou. — Eu, às vezes, me vejo perguntando se ele não existe mesmo.

O doutor não deu tempo para que Lyra prosseguisse com suas hipóteses:

— Olhe só, seu Conrado, quando o Eric veio me ver, naquele dia, a minha primeira impressão foi: este rapaz está tirando essa história da cabeça por algum motivo mais profundo. *E essa é a impressão que eu continuo tendo.* — Ele frisou com as mãos. — Sinceramente? Foi só por alguns instantes que cogitei a possibilidade de o rapaz estar de fato sendo vítima de alguma paranoia. Até porque, se fosse, eu o indicaria a um psiquiatra e passaria o caso adiante. Não acho que caberia a mim, um psicólogo, tratar disso. — Pausa. — Mas, depois de trocar meia dúzia de palavra com o Eric, tive certeza de que não era nada disso. Pude perceber que ele tinha uma dúzia de problemas por trás dessa história de colega de quarto invisível e que essa invenção estava servindo como uma espécie de... — Ele procurou a palavra com os dedos. — ... pretexto. Entende o que quero dizer?

Lyra ponderou sobre a teoria, acariciando a barba.

— Entendo. O senhor é da opinião de que o Eric pode ter inventado toda essa história pra chamar a atenção pra outro problema?

O dr. Armando voltou a recuar. Suas sobrancelhas se arquearam e ele abriu aqueles grandes olhos negros como se os dilatasse para enxergar melhor a suposição à sua frente.

— Bom, aí já é dizer demais. Não tenho como saber... Ainda mais agora. Mas se o senhor pensa assim...

Ele deixou a frase despencar lentamente e morrer, lá embaixo, com a queda.

65. ANOTAÇÕES DE UMA RECEPCIONISTA

— ... mas o senhor não aceita um café? — o dr. Armando perguntou depois que os dois homens já haviam se posto de pé.

— Eu já tomei uma xícara com a Janaína, obrigado. Eu preciso ir.

— Imagino mesmo que o senhor deva estar com pressa — Armando disse, compreensivo.

Os dois voltavam pelo corredor até a recepção da clínica.

— Com toda essa história de suicídio, sua vida deve estar corrida.

— É... Eu queria que estivesse mais, para falar a verdade.

O doutor riu daquilo com gosto.

— Paciência é o que há de mais admirável em um homem, seu Conrado. Mas também é o mais difícil de se conseguir.

— Paciência eu até tenho, doutor — Lyra começou a se explicar, como se fosse mais um dos pacientes do dr. Armando. — O problema é que as coisas não acontecem se não tiver alguém que faça acontecer.

— Acha que deve correr atrás do que quer e só assim vai chegar aos seus objetivos, seu Conrado?

— Isso também. Mas não necessariamente. Eu estava pensando em outra coisa, mais específica.

Eles pararam em frente ao balcão da recepção, onde Janaína passou a ouvir a conversa dos dois enquanto saboreava uma bala de hortelã. Lyra continuou com seu discurso:

— Sou da opinião de que quase tudo o que acontece há obrigatoriamente uma reação instantânea. Se você joga um chiclete no chão, alguém atrás de você vai pisar nele e te xingará por isso. Se você esconde o cadáver de um mendigo em um terreno baldio, por mais que o homem não tenha família que o procure, o padeiro que costumava dar pão ao cara no almoço notará a ausência do seu fiel pedinte e acionará a polícia...

— E se uma borboleta bater as asas em Tóquio, pode causar um furacão em Nova Iorque — Armando inseriu, com um sorriso. — A teoria do caos. Sim, eu percebo.

Incerto de se poderia realmente enquadrar sua hipótese na teoria do caos, Conrado decidiu ir em frente:

— O fato é que o assassino do mendigo, provavelmente, nunca iria imaginar que alguém daria por falta dele. Por que alguém haveria de perceber? Mas eis que o padeiro começou a reparar no mendigo somente quando esse mendigo *parou* de aparecer ao meio-dia pra pedir o pão. Percebe? Diante de todo acontecimento gera-se um desenrolar, mesmo que completamente desconexo. E é um desenrolar involuntário, incontrolável e inesperado. Basta uma provocação pra desencadeá-lo.

Armando concordou.

— E o senhor tem provocado muito? — Abriu um sorriso.

— É isso o que tenho tentado. — Ele riu. — Posso dizer que já provoquei muita gente, mas os desenrolares ainda não vieram a meu favor.

— E quanto ao pai do garoto? — Armando se lembrou com um estalar de dedos. — Ou o tal de Dênis. Era isso que estava instigando o senhor, não era? Conseguiu alguma coisa?

Lyra chacoalhou a cabeça com pesar, o rosto baixo, vencido.

— Infelizmente, ainda não. É complicado. A família do rapaz mora no Rio. A mãe vem só de vez em quando e não importa o quanto eu corra atrás dela, marque reuniões, deixe mensagem... E o pai está doente. Ligou para mim esses dias e me disse que é praticamente um inválido...

Lyra parou de falar e deu de ombros, com uma careta de infelicidade para o dr. Armando. Este demonstrou leal compaixão e ensaiou algumas frases esperançosas para encorajar o detetive. Estava prestes a dizer algo como "você ainda vai conseguir" quando, inesperadamente...

— Ué, mas ele estava aqui.

Conrado Bardelli e Armando Lopes viraram seus rostos para encarar a, até então, calada Janaína. Ela ainda trazia aquela mesma face austera de antes, mas agora havia uma emoção a mais nas rugas de sua testa. A secretária estava intrigada.

— Quem estava aqui, Janaína? — o dr. Armando demandou, sem entender.

— O pai, doutor Armando. — Ela olhou para Conrado Bardelli e de volta para seu chefe. — Quando o rapaz veio ver o senhor, doutor, ele veio de carona com um homem, que parou o carro aí na frente do consultório. Eu vi pela porta de vidro. E aí o rapaz entrou, daquele jeito agitado dele, e foi direto pro escritório do senhor, doutor Armando.

— Sim — o psicólogo apoiou —, eu me lembro de que ele chegou com pressa.

— Mas e aí?

— Depois — disse Janaína —, o carro continuou subindo a ladeira e eu imaginei que a pessoa tinha ido estacionar. Um carro preto, não reparei na marca. Só sei que o motorista não apareceu mais. E, dali a alguns minutos, o garoto saiu voando da sala do doutor Armando e foi embora quase correndo. Como eu sempre costumo fazer, perguntei pra ele qual seria a melhor data pra marcar a próxima consulta com o doutor Armando. — Ela fez uma pausa. — Mas o menino não respondeu. Me ouviu, mas não me falou qual data era melhor. Ele só ficava olhando para a rua, sem desviar os olhos. Até que o carro preto apareceu de novo aí na frente e o garoto abriu a porta pra ir embora. Eu perguntei se estava tudo bem e se ele não tinha interesse em marcar uma próxima consulta com o doutor. Dessa vez ele olhou feio para mim e disse: "Desculpe, mas meu pai já está me esperando aí fora." E ele foi embora. Entrou no carro e zarpou.

Do outro lado do balcão de atendimento, Conrado Bardelli estava boquiaberto.

— Você conseguiu ver alguma coisa, Janaína? — ele disparou a questão.
— Se eu vi o pai dele?
— É.
— Bom, mais ou menos. Até que sim, deu pra ver um pouco na hora em que o menino abriu a porta do passageiro pra entrar no carro. E é por isso — Janaína acrescentou — que achei estranho o senhor dizer que o pai do menino estava inválido e doente. Porque o homem dentro do carro tinha cara de quem estava bastante saudável...

Lyra absorveu todas aquelas informações em frenesi. E não soube mais o que pensar.

66. QUEBRA DE DEFESA

— Sente-se, seu Conrado.
Bardelli aceitou o convite e seguiu até o sofá.
— Aqui. Sente-se na minha frente — a mulher ordenou.

Lyra obedeceu, sem hesitar. Foi em direção à escrivaninha daquela baixa e gorducha senhora, que tinha os olhos frios pousados nele o tempo todo, como se temesse as consequências de tirar a vista dele por um segundo sequer. Conrado tomou seu lugar na cadeira e deitou as mãos nas coxas. Parecia fragilmente desarmado. Talvez fosse pela opressora intimidação que a mulher do lado oposto da mesa impunha.

— Senhor Conrado Bardelli. — Miranda Schatz deixou que sua voz autoritária soasse até que o último eco se dissolvesse nas paredes do escritório presidencial da Viva. — O senhor tem me causado muita dor de cabeça, espero que saiba. Em plena quarta-feira... talvez o dia mais cheio de toda a minha semana... o senhor praticamente me obrigou a pegar um voo cedo pra São Paulo, desmarcar uma reunião com o conselho editorial do Rio e esperar pela sua vinda, como se eu estivesse à sua disposição. Chegou inclusive a azucrinar o meu marido, que mal tem força pra se levantar da cama. Mesmo assim, óbvio, ele se viu forçado a telefonar. Caso contrário, o senhor não iria desistir. Foi tudo um grande transtorno.

Miranda baixou um pouco o rosto e lançou um olhar severo para Conrado, como se o estivesse mirando por cima da armação de óculos imaginários.

— Me convocou como se eu tivesse obrigação de vir...

— Não tinha obrigação nenhuma, dona Miranda. E a senhora sabe disso. E mesmo assim, aqui está a senhora. — Ele abriu um sorriso indecifrável.

— Eu gostaria de saber onde está a polícia. O senhor disse que o tal delegado queria conversar.

— Ele não pôde vir — respondeu Lyra, humilde.

— Então, lamento. — Ela afastou a cadeira e fez que ia se levantar. — Eu tinha deixado claro por telefone que só estaria disposta a conversar se a polícia tivesse dados oficiais pra oferecer. Vejo agora que não há polícia, muito menos dados.

— Nunca houve — o detetive foi franco. — O doutor Wilson está fora disso, por enquanto. Eu queria conversar com a senhora e...

Ela o interrompeu bruscamente:

— Eu não tenho tempo a perder, seu Conrado! — A incisão de sua advertência cortou o ar. — O senhor não entende isso? Peço que se retire. Agora.

— Por favor, dona Miranda. Eu só quero conversar.

— Vou chamar a segurança do prédio.

Ao ouvir isso, Conrado sentiu que iria conhecer o pânico. Pois Miranda Schatz não era o tipo de mulher que apenas ameaçava. Era obstinada, irredutível — se dissera que chamaria a segurança, era possível que o fizesse a qualquer momento. Por isso, Conrado decidiu ser mais direto:

— Espere, eu tenho dados, sim. Pelo amor de Deus, dona Miranda, não é possível que a senhora não tenha nem cinco minutos.

A sra. Schatz não se convenceu nem um pouco a ser flexível. Mas o efeito desejado por Lyra se concretizou: na ânsia de explicar o quanto era ocupada, a mulher cruzou as pernas e voltou a encostar o corpo na cadeira, esquecendo-se de ativar os seguranças do edifício.

— Escuta aqui, seu Conrado... O senhor, pelo jeito, não tem noção alguma do que é estar no meu cargo. Não te culpo: poucos brasileiros têm um conhecimento mínimo do mundo empresarial. Por isso é que quase nenhum está pronto para se tornar sequer um gerente. Um lixo de mão de obra. É verdade que eu esperava mais do senhor, mas mesmo assim...

Foi a vez de Conrado interromper — um ato que Miranda Schatz reprovou fortemente com o olhar.

— Eu sei muito bem o que a senhora faz. Já estive na companhia de diversos diretores, CEOs, presidentes de conglomerados, seja lá como a senhora prefira chamá-los. Sou o advogado de alguns deles, dona Miranda. Mas não é pra isso que estou ocupando seu tempo. Quero, na verdade, conferir algumas informações com a senhora e fazer algumas deduções. Sobre a senhora.

O semblante de Miranda Schatz ganhou uma máscara de malícia.

— A essa altura da minha carreira, seu Conrado, já aprendi a não dar ouvidos a rumores ou informações de segunda mão. — Ela cruzou os braços. — Acha que ouvi-lo faria parte dessa filosofia?

— Eu acho que...

— Não, é claro que não.

— Mas a senhora não está interessada em descobrir mais sobre a morte do seu filho?!

— Não é da sua conta lidar com o que estou ou não interessada — ela elevou a voz. Depois, respirando com mais frieza: — Cabe à polícia descobrir mais sobre o suicídio do meu filho, não ao senhor.

Ela foi em frente com o tiroteio:

— Exijo que o senhor se retire imediatamente dessa investigação e não volte a me procurar. Vou redigir uma reclamação ao diretor do DHPP.

Usarei o jurídico da Viva pra me ajudar, se for necessário. Pedirei alguma forma de punição ao delegado responsável por ter permitido que um terceiro tivesse acesso, sem a minha permissão, a informações oficiais sobre o suicídio do meu filho. Deve haver algum código de ética, óbvio. Faço questão de que haja castigo exemplar. Quanto ao senhor... — Ela o fitou de cima a baixo, com asco. — Tem sorte de eu não processá-lo. Agora, saia!

Mas Conrado Bardelli não se mexeu. Ele manteve a postura relaxada e as mãos sobre as coxas. Chacoalhou a cabeça e admitiu uma expressão nervosa — Miranda achou que ele estaria aceitando a derrota. O detetive, porém, provou que ela estava errada.

— A senhora não vai querer a polícia aqui, dona Miranda.

E, então, ela compreendeu que aquela era uma expressão de convencimento, o que a irritou profundamente.

— Como assim, eu não vou querer a polícia aqui? — Miranda transmitiu franca ameaça na entonação.

— A senhora é uma dama, disso, não tenho dúvida. Uma dessas *ladies* que estariam preparadas pra jantar com a rainha Elizabeth a qualquer momento, com a educação que recebeu. Por isso, estou tentando agir à altura e evitar qualquer constrangimento pra senhora. — Lyra fez uma pausa e encarou aqueles olhos irados do outro lado da mesa com um sorriso. — Mas a senhora não está ajudando.

— Como ousa me ameaçar?!

— Veja bem, *ainda*, não a estou ameaçando. — Ele ergueu o dedo indicador. — Estou apenas enumerando as consequências. A polícia, os jornalistas, os investidores... Dona Miranda, *eu sei*.

Ela manteve aquela mesma pose de general por vários segundos. Rígida e provocadora. Em seguida, seus músculos pareceram amolecer e ela mexeu o corpo na cadeira. Apoiou os braços no encosto e, de repente, pareceu instigada pelas palavras de Conrado. Como se propusesse um desafio impossível, Miranda cedeu:

— Então, me mostre seus dados, seu Conrado. Prove que é digno da minha atenção.

67. EXERCÍCIO DE RACIOCÍNIO

Conrado Bardelli resolveu ser prático. Tirou da maleta um pedaço de papel, aquele em que anotara datas diversas no domingo à noite. Deitou a folha delicadamente sobre o tampo e a deslizou para o outro lado da escrivaninha. A mulher analisou o papel, sem tocá-lo.

— Do que se trata isso?

Apesar de disposta a ouvir, ela ainda exalava os ares de impaciência. Já devia ser hábito.

— Foi uma pesquisa que eu fiz sobre alguns acontecimentos da família Schatz e da Viva Editorial.

— Isso eu percebi. Perguntei o que o senhor quer com isso.

— Quero apenas que a senhora siga a minha lógica.

Ela cruzou os braços em um nó apertado — algo que, no vocabulário de Miranda, deveria significar "prossiga".

— Quando seu filho foi me visitar na quinta-feira passada... era madrugada de sexta-feira, na verdade... fiquei um bom tempo com o sobrenome dele na cabeça. Porque eu sabia que era um sobrenome famoso. Então, naquela noite, fui investigar na internet e, em segundos, descobri que esse nome era ligado à Viva Editorial. Eu mesmo assino uma revista da editora. E, na mesma tacada, também fiquei sabendo tudo sobre o histórico da empresa. Mas só da empresa. Nada detalhava a história do atual dono. O seu marido.

A interlocutora não pareceu estranhar.

— O senhor não é o primeiro a se interessar pelo meu marido, seu Conrado.

— A senhora deve concordar comigo que é bastante incomum um homem comandar uma das maiores empresas brasileiras e se esconder por trás da esposa.

Miranda arqueou uma sobrancelha. Ela abriu a boca para revidar, mas voltou a fechá-la com uma convicção pessimista.

— O fato é — Conrado prosseguiu — que há pouquíssima informação sobre seu marido na mídia. Ele, literalmente, comanda a empresa por trás dos panos.

— Como eu já disse, o senhor não é o único a estranhar o modo de agir do meu marido. Jornalistas, recém-formados, investidores de menor importância... todos eles já tentaram conhecer meu marido pessoalmente. Mas não é do feitio dele. O Eustáquio aprendeu com grandes mestres. O senhor deve compreender que meu sogro, Stephan, preparou o filho para ser um empreendedor desde que ele era criança. Todo o ensino do Eustáquio foi aplicado em casa e aos dez anos ele já tinha aulas de noção empresarial. — E como se descrevesse a programação de um robô, Miranda concluiu: — O Eustáquio foi educado e projetado pra liderar, sim, uma das maiores empresas do Brasil.

— E a melhor forma de fazer isso era se escondendo?

Miranda deu de ombros, dando pouca importância à questão.

— Ele é da opinião de que grandes chefes não precisam se expor, até pra que essa mídia burra não confunda sua vida privada com sua vida profissional. E eu concordo plenamente.

Com acidez na boca, Miranda acrescentou:

— Foi muita sorte do senhor receber uma ligação do meu marido.

Conrado recebeu a provocação como um verdadeiro elogio. Por isso, agradeceu, com as bochechas coradas.

— Imagino que ele seja muito ocupado mesmo. Foi muito gentil da parte dele me ligar. De qualquer forma, reparei que absolutamente mais nada sobre seu marido foi publicado desde mais ou menos um ano.

— Por causa do câncer. — Miranda suspirou. — Nós descobrimos a doença há alguns meses e o Eustáquio achou que poderia continuar trabalhando. Aguentou por mais um tempo, mas, depois, precisou diminuir a jornada de trabalho. A partir de certo momento, ele já não tinha mais como fazer o tratamento e seguir trabalhando. Ainda mais porque precisou fazer várias viagens ao exterior pra sessões de quimioterapia. Desde então, há cerca de um ano, eu venho tomando a dianteira da empresa, enquanto meu marido está incapacitado.

— Ele não tem mais força, não é?

A empresária olhou Conrado com dúvida.

— Foi o que a senhora disse agora há pouco. Que o seu marido "mal tem força pra se levantar da cama"...

— Ah, sim.

— E o Eric não pôde ajudar também?

A sra. Schatz soltou uma risada sarcástica.

— Meu filho não tinha nenhuma preparação pra isso.

— Pois é. Percebi que a senhora e seu marido não tiveram essa preocupação hereditária de "formar líderes" com o Eric. — Lyra frisou as aspas. — Quer dizer, ele veio cursar direito em São Paulo...

A altiva Miranda ergueu o rosto, atingida.

— Não vou sequer comentar, seu Conrado.

Pela primeira vez, Miranda Schatz se mostrou agitada.

— Perdoe-me se ofendi a senhora. Eu só queria entender, dona Miranda. É que a sequência lógica seria que o Eric tivesse alguma formação parecida com a sua ou com a do seu marido pra continuar na Viva...

— O Eric não quis dar ouvidos a ninguém da nossa família e preferiu seguir um desejo esdrúxulo.

Ela fechou a cara, decidida a não mais abordar o assunto. Voltou a falar somente para cobrar:

— Não vejo que linha de raciocínio o senhor está seguindo, muito menos onde quer chegar. — Miranda desceu o olhar para a folha de papel com datas. — Também não vejo a utilidade disso. Gostaria que o senhor fosse mais direto e não desperdiçasse meu tempo.

Conrado agiu de pronto.

— O senhor não precisa se levantar.

— Faço questão.

Por um segundo, enquanto punha-se de pé e projetava seu corpo sobre a mesa, Conrado sentiu o gosto do que seria estar uma posição acima de Miranda Schatz. Esta, enquanto analisava outra vez as datas, parecia diminuída, um pouco recuada, como uma atleta com medo de ser flagrada no exame antidoping. A face repleta de receio provava essa sensação e substituía o semblante severo de antes.

Definitivamente, havia algo de errado com Miranda Schatz.

— O senhor grifou alguns anos à caneta. — Ela indicou com o dedo trêmulo. — 1964, 2001, 2003, 2008 e 2014. Por quê?

— São os anos em que a Viva Editorial atingiu um ponto de sucesso comercial. Em 1964, bateu as cinquenta mil assinaturas de uma revista; em 2001, outro recorde: desta vez, um milhão de assinaturas; em 2003, fechou parceria com uma grande empresa de educação, a Nota 1000; em 2008, a reformulação das revistas fez com que as ações voltassem a subir depois da morte de Stephan Schatz.

— Sim, correto.

E, então, ela se calou.

Conrado percebeu que Miranda fixava a vista na data de "2014" com uma aflição crescente nos olhos.

Ele, portanto, tomou a fala:

— E, no ano passado... bem, suponho que a senhora tenha conversado, desde então, com outra empresa de grande porte pra negociar uma fusão.

— Isso é um rumor da mídia — ela murmurou entre os dentes.

— Mas não é verdade?

— Essa já é uma questão puramente comercial, que não tem nada a ver com o senhor e a sua investigação, tenho certeza.

— Não, não, a senhora está enganada. Esses acordos comerciais são, sim, muito importantes pra minha investigação.

— Ah, é? E posso saber o que há de tão interessante nesses anos em que a Viva bateu feitos históricos?

— Olhe só... — E, agora, Lyra se distanciou, decidindo caminhar no entorno da mesa. — O que me interessa mesmo é a *história*. É muito verdade o que os professores de história dizem pra justificar sua matéria: "É importante aprender os passos da humanidade para não cometermos os mesmos erros." E isso, é claro, é igualmente válido para a trajetória de uma empresa.

Miranda Schatz tinha a atenção toda voltada à fala de Bardelli. Ela começou a bater o pé inconscientemente. Era apenas mais um sintoma de sua apreensão.

— Por isso, dona Miranda, o que me chamou a atenção quanto a essas datas não foi propriamente o grandioso acontecimento de cada uma delas, *mas seus efeitos e suas consequências nos anos próximos*. — Ele lançou o mais animado dos olhares à anfitriã, que manteve a postura rígida. — As coisas que aconteceram antes e depois desses feitos... ou seja, o entorno... mudara radicalmente a situação da empresa. Quer um exemplo? Acho que seria difícil que Stephan Schatz tivesse se tornado o único presidente da Viva se a revista da qual ele era editor-chefe não tivesse batido a marca de cinquenta mil assinaturas em 1964. Da mesma forma, a Viva não teria alcançado tanta visibilidade mundial em 2003, com direito inclusive a matéria na *Forbes*, se não tivesse comprado a empresa Nota 1000 no mesmo ano. Assim como as ações da editora não teriam despencado em 2007 se Stephan Schatz, o então presidente da Viva, não tivesse falecido. — E, sorrindo de cima, Conrado ergueu as sobrancelhas para Miranda. — Concorda?

Ela concordou e quase sentiu dor na hora de fazê-lo.

— Mas eu... Eu... — A senhora tropeçou nas palavras. — ... gostaria que o senhor dissesse logo o que está sugerindo e acabasse com isso tudo de uma vez. — E soltou um longo suspiro, aliviada por ter se livrado da frase.

Conrado Bardelli apreciou o momento com satisfação. Mais do que satisfação — com prazer. Pois tinha certeza de que Miranda Schatz já havia percebido aonde ele queria chegar — e, por isso, sabia que não tinha mais como fugir. Ela decretara sua derrota com aquela última frase, dera a espada ao inimigo para que ele, enfim, a derrotasse. E, com o golpe de misericórdia, Lyra sentiu uma ânsia incontrolada de glória atingir seu ego.

— Muito bem, dona Miranda. A senhora tem uma caneta?

Ele caminhou de volta para sua cadeira e se sentou à escrivaninha. Deslizando o dedo indicador sobre a folha com as datas, Conrado apontou para as duas últimas linhas de anotação, sua voz didática como a de um professor. E então atacou:

— Estou sugerindo que aqui... está vendo esta seta que fiz entre os anos de 2014 e 2015? Foi em 2014 que a senhora e seu marido conversaram com os líderes da ViraTela, certo? Pelo menos, foi quando surgiram os primeiros rumores. E 2015, este ano, foi quando seu filho morreu. Pois bem. Estou sugerindo que, entre essas duas datas, a senhora acrescente mais uma. Outra de 2015.

Enquanto dava a sugestão, o próprio Conrado escrevia, devagar, o número "2015", identificado por uma seta que saía do espaço entre as duas outras datas.

— A senhora tem sugestão do que colocar aqui no meio? — Lyra olhou com seriedade para Miranda, apesar de sua pergunta soar claramente como uma provocação.

— Não sei — ela respondeu, firme e irritada. — O senhor é quem está dizendo tudo. Pois então, me conte. Estou bastante curiosa. O que foi que o senhor imaginou para o ano de 2015, seu Conrado?

Lyra não respondeu com a linguagem oral. Ele se aproveitou de estar em posse da caneta e, com ela, fez dois pontos na frente do "2015" que escrevera. Então, redigiu outra linha de palavras, sem pressa alguma. Quando pôs o ponto final na frase, ele virou o papel para que Miranda Schatz lesse.

— Faz algum sentido para a senhora?

Em uma letra caprichada, Conrado Bardelli grafara:

2015: Morre Eustáquio Schatz.

68. POST MORTEM

Ela não demonstrou emoção. Miranda Schatz engoliu em seco e fugiu com os olhos; com as mãos, procurou o encosto da cadeira como se fosse cega. Despencou o peso do corpo inteiro sobre o móvel.

Sua face era a personificação da derrota.

— Eu imaginava que, uma hora ou outra, alguém ia acabar descobrindo. — Sua voz soou mais suave do que das outras vezes. Afinal, como executiva por excelência, ela também sabia qual era o momento de admitir a derrota. Era uma boa perdedora. — O senhor... — Cravou os olhos exaustos em Conrado. — Qual foi o erro? Como o senhor descobriu?

— Um amigo próximo da minha família também faleceu de câncer no pulmão, depois de seis meses de tratamento. Eu sei que é uma doença sem volta. Os médicos fizeram o máximo que puderam, inclusive, o levaram para o exterior, como o seu Eustáquio. Mas não teve o que fazer. Disseram que, com a metástase, o paciente dificilmente aguenta muitos meses. Achei difícil que o seu Eustáquio ainda estivesse com a doença depois de um ano de tratamento *e com os mesmo sintomas primários*. Por isso, supus que existiam só duas explicações: ou ele tinha se curado, e nesse caso eu não via motivo pra cura não ter sido divulgada; ou...

Ele não terminou a frase.

— O senhor não tem ideia de como essa doença nos consumiu... Foram dez meses, seu Conrado! — Miranda Schatz ostentava na fisionomia o cansaço daquele quase um ano de profunda busca por uma cura da doença. E aquele mesmo rosto deixava nas entrelinhas que tantos dias despendidos haviam sido em vão.

— E tinha também o rumor sobre a fusão com a ViraTela — Lyra continuou explicando. — Em 2007, quando o seu Stephan morreu, a empresa perdeu valor. Encolheu. Imagino que a notícia da morte do Eustáquio traria uma nova onda de incerteza para a Viva. E isso poderia comprometer o acordo milionário com a ViraTela.

Miranda se levantou e foi buscar apoio no outro canto da sala — nas janelas altas que davam vista para o rio Pinheiros. Ela mirou o horizonte acinzentado de São Paulo, mas na certa enxergava outra cena: o passado.

— Foi uma luta muito dura, seu Conrado. O senhor disse que conheceu alguém que passou por isso? Pois bem, então, deve saber. Mas me sinto no direito de dizer que nosso caso era pior. Porque não tinha uma pessoa sequer de toda esta empresa que parasse pra pensar na vida pessoal do Eustáquio e perguntasse pela saúde dele. Estavam todos sempre cobrando dele as atitudes de presidência que meu marido já não tinha mais força ou ânimo para assumir.

De costas para Conrado, Miranda Schatz levou a mão ao rosto por um segundo apenas e voltou a baixá-la. Estava ela, a colossal Miranda Schatz, chorando?

— E então eu tomei a frente da Viva de uma vez. Não foi nada muito difícil. Sabe, seu Conrado, quando se vive próximo a um homem que foi ensinado a vida inteira a ser o presidente de um enorme negócio, você se acostuma com a rotina e acaba aprendendo as mesmas lições. Foi o que aconteceu comigo. E o que o senhor disse antes também está certo: eu, realmente, já cumpria algumas funções no lugar do meu marido. A transição foi fácil. A diferença era que, agora, estava tudo em cima de mim. Era todo o peso nos meus ombros.

Miranda respirou fundo e prosseguiu:

— Foi difícil me acostumar a levar tudo sozinha. Mas eu consegui. Fiz alguns sacrifícios, mas consegui. O maior problema era arranjar tempo pra ficar com o meu marido e... bom, e correr atrás do tratamento pro câncer. O Eric, às vezes, vinha pra ficar com o pai; mas, sejamos sinceros, os dois nunca foram muito ligados. Acho que nem de mim o Eric era muito próximo...

Mas ela, evidentemente, evitou falar no filho. Fez uma pausa acompanhada de um suspiro.

— Aconteceu há dois meses. Foi bem na época em que estava indo tudo maravilhosamente bem com a equipe da ViraTela. Era um negócio que estávamos visando fechar já fazia quase dois anos. E parecia que, enfim, estávamos a um passo de assinar tudo. Lembro... Eu vejo com clareza, seu Conrado, o dia em que fui buscar o Eustáquio no Galeão, no retorno de uma viagem à Suíça com os enfermeiros pra cuidar do câncer. Nós entramos no carro, ele, no banco de passageiros, e aí eu disse: "Vai dar certo, Eustáquio! Vamos fechar com a ViraTela!" Ele sorriu como não sorria havia meses; o senhor precisava ver o entusiasmo nos olhos dele. — Suspiro. — Eu senti que, naquele momento, ele tinha se esquecido da doença e dos prognósticos pessimistas e sido realmente *feliz*. Esta empresa sempre foi tudo para ele: a alegria, a vida... e a morte.

Ela andou mais à frente, margeando os vidros da sala, e sentiu o sofá do canto com a perna. Devagar, Miranda se sentou. Voltou a narrar, com a voz já não tão nostálgica:

— Sim, foi naquela semana, em uma quinta-feira. Saí pra trabalhar bem cedo e deixei o Eustáquio em casa, dormindo. Ele já devia estar morto quando me levantei, mas eu não percebi. Achei que estivesse só dormindo. Até que às dez horas recebi um telefonema da minha casa. Era a Matilde, nossa empregada. Soluçando. Ela disse que o Eustáquio não estava respondendo aos chamados pra acordar.

Miranda precisou de alguns segundos para conseguir seguir em frente:

— Foi o pior dia de toda a minha vida. Voltei pra casa e tentei me controlar. Não foi fácil. Não sou do tipo sentimental, seu Conrado, muito menos romântica; o senhor já deve ter reparado. Mas tenho certeza quando digo que o Eustáquio era a única pessoa no mundo que eu serei capaz de amar. A única que eu realmente suportei. Só com ele eu seria capaz de passar o resto da minha vida.

Os olhos de Miranda começaram a ser encobertos pelas lágrimas, que derrapavam pelo rosto da empresária em caminhos rápidos. Ela, porém, já não fazia questão de escondê-las ou secá-las; assumia-as com orgulho.

— E como se não bastasse eu ter que encarar nos lençóis da nossa cama o cadáver do único homem que amei, tive ainda que pensar no futuro. Um futuro que, é claro, eu não abandonaria. A morte, afinal, acontece. E desistir é para os fracos.

Com todo o tato que lhe cabia, Conrado Bardelli falou, lá de sua cadeira:

— A senhora tem muita bravura. E uma coragem, um peito, que raramente as pessoas têm.

— O senhor não imagina o quanto. — E virando o corpo diretamente para o detetive: — Quer dizer que o senhor entende que essa era a única coisa que me restava fazer em seguida, não é?

Lyra hesitou ao responder.

— Não concordo de modo algum com o que a senhora fez. Acho que havia outros meios muito mais lícitos para a situação; e acredito que, nessa ocasião, as consequências deveriam, sim, ser enfrentadas, por piores que viessem a ser. — Ele suspirou. — Mas eu compreendo. Sim... Não concordo, mas compreendo sua atitude.

Miranda Schatz voltou a se levantar. Com dificuldade, conseguiu se apoiar sobre as próprias pernas.

— Muitas vezes na vida o Eustáquio me disse pra eu não ligar pra morte dele. Desde que o seu Stephan morreu, o Eustáquio começou a falar muito de morte. Talvez sentisse que era apenas uma questão de tempo até que ele também... Meu marido dizia que, se lhe acontecesse alguma coisa, eu deveria tocar a empresa como se nada tivesse acontecido. Como esposa, eu poderia, e deveria, chorar sua morte. Mas como empresária, precisaria continuar com os negócios: simplesmente lançar uma nota lamentando a morte e dedicar uma edição da nossa revista à sua memória. Eu admirava muito meu marido, seu Conrado. Então, naquela quinta-feira, chorei, sim, como a esposa de Eustáquio Schatz. Mas eu confundia meus papéis e já não sabia a qual dos dois deveria dar ouvidos: ao de esposa ou ao de empresária. A esposa dentro de mim dizia que eu deveria ligar para o médico do Eustáquio imediatamente e comunicar que meu marido tinha morrido na cama. Era o mais comum a se fazer. Mas as palavras do Eustáquio ficavam se repetindo na minha mente, dizendo que eu deveria seguir em frente, tocar a empresa...

No silêncio deixado por Miranda, Conrado constatou:

— A senhora sempre teve maior afinidade com o seu lado empresária, não é mesmo?

— Estávamos prestes a assinar o contrato com a ViraTela, seu Conrado! Anunciar a morte do meu marido, praticamente, significava anular aquele negócio e fazer com que não só os diretores da outra empresa, como também os acionistas da nossa, se sentissem inseguros quanto à minha gestão. A gestão de uma mulher. Seria uma injustiça, lógico. E os mais próximos de mim sabem que sou capacitadíssima pra atuar como presidente da companhia. Tanto que venho fazendo isso há quase um ano, desde que meu marido se afastou pra cuidar da saúde. Mas a nossa sociedade ainda é bruta, seu Conrado, e o senhor deve concordar comigo nesse ponto.

— Sim, uma sociedade extremamente machista.

— Pois é. Por mais que dissessem o contrário, sei que muita gente pensaria duas vezes antes de investir na Viva se não me conhecesse muito bem. Ainda mais porque não tenho o sangue Schatz e muitos dizem que isso faz a diferença. Portanto, o que eu fiz foi ligar pro médico do Eustáquio, só que para oferecer a quantia em dinheiro que ele quisesse pra guardar o corpo e subornar qualquer um que soubesse da morte. Queria tudo mantido em segredo. Comprei todos que viram o cadáver do meu marido, desde o funcionário que veio buscar o corpo até a Matilde. Deixei claro que era apenas por um tempo... uma, duas semanas, até que toda a papelada com a ViraTela tivesse sido assinada.

— Sim, mas isso já faz dois meses!

— Eu sei, seu Conrado, eu sei! Fechamos o contrato apenas no mês passado, atrasou tudo! E eu também percebi que... bom, que absolutamente ninguém deu por falta do meu marido. — Ela fez uma expressão de compaixão como forma de se safar da culpa. — Desse modo, resolvi manter o silêncio por mais tempo, pelo menos até que a fusão com a ViraTela fosse divulgada.

— E quando será isso?

— Daqui a três semanas.

— Três semanas!

— Tem todo um trâmite! Não é assim fácil...

A expressão de reprovação persistiu na face de Conrado.

— O Eric sabia de tudo isso?

— É claro que sabia. Meu filho voltou para casa no dia em que o Eustáquio faleceu. Mas acredito que ele já imaginava que, uma hora ou outra, isso iria acontecer. Ele me deu uma grande ajuda pra cuidar de tudo. Acho que foi a maior interação que tivemos em muitos anos... Só discordamos em uma parte.

— Quanto a manter o segredo sobre a morte do Eustáquio.

— Sim — a sra. Schatz confirmou com impaciência. — O Eric adorava discordar de tudo. E ficava repetindo que era uma covardia esconder o corpo do pai dele. Uma covardia! Quem era ele para falar de covardia? — Ela apontava o dedo acusatório para o rosto de Conrado, mas a bronca era dirigida a seu falecido filho. — Eu disse ao Eric que ele manteria, sim, aquele assunto em segredo e ai dele se abrisse a boca! Era rua! Eu tiraria tudo o que ele tinha e o faria correr atrás do próprio pão, fosse em São Paulo, no Rio ou onde o diabo o quisesse!

Agora, ela fez um intervalo maior para se recompor. Enquanto respirava com mais calma, um brilho de dor passou por seus olhos. Seria culpa? Culpa por estar brigando com um filho que, como o próprio marido, havia falecido?

E, então, o detetive percebeu o quanto a vida pessoal daquela mulher devia estar miserável. Em dois meses, ela perdera o amor de sua vida e o filho. Até mesmo para a insensível Miranda Schatz, aqueles dois marcos deviam ser profundos o bastante para trazerem consigo vestígios de depressão.

E como se contemplasse os pensamentos de Lyra, a senhora ergueu o rosto mais uma vez e exibiu não mais o ódio ou a nostalgia. Era dor.

— Eu sinto muito a falta deles! — Ela despencou no sofá, e seu autocontrole desmoronou.

— Dona Miranda! — O detetive se pôs de pé.

— Mas que cena patética! — E mesmo aos prantos, a executiva cobrou de si mesma as atitudes de um soldado. — Me desculpe, seu Conrado, realmente, me desculpe. Isso é tão... tão...

Miranda não conseguiu completar a frase.

69. NOVAMENTE, OS ROCHA

A sra. Schatz decidiu não se desculpar mais. Economizou as energias que utilizaria com as desculpas para se concentrar no equilíbrio emocional. Ela se recompôs, enfim, com uma chacoalhada de cabeça.

— Por favor, esqueça que essa cena aconteceu — pediu a Conrado, que acenou com a cabeça, obediente.

A tarefa, contudo, não lhe foi fácil, uma vez que aqueles olhos avermelhados pelo choro faziam questão de lembrar ao advogado que Miranda Schatz tinha, sim, um lado sensível.

— Me perdoa por estar aqui e...

— Por favor, continue — a mulher ordenou.

— Muito bem. O Eric, então, aceitou manter o segredo?

— Ele ficou irritado, é claro. Saiu de casa como um delinquente, prometendo que um dia iria se vingar de mim por estar fazendo aquilo com o pai dele. Mas é claro que eu já imaginava que, naquele momento, o Eric não seria capaz de entender. Quem sabe, quando mais velho... De qualquer forma, ele percebeu, no final das contas, que não tinha como fugir da minha proposta e, por isso, ele me telefonou no dia seguinte, dizendo que manteria segredo.

— A senhora tem ideia do que o fez mudar de opinião?

Ela lançou um olhar assustado para Lyra. Mas o disfarçou com um quê de desentendimento.

— Bom, eu acho que ele deve ter resolvido ouvir a mãe...

— Não. Na verdade, a senhora acha que ele contou para alguém. Não é isso?

Miranda perdeu as palavras por um instante. Depois, fechou os olhos e assumiu:

— Eu *realmente* espero que não, seu Conrado. Eu rezo pra isso. Mas sim, desconfio de que meu filho contou pra alguém.

A próxima pergunta já estava preparada:

— Foi por isso que a dona Hortência Rocha começou a pedir emprego pra senhora? Por isso que ela começou a chantageá-la?

— Não, não chegou a esse ponto. Em momento algum ela me lançou indiretas dizendo que sabia da morte do meu marido. O que aconteceu foi que mais ou menos uma semana depois da morte do Eustáquio, essa mulher começou a me ligar com uma conversa de que deveríamos nos conhecer, já que a filha dela e o Eric estavam namorando. Uma ideia idiota, é claro. E eu disse isso pra ela: que não via a situação como um motivo suficiente pra nos encontrarmos. Ainda mais porque eu, declaradamente, nunca gostei daquela menina, a Michelle. E aí a mãe dela começou a dizer que, se eu não estava interessada em sociabilizar com a família dela, pelo menos fizesse um gesto amigável. Uma espécie de atitude de boa vizinhança; acho que foi esse o termo que ela utilizou. E aí a mulher me lançou essa proposição: de que eu deveria arranjar pra ela uma vaga na Viva, porque tinha diploma em jornalismo e havia sido demitida da editora em que trabalhava. Deve ser uma incompetente, tenho certeza, por isso eu neguei imediatamente aquele pedido absurdo. Porém, ela começou a me perseguir, a ligar sem parar, deixar recados no meu celular e com as secretárias. Igual ao senhor! — Ao detetive, ela lançou a ironia já com uma familiaridade amigável. — E aí, essa Hortência começou a ser mais grossa. A dizer que era meu dever fazer aquilo por alguém que fazia parte da minha família. Da minha família! Tenha a santa paciência! E, de repente, eu comecei a suspeitar do mais óbvio: de que o Eric tinha aberto o bico pra namorada, que, por sua vez, contara tudo pra mãe. E, agora, ela estava usando essa informação pra me pedir emprego! Mas eu não sou mulher de aceitar chantagem... Pago quanto acho que devo quando a situação me convém. Nesse caso, eu não daria o braço a torcer! Preferi esperar pra ver até onde essa mulher iria com a perseguição.

— Quer dizer que ela nunca chegou a fazer uma chantagem propriamente dita?

— Não, pelo menos até agora.

Miranda Schatz terminou e sentiu os olhos pesarem. Estava exausta. Seu rosto tornara-se murcho, e os músculos, mais flácidos. A conversa a esgotara de tal forma que ela agora parecia estar à altura de seu um metro e sessenta. Miranda se levantou do sofá e foi a passos lentos até sua cadeira, à escrivaninha.

— Suponho que a senhora tenha contratado alguém para me ligar naquele dia de manhã.

— O Fred, nosso secretário. Ele sempre foi muito fiel e tem certeza de que estou certa.

— E, então, ele me ligou e se passou por Eustáquio para me tirar da trilha certa, não é? — Ele esperou até que Miranda aquiescesse, de costas, em seu rumo até a cadeira. — Mas, antes disso, a senhora já tinha contratado esse Fred pra se passar pelo seu marido, correto?

Miranda chegou até a cadeira com a dificuldade de uma idosa. Sentou-se e sentiu cada músculo tenso relaxar no estofado de couro. Só então prestou atenção ao que seu visitante dissera — e, nesse determinado instante, ela franziu a testa.

— Não, é claro que não. Que coisa absurda. Eu posso ter feito isso uma vez pra despistar o senhor, seu Conrado, mas ainda dedico muito respeito ao meu marido e nunca faria uma coisa dessas de novo.

— Nunca? Mas a senhora nunca... — Ele se atrapalhou com as ideias e sua face confusa demonstrou exatamente isso. — A senhora nunca pediu pra que ninguém mais se passasse pelo seu marido?

— Já disse: não!

— Nenhum outro homem? Tem certeza?

— É claro que tenho certeza!

— Nem mesmo a algum amigo do Eric, para que fizesse isso por algum tempo...?

— Fizesse isso o quê?

— Ué... Acompanhá-lo até o psicólogo ou algo semelhante?

— E por que raios eu faria isso? — A empresária agora demonstrava um ceticismo indignado a Conrado. — De onde o senhor tirou uma ideia dessas?

Lyra replicou com outra questão:

— A senhora já chegou a cogitar que alguém mais poderia estar assumindo o papel de seu marido, dona Miranda?

Ela contorceu o rosto todo em um montante de rugas que indicavam claros sinais de descrença.

— Isso seria impossível. Improvável e impraticável. Se alguém sequer tentasse isso, seria pra lucrar em cima da Viva, mas exigiria uma exposição muito grande. E, obviamente, não haveria como eu não descobrir. É uma ideia patética, seu Conrado. E não adianta o senhor ficar com essa cara de desilusão.

— A senhora não está entendendo, dona Miranda. Não é uma ideia; é um fato! *Uma pessoa viu o seu marido, no dia anterior à morte do seu filho!*

O queixo de Miranda Schatz despencou.

— Não é possível... Mas que... Que brincadeira idiota! Que coisa absurda! É simplesmente impossível! *Meu marido estava morto, seu Conrado! E já faz dois meses!*

— Eu compreendo! Mas se não era ele...

Miranda respondeu por Conrado:

— Era outra pessoa.

70. PROPINA

A campainha na mesa tocou e Miranda deu um salto de susto. Pôs a mão no peito como se para conter a respiração e os batimentos cardíacos. Depois, enfurecida, atendeu ao interfone:

— O que é, Lourdes? — Ela ouviu a conversa da secretária. — Pode trazer.

Miranda devolveu o fone e informou que café e biscoitos estavam sendo trazidos. Quase a contragosto, ela convidou Conrado Bardelli a se deslocar para a mesa de reuniões, onde se sentaram um de frente para o outro. Mal haviam começado a reaver o assunto, quando Lourdes entrou pela pesada porta de mogno carregando a bandeja com os pratos e as xícaras. Retirou-se com um sorriso simpático, não retribuído por sua chefe.

Miranda tomou um grande gole de sua xícara e depois a bateu contra o pires.

— Quanto o senhor quer?

O detetive foi pego de surpresa enquanto mastigava o biscoito de nata.

— A senhora... a senhora está falando sério?

— Diga de uma vez — a empresária exigiu, tirânica. — Cem mil e o senhor sai daqui fingindo que nunca ouviu falar do meu marido!

— Pelo jeito, a senhora não entendeu nada.

— Ah, pelo amor de Deus, homem! — Ela se agitou com evidente estresse. — Não me venha com essa de senhor Honestidade Imaculada. Até parece que o senhor não quer sair com os bolsos cheios deste nosso encontro.

— Eu não quero.

— Faça-me o favor!

— Queria outra coisa da senhora. Um favor.

Agora, Miranda suspirou profundamente e desviou os olhos para cima e para os lados, como se apenas tal ato a impedisse de pular sobre seu visitante e agredi-lo.

— Seu Conrado... Seu Conrado, olha, serei direta. Já disse antes e acho que vou precisar repetir para o senhor entender bem: *não sou mulher de aceitar chantagem*. Seria a última coisa que eu faria. Por isso, encare essa quantia que eu, *gentilmente*, estou disposta a te dar como um agrado de uma mãe que acabou de perder o filho. E, depois, suma!

— E a senhora não acha que isso seria ceder a chantagem?

Ela deu um soco na mesa.

— Eu pago agora. Em dinheiro vivo. Mais que cem mil. Uma grana muito maior do que você pode imaginar.

Lyra sentiu um nojo tão grande daquela proposta que quase passou mal. Ele encarou Miranda por longos segundos, a reprovação em seus olhos, e em seguida chacoalhou a cabeça com uma profunda descrença na humanidade.

— É incrível como ensinou bem seu filho a seguir os mesmos métodos podres que a senhora. Foram essas mesmas palavras que ele me disse naquela noite de quinta-feira.

— Pelo menos ele aprendeu alguma coisa com a mãe. — E produziu uma risada sarcástica.

Conrado sentiu o gosto do café amargar em sua boca e decidiu que não beberia mais.

— Eu não quero dinheiro! O que eu quero... — Lyra forçou a educação para seguir em frente. — ... é que a senhora me dê a chave do apartamento do Eric.

Miranda ergueu a sobrancelha.

— Posso saber o que o senhor quer lá?

— Passar uma noite no apartamento do seu filho.

— O senhor só pode estar brincando — ela ridicularizou o máximo que pôde. — Que ideia absurda é essa? O que o senhor pretende?

— Aí já é da minha conta — ele se restringiu a dizer, civilizado.

— E da minha também, é claro! O apartamento é meu.

— Eu sei, mas é por questões que a senhora não entenderia. Não adianta explicar. Curiosidades minhas.

— O senhor não está pensando naquela história risível do tal colega de quarto, está? Pensa o quê? Que ele vai aparecer e dizer o motivo pelo qual meu filho se matou? — ela indagou, zombeteira.

— Não foi só o seu filho que me disse ter visto esse desconhecido.

— Ficaram loucos? É *óbvio* que não existe nada do tipo.

— Que bom! — Conrado festejou. — Isso significa que poderei ter uma boa noite de sono.

Miranda Schatz odiava ser vítima de ironia.

— Eu exijo um mínimo de seriedade de alguém que está pedindo a chave de um imóvel meu para bisbilhotar.

— Quero dar uma olhada, é só — disse Lyra.

— E isso não poderia ser feito pela manhã?

— Poderia, é claro; mas não é a mesma coisa. Quero estar onde seu filho esteve. Quero entender *como* tudo aconteceu.

Miranda Schatz hesitou. Ela encarou o detetive sem piscar, por instantes que poderiam muito bem ter sido minutos. Foi quando seu rosto deu a entender que ela considerava uma resposta afirmativa ao pedido de Conrado — e, por isso, se irritou. Porque sentia que estava prestes a deixar seu inimigo ir embora com toda a vitória. Mas, àquela altura, Miranda já não tinha mais como negociar. Teria que ceder.

— O senhor... o senhor é um homem muito incomum, seu Conrado.

Ele não a desmentiu.

— Quer dizer então que o senhor prefere ir embora daqui com a chave do apartamento do meu filho e a permissão pra dormir lá do que centenas de milhares de reais pra desaparecer da minha vida? — Miranda aguardou até que Lyra anuísse decididamente. — O senhor é um homem muito estranho...

— A senhora precisa entender que, pra mim, dinheiro não faz a vida. Não quero julgá-la por ter vivido durante décadas comprando tudo o que o luxo simboliza. Mas eu não vejo graça. Sou movido pela curiosidade. Além do mais, eu não teria com quem gastar esse dinheiro. Não tenho família... Já faz uns bons anos que vivo sozinho. Espero que isso não aconteça com a senhora, agora que... — Ele se interrompeu. — Não vim aqui querendo sair com dinheiro nos bolsos. A senhora acredita em mim? Eu já tenho dinheiro e não faço questão de colecionar muito mais. Quero que a senhora me dê aquilo que eu *não* tenho.

— O senhor quer saber o que aconteceu com o meu filho?

— *Touché*.

Miranda Schatz levantou-se da cadeira e seguiu de volta para sua escrivaninha de trabalho. Sobre o móvel, jazia ainda o papel com as datas que Conrado trouxera na maleta. Miranda se concentrou em cada uma das datas e parou a vista naquela recém-escrita: "2015: Morre Eustáquio Schatz." Ela fechou os olhos.

— O senhor é bom em descobrir coisas.

Silêncio.

— A chave está no prédio. — Miranda manteve-se de costas. — Depois que o apartamento foi liberado pela polícia, pedi pro delegado deixar a chave com o síndico até que eu voltasse pra São Paulo. Vou ligar pro condomínio, pedir que a empregada limpe o apartamento e deixe tudo pronto pra que o senhor durma lá.

— Obrigado.

— O senhor entende que não poderá exigir mais nada de mim, não é?

— Nem mesmo uma última visita?

Ela não se mexeu.

— Quero deixar bem claro, seu Conrado, que nunca mais quero ver a sua cara, a não ser que seja uma questão de extrema importância. Do contrário, faço questão de esquecer essa voz metida a educada e essa barba grisalha ridícula.

Talvez ele estivesse ofendido. Não demonstrou. Lyra apenas assentiu com a cabeça.

— E espero que o senhor também perceba... — Miranda se virou. — ... que corre perigo.

— Depende do ponto de vista. — Ele sorriu.

Ela ergueu a sobrancelha uma última vez, sentindo-se ameaçada. Porém, nada comentou.

— Agora, vou deixar a senhora em paz.

Enquanto falava, Conrado se aproximou. Encarou Miranda de cima a baixo e refletiu, mais uma vez, sobre a desproporcionalidade dos significados de tamanho e altura. Despediu-se com um aperto de mão forte, que Miranda fez questão de retribuir com toda a firmeza de seu pulso.

— Espero que esteja feliz. Veio aqui pra sugar as informações de mim e agora está indo embora com tudo o que queria. — Ela fez uma pausa ressentida. — Parabéns.

— Obrigado. É ótimo receber um reconhecimento da senhora.

— O senhor é bastante esperto, seu Conrado. Deveria ser lobista.

O homem desdenhou da sugestão com um riso falso.

— Eu acho que estou no emprego certo, dona Miranda.

— Isso até o senhor levar um tiro na testa — a executiva enunciou a fatalidade como se estivesse elencando um simples acidente de trabalho. — Por isso, insisto que o senhor deve ter consciência de que está em perigo. Pois está. Sorte que foi a mim que o senhor resolveu investigar. Conheço gente que faria qualquer coisa pra esconder seus segredos. Inclusive, é claro, matar...

71. NOITE DE QUINTA-FEIRA

Quinta-feira. Fazia uma semana que Eric Schatz saltara da janela de seu apartamento. E era essa mesma janela que Conrado Bardelli fitava agora. Vista da rua, banhada pelo luar das dez horas, parecia tão igual às outras do Royal Residence que qualquer culpa jogada sobre ela poderia soar como uma injustiça.

Lyra estacionara o carro em frente ao prédio vizinho, de modo a ter uma visão aberta de todas as janelas laterais da torre esquerda do Royal Residence. Com o carro ainda ligado, o detetive puxou o freio de mão, tirou o pé da embreagem e contou quinze andares, desde a janela do primeiro piso. Identificou aquela que pertencia ao apartamento 1510-A. O vidro estava todo encoberto pela cortina blecaute, mas as extremidades deixavam passar um pouco da luz amarelada do interior. A lâmpada estava acesa.

O celular tremeu no console do carro. Conrado o pegou entre os dedos — a atenção ainda voltada para a janela — e abriu a mensagem recém-chegada. Era de Wilson Validus, que escrevera: "Vc é louco. Se precisar, ligue. Durma bem. Abs.".

Conrado fechou a mensagem e meteu o celular no bolso da calça. Exalou um longo suspiro, que evidenciava seu nervosismo. Em seguida, soltou o freio de mão e avançou até a entrada de veículos do Royal Residence.

O portão ficou fechado e não se mexeu por alguns segundos. Conrado, então, decidiu buzinar — e, assim que o fez, percebeu que sua buzina devia ter irritado ainda mais quem quer que não o tivesse deixado entrar antes. Mas o efeito foi contrário: o portão foi ativado na hora, e, assim que ele se abriu por completo, Lyra desceu a rampa que levava à garagem.

No subsolo, Lyra abriu seu vidro e pôs o rosto para fora, de modo a dar satisfação sobre sua identidade ao porteiro. Este saiu da guarita e veio para mais perto do veículo, a passos curtos e tímidos. Era o rapaz de rosto fino e olhos azuis que Conrado conhecera no outro dia. Fabiano era o seu nome. Ele veio se aproximando com aqueles faróis que tinha no lugar dos olhos e, quando ficou a três metros do carro, decidiu que já estava perto o suficiente. Parou ali mesmo. Ele dava a impressão de estar assustado.

— Pois não? O senhor não tem o controle do portão?

— Oi, boa noite. Fabiano, não é?

— Sim.

— Eu sou o Conrado. Conheci você no outro dia, enquanto conversava com a dona Aparecida.

O jovem abriu um pouco mais as pálpebras.

— Ah, eu me lembro...

— Então, Fabiano, eu não tenho controle, mas é porque o...

Porém, o jovem já havia interrompido o advogado. Não com as palavras; com o olhar, que dizia já saber de tudo. Pois aqueles grandes faróis eram capazes de se comunicar, muito mais do que qualquer olho normal seria. E, naquela posição, com o semblante dividido entre a insegurança e o dever, o rapaz parecia ser ainda mais atraente. Era como se treinasse poses na frente do espelho e soubesse que aquela o beneficiava.

— O seu Ivan me avisou de tudo já. O senhor pode parar na vaga que o seu Eric usava. Uma delas sempre ficava vazia mesmo.

O detetive agradeceu, fechou a janela do carro e seguiu para a vaga que lhe foi indicada, um andar abaixo, no segundo subsolo. Estacionou ao lado de um Golf sujo que devia ter sido o carro de Eric. Pensou em pedir a chave do veículo a Fabiano para dar uma olhada no interior. Conrado trancou seu Fiat e foi em direção às escadas da frente, pelas quais subiu até chegar ao primeiro subsolo.

Fabiano estava metido dentro da cabine do porteiro e não se mexia, ignorando qualquer movimento a sua volta. O detetive se aproximou da cabine com as mãos nos bolsos. Pigarreou.

— Como vai? Tudo em ordem?

— Tudo, sim — o rapaz respondeu, acanhado.

Resolvido a cumprimentar o porteiro adequadamente, Conrado foi para mais perto e estendeu a mão. Fabiano se viu obrigado a sair da escuridão e realizar o cumprimento — tão frouxo que mal poderia ser chamado de aperto de mãos.

— Fabiano, você por acaso tem aí a chave do carro do Eric? É um Golf.

— Não. Eu... acho que a chave está no armário da administração. Mas a administração está fechada agora, então... — Ele parou de falar e puxou o ar pela boca, aliviado por já ter dito o que precisava.

— E cadê o seu Ivan pra abrir a administração?

— Ele não está aí. Acho que vai chegar daqui a pouco.

— Ah... Vou esperar que ele volte, então.

— Tá.

A conversa foi reprimida de tal forma que Conrado não teve mais ideia de como começar um novo diálogo. Para evitar o mal-estar do silêncio imposto, decidiu levar as roupas para cima. Mas lembrou...

— Ah, caramba! — reclamou baixinho.

— Esqueci a mala com as minhas roupas no carro. Vou buscar e volto num minuto.

O porteiro continuou quieto.

72. DE VOLTA AO APARTAMENTO 1510-A

Lyra demorou muito mais para voltar. Primeiro porque a vaga onde estacionara era mais longe do que ele imaginava. Segundo porque, em uma tentativa falha de descobrir o que queria, Conrado, com as mãos em concha, se apoiou contra o vidro do Golf para enxergar o interior do veículo. Nessa pose, passou um longo tempo tentando vislumbrar qualquer objeto através do insulfilm — mas, depois de ter dado uma volta completa no carro de Eric, tudo o que conseguiu ver foi o contorno dos bancos e do volante pelo vidro turvo.

Derrotado, o advogado pegou sua bagagem no porta-malas do Fiat, jogou-a sobre o ombro e voltou a trancar o veículo. Lançou um último olhar ao Golf vizinho como se o amaldiçoasse. Foi bem a tempo de ouvir que outro veículo entrava na garagem, vindo da rampa de acesso. O carro deslizou pelo primeiro subsolo e estacionou lá mesmo. Enquanto ia até a escada da frente, Conrado pôde ouvir:

— Quer fazer um intervalinho, hein? Um bem gostoso...

— O detetive chegou, seu Ivan.

Nesse instante, Conrado apareceu no primeiro subsolo, vindo da escada. Ivan Fortino virou-se para ele num salto e o semblante, que até então carregava um sorriso, foi tomado por uma expressão de susto.

— Meu Deus, seu Conrado, o senhor ainda me mata! — a voz fina ecoou por toda a garagem.

Seu Ivan se encontrava evidentemente cansado. Não apenas no âmbito psicológico, mas, sobretudo, no físico, e isso se via pelo suor excessivo do síndico, que escorria pela testa e manchava sua camiseta de algodão nas axilas e nas costas.

— O senhor chegou antes do que eu imaginava — Ivan afirmou, já mais calmo. E aproveitou para cumprimentar seu interlocutor com um aceno de cabeça. — Desculpa não apertar sua mão, seu Conrado, mas estou inteirinho suado.

— Não tem o menor problema. Academia?

— Aula de pilates — ele corrigiu.

— Ah... — Lyra cruzou os braços. — É na quinta-feira à noite que o senhor tem pilates?

O síndico confirmou sem dar muita atenção. Parecia estar com curta paciência para assuntos genéricos e puramente retóricos.

— A dona Aparecida deve estar limpando o 1510-A até agora, como a dona Miranda pediu por telefone. É verdade o que ela disse? Que *o senhor* vai dormir naquele apartamento?

Mais do que susto, o olhar que Ivan Fortino lançou revelava repugnância — dando a entender que dormir no quarto de um morto é uma prática contagiosa.

— Sim. Quero ver tudo de perto.

— Mas ver o que de perto?

— A situação toda. A cena do crime. Como tudo estava quando o Eric morreu.

— *Crime?!* — Ivan permaneceu com aquela mesma expressão incomodada, a mão no peito reforçando o nojo. Depois, bateu as mãos uma contra a outra em um movimento exagerado e deu de ombros. — Faça como quiser. — E tomando o rumo da administração: — Se ainda não terminou, a dona Aparecida deve estar terminando a faxina e, em seguida, o senhor pode subir.

— Muito obrigado, seu Ivan.

— Por nada.

Conrado tratou de seguir o síndico como um obediente servo. Com um aceno, o detetive se despediu de Fabiano, mas não olhou para trás para conferir se o jovem retribuíra a despedida.

Quando chegaram à porta da administração, o síndico tirou um molho de chaves do bolso e começou a procurar a chave certa para abrir a fechadura. Foi demonstrando preocupação que ele disse:

— Só gostaria que essa história de colega de quarto não se espalhasse por aí. — Ivan parou de dar atenção às chaves. — Imagina o que vão pensar se souberem... bem, se *acharem* que algum apartamento do meu Royal Residence é mal-assombrado ou algum absurdo desses!

Conrado deu um meio sorriso.

— Ah... Então o senhor já sabe dessa história?

Ivan fez uma careta de obviedade e voltou a procurar a chave certa.

— A dona Miranda me contou por cima quando me ligou pra pedir que limpássemos o apartamento. Afinal, não é nem um pouco *normal* que uma mãe que acabou de perder o filho permita que um completo estranho durma no apartamento do menino uma semana depois de... bom, da morte. — Como se fizesse um apêndice às suas declarações, Ivan Fortino cochichou entre o molho de chaves: — E convenhamos, seu Conrado, que nós do Royal Residence, que acompanhamos a polícia, ficamos sabendo de boa parte das suspeitas. O que inclui essa história absurda. O senhor acredita nela?

— Não sei muito bem no que eu acredito...

Um olhar de reprovação.

— Hum... — Ivan, finalmente, encontrou a chave e ergueu-a alto antes de enfiá-la na fechadura. Girou a maçaneta. — O senhor aceita um café? Vou fazer um pra mim...

Ele abriu a porta e acendeu as luzes. Foi até a mesa à esquerda, onde uma cafeteira ligada à tomada estava à espera do trabalho.

— Eu não sei se deveria. Café me deixa acordado por muito tempo. Mas aceito, sim.

— U-hum.

Enquanto Ivan preparava a bebida, o barbudo foi até a escrivaninha ao fundo do recinto e sentou-se na cadeira oposta à do síndico. Mas, assim que tocou no estofado, percebeu que estava prestes a se sentar sobre algo. Sem que o anfitrião percebesse, Lyra se pôs em pé de novo e olhou para o que quase esmagara.

Um pedaço de tecido e um pacote preto. Não foi preciso olhar muito mais de perto para perceber o que eram: uma cueca branca e um pacote de preservativos.

— Ué, o que é isso?! — Ivan bradou, vendo que Lyra olhava fixo para a cadeira. — Meu Deus, isso... isso é uma *cueca*?!

Agora, ele mostrou uma repulsa maior ainda.

— Sim, é uma cueca. E camisinhas.

— *Que nojo!*

— Não são... bem... — Lyra parou.

— *Meus?!* — Ivan jogou a pergunta com horror. — É claro que não! Quero saber quem deixou essas coisas aqui... Esta administração fica aberta durante o dia e as pessoas vêm, entram e se esbaldam achando que estão na casa delas! Que falta de respeito! Mas era só o que me faltava mesmo!

Só faltou cuspir sobre a cueca antes de entregar a xícara com café a Conrado. Então, Ivan foi se acomodar em sua própria cadeira. Lyra preferiu não se sentar na sua.

— Peço mil desculpas por isso, seu Conrado. Estou, realmente, envergonhado. Mas tenho que admitir que estou muito mais *indignado* com tudo isso.

— Não tem problema. — Lyra tentou soar natural e encenou uma fisionomia que dizia "essas coisas acontecem". Como se fosse normal encontrar cuecas e camisinhas por aí.

Seguindo em frente, o detetive trouxe à tona o Golf de Eric Schatz e a chave para abri-lo.

— Sim, está comigo — o síndico confirmou. — Mas a polícia já revirou o carro todo e até levou algumas das coisas que acharam lá dentro. Não sei se vai ser útil procurar mais.

— Ah, que pena... Então, é mesmo perda de tempo. Mas obrigado, seu Ivan.

— Por nada.

Ficaram em silêncio por alguns instantes, durante os quais Ivan encarava, de vez em quando, os objetos sobre a cadeira com evidente revolta.

— E a dona Olga, tadinha? Imagino que o senhor não tenha tido tempo pra visitá-la, mas...

— Na verdade — disse Bardelli depois de um gole —, eu acabei de voltar do hospital.

— Jura? E como está ela?

— Na mesma. Ainda desacordada, na U.T.I., e o médico não sabe quando poderá acordar. Vão fazer mais alguns exames amanhã. Nem sei pra quê. Acho que pra medir sequelas. Mas a situação não é muito boa...

— Lyra suspirou, um gemido que exalava a ânsia e a dor típicas da culpa.

— Só resta torcer...

— Ai, coitada...

Quando terminou de beber, Conrado avisou que já era tarde. O relógio na parede, realmente, já indicava dez e quarenta. Com mais agradecimentos, Conrado Bardelli se despediu e foi em direção à porta.

— Boa sorte pro senhor.

Lyra parou no batente e esboçou um sorriso educado para Ivan.

— Se precisar de alguma coisa, o meu apartamento é o da cobertura. Mesma torre.

No hall da torre esquerda, o elevador estava no térreo e levou Conrado Bardelli ao décimo quinto andar em alguns segundos. Ele caminhou pelo longo corredor que já conhecia e se deteve na altura do décimo apartamento. Virou o corpo e ficou cara a cara com a porta do 1510-A — dessa vez, ela não estava poluída pelas faixas amarelas da polícia. Corajoso e decidido, o homem bateu três vezes na porta. Foram precisos cinco segundos até que ela se abrisse e revelasse, do outro lado, a baixinha e gorducha zeladora.

— Ai, graças a Deus que o senhor chegou!

Dona Aparecida fez questão de cumprimentar Conrado Bardelli com um beijo no rosto. Imitando Ivan Fortino, a empregada também tinha a testa úmida — mas por causa da faxina, não da aula de pilates.

— Já estou no fim, só falta levar o lixo pra fora, seu Conrado — ela dizia, ao mesmo tempo que puxava Conrado pelo braço para dentro do apartamento. Aparecida trancou a fechadura atrás dele. — Eu estava contando os minutos pro senhor chegar, seu Conrado! O senhor não sabe o que é ficar aqui sozinha, à noite, depois de tudo o que aconteceu! Gente, que desespero, meu Deus! Mas o que eu posso fazer, eu te pergunto? Nada, preciso limpar, é claro.

— Mas não precisava...

— Não, não, eu faço questão! — ela disse, com uma pitada de orgulho. — Fiz faxina neste apartamento por um tempão; não ia ser agora que eu ia deixar de limpar, né? Mas o negócio é que me deu um medo. Um medo, seu Conrado! Sabe, umas vozes, uns objetos fora do lugar, umas batidas, uns estalos... Umas coisas tão *estranhas*. Ai, cruz-credo! Olha aqui, olha! Me dá arrepio, só de pensar!

— A senhora deve estar imaginando... — Lyra tentou trazer a razão para a conversa.

Mas ela foi brutalmente removida por dona Aparecida:

— É nada! O senhor vai ver. É uma coisa que a gente sente, sabe? *Uma presença*... E aí eu lembro dessa coisa de colega assombrado e a gente se pergunta: será? Hein, seu Conrado? Será que não era verdade, que o rapaz via um espectro aqui? Aquela porta do quarto de hóspedes fica sempre fechada, sabe? Eu só entro pra fazer a faxina, mas limpo correndo e vou embora de novo. Sei lá o que tem de verdade lá dentro...

A faxineira, automaticamente, agarrou a mala de Conrado e a levou até o quarto onde Eric dormia. Colocou-a sobre a cama e anunciou que ia levar o lixo para fora. Lyra agradeceu, sem saber exatamente como agir. Na dúvida, ele foi para a cozinha e se deu ao luxo de abrir a geladeira. Antes de fazê-lo, porém, olhou em volta, como se esperasse receber um olhar de repreensão de algum morador. Dentro, encontrou uma garrafa de água, três lasanhas congeladas, dois sucos de caixinha, uma garrafa de vodca pela metade e um recipiente com manteiga. Apanhou a garrafa de água e pegou um copo. A faxineira voltou, nesse momento.

— Ah, o senhor já achou tudo, que bom. No armarinho, ali, tem torrada e chocolate. Tinha pão também, mas já estava inteirinho mofado, até porque já faz uma semana, né, seu Conrado... — Ela deu uma olhada em volta e baixou as mãos. — Bom, acho que eu já vou...

— Muito obrigado por tudo, dona Aparecida.

Ela deu uma risadinha.

— Que é isso, seu Conrado... — Aparecida foi até a porta, pronta para partir. Mas, quando estava a um passo de sair, girou o corpo, o rosto exaltado. — O senhor tem certeza de que quer passar a noite aqui?

Ele confirmou.

— Seu Conrado... — O receio saltava em sua voz. — Eu queria que o senhor fosse embora. Mas o senhor faz como achar melhor, claro. Ai, seu Conrado...

Ela olhava para Lyra como se ele estivesse partindo para a guerra.

— Qualquer coisa, é só mandar me chamar lá embaixo, no segundo subsolo. Odeio essa mania do senhor de sair *investigando*! — E, finalmente, deu as costas e partiu.

Conrado pegou a chave do apartamento, fechou os dois trincos e se certificou de que a maçaneta não funcionaria. Depois, girou o corpo, ficando de costas para a porta e de frente para todo o resto.

Estava de volta ao apartamento de Eric Schatz.

73. RÉQUIEM

Lyra sentiu um calafrio ao se dar conta de que estava inteiramente sozinho num imóvel estranho. Ainda mais *naquele* imóvel. Precisava fazer alguma coisa para acalmar os nervos. Algo que o fizesse se sentir em casa, como tirar os sapatos e vestir uma roupa mais leve.

Trilhou o caminho até o quarto de Eric — ele, realmente, passaria a noite nos aposentos do falecido ou seria melhor dormir no quarto de hóspedes? — desfez a mala, que estava sobre a cama. Tirou a roupa com incômodo, ainda estranhando o quarto. Calçou seu próprio chinelo de dedo e meteu-se num pijama de algodão fino. Em seguida, usou o banheiro e escovou os dentes com os pertences que trouxera em uma nécessaire preta.

Conrado voltou ao quarto e sentou-se na cama, tentando se familiarizar com o ambiente. Sentiu a maciez do colchão. Se dependesse do conforto, teria, sim, uma boa noite de sono.

Mas ainda não era hora de dormir e Lyra pretendia realizar um exercício noturno antes de fechar os olhos: revirar o apartamento.

Foi exatamente isso que o detetive fez durante a hora seguinte. Com o capricho que lhe era peculiar, abriu todas as gavetas, os armários e as pastas de todos os cômodos. Analisou tudo de maneira rápida e seletiva. Não sabia exatamente do que estava atrás. Também não esperava achar algo revelador, até porque a polícia realizara uma varredura na sexta-feira anterior. Mas o fato era que Lyra sentia necessidade de realizar aquele trabalho. E se deu por satisfeito quando terminou a busca e topou com prêmios de consolação.

Ele havia iniciado pelo quarto de Eric. Lá, encontrou jogos de videogame, CDs, filmes em DVD e Blu-Ray e livros da sétima arte organizados na estante que sustentava o videogame e ficava sob a TV. Um pouco mais ao lado, no armário, Lyra explorou as roupas do rapaz, todas de marca. Reconheceu algumas das que haviam sido guardadas na mala que ele, Wilson e dona Aparecida haviam encontrado. "O seu Eric estava indo viajar?", foi o que dona Aparecida havia questionado. Lyra refletiu. Em seguida, abriu as portas superiores do armário e investigou as malas. Eram três, no total, e nenhuma delas continha objetos dentro.

Do outro lado do quarto, na escrivaninha, Lyra encontrou papéis da faculdade — comprovante de matrícula, relatórios de doutrinas jurídicas, resumos para provas — e algumas chaves, que o detetive deduziu serem cópias para abrir a porta da frente e a porta de serviço. Havia ainda contas de luz, telefone e TV a cabo. Tudo isso metido, desordenadamente, na primeira gaveta da escrivaninha, revelando um óbvio contraste de organização entre os papéis da faculdade e os jogos de videogame.

A gaveta de baixo, quando aberta, revelou-se um oásis se comparada com a de cima: estaria vazia, não fosse por uma única caixa pequena de papelão azul. Conrado a mirou por alguns segundos antes de pegá-la entre os dedos. Abriu a tampa e revelou uma única foto no interior. Estava um pouco desgastada pelo tempo e retratava dois meninos abraçados, um ao lado do outro, que olhavam fixamente para quem tirava o retrato. O garoto da esquerda tinha pele muito branca e o cabelo ruivo, com o rosto todo salpicado de sardas, enquanto o outro era mulato e de cabelo negro que ia até o pescoço. Eram, sem dúvida, Eric Schatz e Zeca Carvalho, quando tinham por volta dos doze anos.

Eric, com uma bola de futebol presa no braço, era quem sorria mais — seus dentes exuberantes à mostra expunham uma alegria verdadeira, mas, de certo ponto, óbvia, como se momentos iguais àquele, com Zeca, *sempre* fossem felizes; portanto, era desnecessário retratar com uma fotografia. Já o roqueiro mirim — que vestia uma camiseta preta da banda Whitesnake — trazia um sorriso mais tímido e menos vasto. Um sorriso, porém, que pareceu a maior demonstração de felicidade que Zeca Carvalho seria capaz de ostentar. E Bardelli, conhecendo o mínimo da personalidade do rapaz, sabia muito bem disso.

Deitou o olhar sobre a foto por mais alguns instantes, admirando o largo campo de futebol que se estendia atrás dos garotos e chegava até o horizonte de sol poente. Uma luz bonita. Mas, analisando assim, tecnicamente, a foto também era mal tirada — tremida, sem foco, torta. Só que, de uma forma geral, parecia estúpido dar atenção a essas questões técnicas. Elas ali não eram importantes.

O detetive voltou ao presente com um longo suspiro. Devolveu a caixa azul à gaveta da escrivaninha, mas manteve a fotografia em mãos; guardou-a na pasta pessoal que trouxera.

Retomou a busca pelo apartamento, agora, certo de que poderia, sim, achar coisas interessantes nele. Foi ao quarto de hóspedes e lá esperou encontrar roupas e acessórios de Miranda ou Eustáquio Schatz. Ficou desiludido: o armário estava inteiramente vazio. Comportava apenas um aspirador de pó que, provavelmente, não coubera no quarto de empregada.

"É claro", Lyra se tocou, "a Miranda comentou que quando ela ou o Eustáquio vinham, ficavam em hotéis próximos à sede paulistana da Viva".

Debaixo da cama de acolchoado branco, o chinelo de dedo que Conrado encontrara no outro dia ainda jazia, misterioso. Ali, protegido da luz, parecia imóvel como uma peça de museu. Não fosse pelo desgaste na sola, Lyra diria que nunca havia sido usado.

Deixou o chinelo lá mesmo e seguiu para o banheiro. Nada ali o surpreendeu; além dos itens básicos de toalete, distribuídos entre o armário-espelho e as gavetas do armário fixo, havia uma escova de dentes extra. Aquela que Zeca implantara para que Eric pensasse que uma de suas amantes havia se mudado para o apartamento. Se Zeca ao menos tivesse tido consciência do que causaria com essa simples brincadeira...

Na sala, os móveis luxuosos eram apenas decorativos. Havia um vaso em uma das estantes de livros — um toque nitidamente feminino, imposto, de certo, por Miranda — e três porta-retratos espalhados sobre uma prateleira. A prateleira da parede ao lado era ocupada por um aparelho de som com um iPod fincado em sua base. Ambos pareciam desligados.

O móvel que sustentava a televisão da sala era o lar de controles remotos e revistas que pareciam nunca ter sido folheadas. A maioria dos livros na estante também passava essa impressão. Muitos eram voltados a temas jurídicos e conhecidos de Lyra por experiência de ofício. Tudo no ambiente transmitia a sensação de luxo, limpeza e modernidade. Mas, também, de desuso. Conrado não ficaria surpreso se descobrisse que Eric nunca havia lido uma linha daqueles livros ou fitado aqueles retratos ou admirado aquele vaso.

Bardelli deu uma olhada rápida na cozinha, onde não havia muito o que descobrir, senão várias barras de chocolate Lindt empilhadas no armário. Também não foi de grande uso revistar o quarto de empregada: inutilizado, o espaço abrigava uma cama encostada à parede, agora, sem lençóis — estes dobrados sobre o colchão pelado. O armário pequeno, ao fundo, continha vassouras e outros instrumentos de faxina. O banheiro encontrava-se tão vazio que não estava equipado sequer com sabonete para lavar as mãos. Ali, no corredor que unia o quarto de empregada à cozinha, o tanque de lavar roupa parecia igualmente sem uso. Os produtos de limpeza, dispostos ao redor do tanque, se achavam todos quase cheios. E, naquele local, Lyra não encontrou mais nada.

Retornou à sala com os chinelos batendo contra o chão, que alternava entre a madeira e o carpete. O detetive sentou-se na sala e fechou os olhos por um segundo. Sentiu o silêncio tocar-lhe o corpo, o cheiro de abandono arrepiar seus pelos. Viu-se impelido a abrir os olhos novamente para lutar contra os calafrios.

Até que se sentiu instigado pela curiosidade de saber se aquele iPod estava de fato desligado ou apenas dormente. O detetive levantou-se do sofá e parou diante da prateleira. Com o dedo indicador, desativou a chave que bloqueava o aparelho — demorou alguns segundos até descobrir essa função — e apertou o botão central. Uma tela com o layout de um *player* surgiu, mostrando aquela que provavelmente fora a última música que Eric Schatz ouvira em vida.

> *Nickelback*
> *Photograph*
> *All the Right Reasons*

A coincidência fez com que Lyra tornasse a olhar em volta, sentindo-se vigiado. Era como se alguém o tivesse visto com a fotografia de Eric e Zeca nas mãos, minutos atrás, e alterado a música do iPod para corresponder àquele momento.

Mais uma vez, os arrepios tomaram conta do corpo de Bardelli.

Ele jogou a sensação para longe e, buscando relaxamento para os nervos, deu *play* no iPod e deixou que a música ecoasse pelo ar abafado do apartamento. O problema foi que os acordes foram amplificados pelo aparelho de som em um volume elevadíssimo, de forma que Lyra precisou parar a canção o mais rápido que pôde para não acordar os vizinhos.

Ele ficou um segundo em silêncio esperando alguma reclamação por causa do som alto. A repreensão não veio e Lyra, então, tomou o cuidado de baixar o volume a um nível que supunha adequado. Feito isso, testou o *play* de novo. Agora, a música soou agradável.

E, assim, Lyra decidiu voltar a música para o começo e tocá-la inteira. Como forma de homenagear Eric Schatz, talvez? Podia ser. Sentou-se no sofá e aproveitou a música — cujo refrão o detetive provavelmente conhecia, já que lhe soava tão familiar.

"Que esta seja sua missa de sétimo dia, rapaz", Conrado Bardelli pensou. E viu-se entristecido pela morte de um jovem que vivera de forma tão superficial, regada a dinheiro e produtos de marca, mas carente de emoções de verdade. Era como se não tivesse, de fato, vivido.

74. ACHADOS E PERDIDOS

A música terminou a tempo de Conrado acordar do transe. Ele se levantou e tirou o iPod da base, aproveitando para desligá-lo enfim. Depois, o detetive olhou em volta uma última vez, desejou uma boa-noite mental ao apartamento e se recolheu ao quarto de Eric Schatz. Deixou os chinelos ao lado da cama e se meteu debaixo das cobertas. Decidiu não fechar a porta do quarto.

Com a cabeça apoiada no travesseiro, Lyra manteve os olhos abertos por algum tempo, agora, mais tranquilo do que antes. Sentia como se faltasse acontecer alguma coisa antes de dormir; mas, agora que estava prestes a cair no sono, constatava que não havia nada. Seu medo fora injustificado, alimentado apenas pelo folclore das pessoas.

Já meio sonolento, o advogado apagou a luz do quarto e se ajeitou. Virou-se de barriga para baixo — gostava de dormir assim — e abraçou o travesseiro. Apalpou-o para moldar seu formato e, então, repousou a cabeça. Remexeu a fronha e tentou mais uma vez pegar no sono. Mas Lyra ainda não havia achado a posição exata; alguma coisa o impedia de dormir confortável. E só quando foi apalpar o travesseiro uma terceira vez, o detetive percebeu que, efetivamente, *havia* alguma coisa dentro da fronha.

Bardelli sentou-se na cama e acendeu a luz do quarto. Voltou a tocar o travesseiro com o tato aguçado e sentiu seus dedos passearem por uma superfície plana e frágil. Parecia papel. O advogado não pensou duas vezes antes de meter a mão dentro da fronha — e retirar de lá aquilo que o atrapalhava.

Eram quatro cédulas de cem reais.

Conrado esbugalhou os olhos, sentiu o coração pulsar rápido, a respiração acelerar. Correu para a escrivaninha e agarrou seu celular, sem dar atenção ao horário. Digitou os números às pressas.

Os toques repetidos deram lugar à voz grossa do delegado Wilson:

— Alô, Lyra?

— Wilson!

— Fala, fala, aconteceu alguma coisa? Quer que eu mande gente pra aí? — A voz de Wilson, pesada de sono, veio preocupada pela linha telefônica.

— Não, não precisa. Não é nada disso!

— O que é?

— Wilson, você checou a conta bancária do Eric, não é? Sabe se ele fez grandes saques de dinheiro nos últimos dias de vida?

O silêncio seguinte foi grande. E preparava a ira de um Wilson que havia sido despertado à uma da madrugada.

— Puta. Que. O. Pariu.

— Ah, desculpa por ter te acordado, é que eu realmente preciso sab...

— Cacete, Lyra! — Wilson berrou do outro lado. — Você me acorda a uma hora dessas pra perguntar essas merdas?! — E, baixando a voz, o delegado falou para alguém que estava a seu lado na cama: — É o Conrado, amor... Eu sei, já vou desligar... Eu vou falar isso para ele... — E, voltando a voz para o telefone, exalou, um pouco mais baixo: — Você ouviu o que você fez? Agora, minha mulher te odeia!

— Mande um beijo pra Helena...

— Mando porra nenhuma! — O delegado respirou fundo por alguns segundos. — Quebrar sigilo bancário precisa de todo um processo, levaria tempo. O que a gente fez foi pedir pra dona Miranda acessar a conta do filho, que, na realidade, é da família. E ela mostrou os extratos. Não, não tinha nenhum saque significativo de dinheiro.

— Você considera quatrocentos reais uma quantia significativa?

— Considero.

— E ele não sacou quatrocentos reais ou mais do que isso nos últimos meses?

— Nem nos últimos anos. Pegamos o extrato bancário dele desde 2012. O Eric pagava tudo com cartão, parece que não usava dinheiro vivo pra quase nada.

Lyra ficou mudo.

— Isso te decepcionou? — o delegado indagou. — Você achou quatrocentos reais aí, é isso?

— Sim. Mas não me decepcionou. Eu só... — Lyra tornou a se calar. Pensava. Voltou a falar em alguns segundos: — Em quanto tempo a gente consegue dados bancários de uma pessoa, Wilson?

— O que você está inventando? De quem mais você quer encher o saco?

— Estou falando sério. Por favor, em quanto tempo? Tem que ser rápido.

— Preciso falar com o promotor, Lyra... E aí ele precisa falar com o juiz. Tem todo um trâmite.

— E ele está acordado? O promotor.

— Caralho, o que você acha, Lyra?! — Wilson baixou a voz novamente: — Eu sei, amor, desculpa, já vou...

— Desculpa te incomodar, Wilson. Amanhã eu te ligo pra falar direito sobre o que eu queria. Na verdade, nem sei o que eu queria... Mas acho que vou precisar de mais algumas semanas para fechar este caso, e não uma só, como eu tinha te dito...

— Olha só! Não é que às vezes você reconhece que pode estar errado?

Com o pouco de orgulho que lhe sobrava, Conrado fingiu não escutar.

— Boa noite pra vocês. E manda meu beijo pra Helena.

O dr. Wilson xingou Lyra uma última vez e cortou o telefonema.

O detetive particular uniu aquelas quatro notas de cem reais em um bolo e as colocou sobre a escrivaninha. Estava tão pensativo que se esqueceu de qualquer medo que tivera naquela noite. Andou assim até a cama, os olhos fixos no nada, e deitou-se com o rosto voltado para o teto. Sua primeira reação depois dos devaneios foi procurar mais notas escondidas na fronha de Eric e no segundo travesseiro — que devia ter sido usado por Michelle e, agora, estava sobre a cadeira da escrivaninha. Fez a mesma busca na cama do quarto de hóspedes, sem encontrar mais cédulas.

Ele concluiu que tais notas haviam ido parar sobre o travesseiro e, depois, dentro dele por puro acidente.

Mas por quê? Quando?

Havia conteúdo demais dentro de sua cabeça. Lyra decidiu que precisava dormir e, provavelmente, no dia seguinte os pensamentos amanheceriam em ordem, prontos para serem decodificados. Mas Lyra se conhecia muito bem e sabia que não seria capaz de pegar no sono enquanto estivesse com a mente turbulenta.

Precisava, isso sim, de dados bancários.

Conrado se obrigou, mesmo assim. Ajeitou-se, cobriu-se e apagou a luz. Fechou os olhos e ordenou ao próprio raciocínio que se calasse. Esse, porém, respondia com uma lembrança específica. "Eu pago agora, seu Conrado, em dinheiro vivo", lhe dissera dona Miranda. Ou teria sido o próprio Eric, na noite da quinta-feira anterior? *Em dinheiro vivo...*

Apenas dali a meia hora, Lyra sentiu o sono se aproximar e o espírito sair de seu corpo. Eram duas da madrugada, o horário exato da visita de Eric Schatz. Mas, debaixo das cobertas, Conrado Bardelli nem lembrava mais disso. Estava solto, tranquilo, à beira do adormecimento.

Até que o micro-ondas, de repente, foi ligado.

75. A LOUCURA

Conrado deu um pulo na cama.

Sentou-se e não se mexeu mais. Sentiu taquicardia e um medo explosivo no peito.

Pi. Pi. Piiii.

O micro-ondas apitou, anunciando que acabara de esquentar o que havia na bandeja. Lyra se levantou devagar, calçou os chinelos e caminhou até a sala. Seus passos eram tão curtos que não produziam barulho.

Não havia ninguém na sala. Mas Conrado não relaxou. No mesmo ritmo, rumou à cozinha, onde também não encontrou movimento. Apenas um brilho chamava-lhe a atenção: os dizeres verdes no visor do micro-ondas: "Comida pronta."

Ele olhou em volta. Se havia alguém ali, essa pessoa não poderia ter se escondido em nenhum lugar da cozinha. Mas, no fundo, a racionalidade de Lyra dizia-lhe que não deveria haver ninguém mesmo. Para garantir a sanidade, no entanto, o detetive trilhou até o quarto da empregada e o banheiro dos fundos. Abriu as duas portas, o coração batendo forte. Encontrou vazios ambos os recintos. No meio deles, o tanque de lavar roupa estava igual. Em seu silêncio noturno, todos eles pareciam gritar: "Não há ninguém, volte a dormir!"

O detetive retornou à cozinha e abriu o micro-ondas. Também não havia nada ali dentro, a não ser o ar quente.

Conrado Bardelli nunca fora do tipo medroso. Afinal, estivera frente a frente com assassinos e cadáveres ao longo de toda sua vida; se fosse para sucumbir ao medo, já teria largado a profissão de detetive particular muito tempo atrás.

Mesmo assim, decidiu esperar pelo próximo sinal com a luz acesa.

Como previsto, outro fenômeno veio em seguida. Foi a descarga, que se ativou no banheiro de Eric. Enquanto ainda ouvia a água ser sugada no vaso sanitário, Lyra correu ao local e não achou viva alma. Levantou a tampa da privada e viu nada além de água agitada.

Ele não teve dúvida. Deixou o banheiro, saiu do apartamento e não se deu ao trabalho de trancar a porta principal. Foi na direção do elevador, mas virou à esquerda e desceu as escadas. Desembocou no décimo quarto andar, onde, pisando firme, o advogado se dirigiu até o apartamento 1410-A. Deu exatas dez batidas consecutivas na porta até que o morador a abrisse.

Dênis Lima estava com o cabelo castanho um pouco amassado. O pijama de moletom também serviria como prova de que acabara de ser acordado; mas o rosto, por outro lado, não dava sinal de que o rapaz estivera mesmo dormindo.

Quando viu Conrado Bardelli em pé diante de sua porta, Dênis arregalou os olhos.

— Será que você não pode me deixar dormir? — Lyra indagou, impaciente.

— O... o quê?

— Não adianta fingir que estava dormindo. Eu sei que foi você quem ligou o micro-ondas e ativou a descarga. Como você é infantil...

Dênis emburrou.

— Mas que merda você está falando?!

— Disso.

E para a surpresa de Dênis, o detetive particular empurrou a porta do apartamento e entrou em disparada, sem que o proprietário tivesse tempo para detê-lo. Assim que entrou, Conrado enxergou uma moça do outro lado da sala. Ela, também, tinha o rosto transfigurado pela apreensão.

— Boa noite, Michelle — Lyra cumprimentou enquanto avançava, à frente de Dênis.

Este apenas gritava:

— Sai da minha casa! Isso é invasão de privacidade, seu filho da puta! — E olhava com desespero para Michelle, como se esperasse que as palavras ou os olhares fossem capazes de bloquear o caminho do visitante indesejado.

Lyra já atingira seu objetivo. Estava agora na cozinha e apontava para um fio que subia pela parede e desaparecia na massa do teto.

— É com isso, Dênis — o detetive anunciou —, que você liga o micro-ondas daí de cima. Nem disfarçar você sabe. É caso de polícia isso.

Lyra deixou o recinto pouco antes de levar um soco de Dênis. Aproveitou a pressa e saiu também do apartamento, tendo como objetivo voltar para o 1510-A.

Como imaginava, ouviu os passos apressados a segui-lo pelo corredor. O advogado deu uma olhadela por cima do ombro e visualizou ambos, Dênis e Michelle, vindo em seu encalço.

— Eu vou processar você, seu escroto! Filho da puta!

Conseguiram alcançar Conrado somente quando ele já estava à entrada do apartamento 1510-A. Dênis agarrou-lhe a camiseta do pijama e puxou o detetive com violência.

— Não, Dênis! — Michelle berrou, inconsciente de que eram duas horas da manhã e ela estava no corredor dos apartamentos. A moça voltou a gritar quando seu amante apanhou Lyra pela gola. — Caralho, Dênis, solta ele! O cara é advogado!

A garota então se empenhou em domar as mãos de Dênis, que tinha o rosto desfigurado pela raiva incontrolada. Lyra aproveitou a investida de Michelle para torcer as mãos de seu agressor e dar dois passos para trás, agora, apavorado pelo ódio que Dênis exalava.

— Se você me tocar de novo — o detetive anunciou, sua voz vacilante —, eu chamo a polícia. Eles estão aí fora, me dando cobertura a noite toda.

Não ajudou. Pelo contrário: a advertência de Conrado serviu como provocação maior para Dênis, que perdeu de vez o autocontrole e projetou o corpo para a frente, lançando-se em direção ao detetive. Lyra agiu igualmente rápido e entrou com pressa no 1510-A, fechando a porta em seguida. Teve também a ajuda de Michelle, que ainda tentava frear as atitudes impensadas de seu cúmplice no corredor.

Na ânsia de trancar a porta, Lyra titubeou com as chaves na mão e não agiu com velocidade suficiente. Pois quando estava prestes a inserir a chave no trinco, a porta explodiu para dentro — golpe que o acertou em cheio na testa. O detetive foi arremessado para trás e levou a mão à cabeça, procurando algum ferimento. Preocupou-se com o machucado e, por um segundo, não deu atenção ao que acontecia ao redor.

Quando voltou a olhar para a porta, viu-se frente a frente com um Dênis que ele nunca conhecera — um que, absolutamente, não estava disposto a fingir as relações de homem cordial. Ele estava vermelho, suado, como um touro. O rosto era uma junção de ira e imprudência.

— Dênis, porra, para, para, para, para! — a jovem veio correndo de fora e meteu-se diante do gigante. — Para! A gente tem que ir embora daqui agora! Para com...

Dênis a acertou no rosto com um soco. Forte. Dos que fazem até barulho. Michelle perdeu as palavras ali e despencou com um grito de dor. Atingiu o chão produzindo um baque seco e, imediatamente, cobriu a face com as mãos, seu cabelo loiro escondendo-lhe o semblante.

Grunhiu um choro grave e teria ficado no chão se Conrado Bardelli não tivesse ido em seu socorro.

— Olhe o que você fez! — ele cuspiu na cara de Dênis.

— Não, não precisa... — Michelle disse, ainda debaixo da cabeleira loira.

— Claro que precisa. — Conrado tentava dar uma olhada no rosto da menina, certo de que veria sangue. — Deixa eu ver o que ele fez, posso lavar isso pra vo...

Ela interrompeu com brutalidade:

— Eu disse que não precisa! Você é surdo? Sai! — Michelle empurrou Conrado para longe. Ajoelhou-se sem ajuda e se pôs de pé, a mão direita ainda amparando a bochecha. Tinha o rosto sério e decidido e parecia não estar nem um pouco a favor de Lyra.

Assistindo a toda aquela cena, o alucinado Dênis se mostrava entretido. Ele chegou até a dar um sorriso maligno quando Michelle, já em pé, aproximou-se dele.

— Você precisa denunciar esse cara — Lyra falou diretamente para Michelle. Sua voz tinha o mesmo tom de quando ele se dirigia a um juiz no tribunal. — Ele te bateu e você precisa processá-lo.

— Eu não vou fazer isso.

— Você *precisa*.

— Preciso porra nenhuma!

Dênis riu.

— Você é muito otária — Conrado falou. — Vai ficar presa com ele pro resto da vida se aceitar esse tipo de coisa.

Michelle deu de ombros.

— Não adianta tentar me jogar contra o Dênis. — Ela olhou para o amante. Começou a acariciar o rosto dele. — Ele é agressivo mesmo, não mede o que faz... Mas eu gosto. — Passeou os dedos pelo lábio do rapaz e o beijou com o tato. — Além do mais, ele é meu...

Ela talvez se arrependesse de dizer. Por isso, Conrado completou:

— Cúmplice.

— Cúmplice — ela confirmou, destemida.

Conrado olhou de um para o outro, naquela cena quase erótica, e percebeu como havia agido errado. No desespero da defensiva, ele blefou:

— Olhem só: não tentem nada. Tem dez policiais contados aqui no condomínio e basta um grito meu pra que eles subam.

Dênis e Michelle se entreolharam.

— De novo essa ameaça? Está ficando velha.

— Não é só uma ameaça. Querem que eu grite pra que eles...?

A intimidação surtiu um efeito parcial na dupla. Os dois se entreolharam, como se um medisse o medo do outro, e depois voltaram a encarar Conrado com frieza.

— Quem disse que a gente ia dar chance de você gritar?

— Eu sou bastante esperto. Velho, mas bastante esperto.

— Esperto, é? — Dênis continuou. — Você se acha mesmo esperto?

— E por acaso errei a minha suposição? — Ele abriu um sorriso vigoroso. — O colega de quarto sempre foi você, né, Dênis?

— Suposição merda nenhuma — o rapaz devolveu. — Foi o veado do Zeca que contou tudo. Você deu uma pressionada e ele abriu o jogo, é claro. E agora você sabe de tudo. Mas e aí? Grande bosta! Você não pode fazer nada com a informação que tem, porque você não tem *provas*. Quem disse que essa história de colega de quarto existiu mesmo, hein? As pessoas podem muito bem dizer que ele inventou tudo. *Eu* vou dizer que ele inventou tudo, assim como a Michelle. Vão ser só as palavras de um detetive escroto e a de um carioquinha roqueiro que nunca seria levado a sério por ninguém. — E dando nova risada maníaca: — Boa sorte com a sua tese.

— E um psicólogo — Bardelli adicionou. — O doutor Armando também pode confirmar a tese...

— Que, como você mesmo disse, é uma *tese*. Duvido que você consiga sair dessa.

Lyra cruzou os braços e admitiu na fisionomia uma arrogância que lhe era rara. Desafiado, olhou bem fundo nos olhos de Dênis Lima e mordeu com força a parte interna da bochecha.

— Você quer falar de teses, pirralho? Tá bom, então. Vou te contar, exatamente, a história que eu apresentaria pro júri. Não creio que seria difícil arranjar provas. Algumas, até, eu acho que já reuni.

76. A PRESENÇA

Lyra passou pelos dois jovens e fechou a porta da frente do apartamento 1510-A, na tentativa de dar privacidade ao encontro. Ainda estava assustado, mas agia assim, cheio de si, para simular confiança. Depois, assistido pelo casal, Conrado foi até o sofá da sala de estar e se sentou, ereto. Não convidou os visitantes a fazerem o mesmo.

— Eu acho que vocês dois jogaram o Eric da janela. Não sei exatamente qual dos dois, mas um fez e o outro ajudou. Os dois estavam aqui no condomínio no momento da morte... suponho que você estivesse aqui com o Dênis, Michelle, e os dois tinham ótimos motivos. Você, Michelle, mantinha o namoro com o Eric só pra que a sua mãe conseguisse o emprego na Viva.

— Quê? Que mentira! — Mas seu tom deixava claro que Lyra acertara na mosca.

— Só que a Miranda começou a negar qualquer tipo de indicação pra sua mãe e não dava sinais de que iria ceder. Assim, você percebeu que seu plano estava dando errado e, portanto, precisava fazer alguma coisa. Conversar com o Eric, por exemplo, e exigir que ele interviesse. Acho que foi isso o que você fez: colocou-o contra a parede e disse que se ele não desse um jeito de empregar a sua mãe na Viva, você terminaria o namoro. E eu acredito que a reação dele foi contrária à que você esperava. O Eric se irritou e decidiu que preferia terminar; o que seria a pior coisa do mundo pra você e pra sua mãe. Você tentou voltar atrás e contornar a situação, mas ele já tinha se decepcionado o bastante com você e estava decidido a não reatar o namoro. Você precisava agir, fazer qualquer coisa que impedisse o Eric de oficializar o fim do relacionamento e divulgar isso. E aí você se tocou de que ainda teria chance de subir na vida à custa do Eric, *se ele estivesse morto*. Afinal, a Miranda talvez tivesse dó da nora, mulher de seu falecido filho suicida. Quem sabe ela não te desse uma boa quantia pra seguir em frente...

— Não foi o RH da Viva porra nenhuma que ligou pra minha mãe — a moça deduziu, a aflição atingindo o rosto avermelhado pelo soco. — *Foi você!* Você... você se passou por...!

Conrado anuiu quase de maneira profissional.

— Tenho a gravação da conversa. *Isso* não seria uma prova? Com tudo o que a sua mãe falou?

Michelle não respondeu. Seus lábios tremeram, deficientes de argumentação.

— O Zeca me contou que, na quinta-feira passada, só ele e o Eric tinham saído pra ir ao bar. Por que você não teria ido, Michelle? Será porque você e o Eric tinham brigado?

— Como você tem imaginação... Nada disso aconteceu.

— Poderia ter acontecido; apenas sua palavra diz que não. Como quer que eu acredite nela?

— A lógica não é essa! *Você* tem que provar, não eu!

— É claro que, uma vez que você tivesse terminado com o Eric, a primeira pessoa a quem recorreria seria o Dênis. O Eric sabia disso. Devia saber também que vocês dois eram amantes e odiava o Dênis por isso. Imagino que ele contasse os dias para terminar qualquer tipo de relacionamento que tivesse com vocês dois...

Ele olhou de um para outro.

— ... o que seria extremamente prejudicial, já que os dois se aproveitavam desse relacionamento interesseiro e oportunista.

— Cala a boca! — E Dênis chutou a mesinha de centro que o separava de Conrado.

— Mas eu não acho que você matou o Eric por isso, Dênis. Assim como a Michelle, você tinha um motivo maior. O seu pai, afinal, é o corretor de imóveis que costuma vender os apartamentos do Royal Residence, não é? Não, não precisa gritar — Lyra se preveniu, antes que Dênis tivesse mais um dos seus ataques de fúria. — Eu dei sim uma boa investigada em você. Tenho o cartão do seu pai comigo. Celso Lima, corretor de imóveis da Imobiliária Concórdia. O síndico daqui foi quem me deu. E sei, pelo seu padrão de vida, que você não tem nem condição nem grana pra morar em um prédio como este, deste naipe. Basta dar uma olhada no seu apartamento, que é praticamente vazio. Como você conseguiria, então, arranjar um teto aqui? — Conrado lançou a pergunta e abriu os braços. — Ora, só pode ter sido com algum esquema que o seu pai arranjou. Como corretor, ele deve ter conseguido negociar o apartamento por um valor bem inferior ao que seria movimentado na compra de um imóvel deste nível... E é por isso que a morte do Eric seria tão interessante pra você. Porque, uma vez vago o apartamento, caberia ao seu pai vender e ganhar a comissão em cima da venda.

Dênis mantinha a expressão fechada. Era a de um presidiário a caminho da cadeira elétrica, ouvindo seus crimes enquanto atravessava o corredor da morte. Até que, sem prévio aviso, ele começou a rir.

— Acha mesmo que eu teria matado o Eric pra que o meu pai conseguisse vender um apartamento? — E riu ainda mais.

— Pessoas já mataram por muito menos. Mas eu, sinceramente, creio que foi por uma junção de motivos. A Michelle precisava se livrar do Eric o mais rápido possível e, pra você, a morte dele viria a calhar em qualquer momento. Então, quando ela se viu pressionada e precisando agir imediatamente na noite de quinta-feira... antes que o Eric mudasse o *status* de relacionamento nas redes sociais, digamos assim... a Michelle chamou você. E vocês fizeram tudo juntos. Reuniram-se, vieram até aqui na madrugada e fizeram a cabeça do Eric. Disseram que ele precisava fugir por causa dessa história do colega de quarto e até o convenceram a arrumar as malas. Essa ideia, por sinal, já tinha sido sugerida por um de vocês antes. Na noite de quinta-feira, quando foi me ver, o Eric me disse que já tinham sugerido que ele fugisse. Pois bem... Vocês podem até ter drogado o menino. O que fosse para deixá-lo fora de si. Como eu suspeito disso? O Zeca me contou que veio aqui na madrugada de quinta pra sexta-feira. O Eric não deixou que ele entrasse pra conversar, só que, nessa visita, o Zeca reparou que os olhos do Eric estavam vermelhos, apesar de ele jurar que não tinha fumado maconha ou consumido outra droga. E se alguém tivesse feito o Eric se drogar sem saber? É muito possível. Os exames no cadáver poderão dizer.

Lyra gesticulou como se chegasse a uma conclusão lógica.

— Vocês mataram o Eric e fugiram de volta pro apartamento de baixo. Nada mais rápido, nada mais fácil. E ficaram lá escondidos até que alguma relação entre o Eric e vocês fosse feita; o que aconteceu naquele nosso primeiro encontro, lembram? Mas, até aí, não havia motivo pra pânico. Só que depois, a minha companheira e ajudante, a Olga Lafond, do 1702-B, conseguiu extrair do seu Gustavo uma informação que nem vocês sabiam que ele tinha. Ele sabia tudo sobre os planos do tal colega de quarto, que *vocês dois* punham em prática...

— É uma merda de uma mentira! — Michelle vociferou.

— O Zeca já me contou tudo! — Conrado rebateu.

— Não passou por essa sua cabeça velha que ele inventou que eu e a Michelle estávamos metidos nisso só para tirar a culpa de cima dele?

— Na luta pela melhor argumentação, Dênis defendia suas justificativas com os dentes à mostra, feito um lobo ameaçador.

— Eu já imaginava que vocês não iriam assumir a culpa. Mas não será necessário. — Na pausa, Conrado se levantou e deu dois passos para trás ao perceber que seus inimigos tinham avançado alguns centímetros.

— Você acha que um de nós atacou aquela mulher? — Michelle falava de um modo estranhamente apático. A ausência de carga emocional também se estampava em sua face.

— Acho que sim. — Lyra olhava de um para o outro, com receio de que dessem o bote. — Vocês tentaram atacar a Olga o mais rápido possível pra que ela não desse as informações a ninguém. Mas apenas conseguiram quando ela entrou no elevador. Só um de vocês, é claro. O outro estava na portaria, destruindo todo o aparelho de gravação das câmeras.

E o silêncio seguinte perturbou Lyra. Ele deixava no ar a iminência de algum ato extremo. Consciente disso, o detetive se apressou a fazer aquela mesma advertência de antes:

— A polícia está aí embaixo. Estou falando sério.

— Você já disse.

— Quero que vocês dois saiam daqui — Bardelli exigiu —, e não voltem durante a noite. Fiquem em seu apartamento até amanhã. O delegado vai procurá-los bem cedo para comunicar todo o processo da forma mais pacífica possível. Sério, não façam besteira. Seria a maior estupidez que vocês fariam por sua vida toda.

Ele esperou que alguma resposta viesse. Não. Dênis e Michelle permaneceram parados; o rosto dele tendendo para a raiva, o dela, nulo de emoções. "Meu Deus, preciso tirá-los daqui!", o detetive desesperou-se.

— Entenderam? — ele improvisou.

Não houve resposta.

— Enten... — Lyra parou de falar quando as luzes se apagaram.

Silêncio na mais densa escuridão.

As lâmpadas voltaram a se acender no momento seguinte. Conrado olhou em volta, em especial para os ainda quietos, Dênis e Michelle. E percebeu que absolutamente *ninguém* mexia no interruptor de luz. Mesmo assim, as lâmpadas foram desligadas de novo, desta vez, mantendo a escuridão por mais tempo.

— Não se movam! — Lyra gritou, assustado, e ergueu as mãos, pronto para se proteger.

— Ai, caramba! Mas quem...?

A claridade retornou em seguida. Bardelli tentou se recompor do pânico pelo qual foi tomado, tateando no ar em busca de alguma cadeira para se sentar.

À sua frente, o casal Dênis e Michelle não parecia nem um pouco diferente. A moça abraçava o próprio corpo, certa de que seria surpreendida a qualquer momento por um fantasma. Dênis, desfigurado não mais pelo ódio, mas pela afobação, olhava para as luzes, inquisitivamente, como se pudesse tirar delas a resposta para o fenômeno.

O que os três mais temiam era que as luzes voltassem a se apagar. E que quando voltassem a se acender, revelassem uma quarta pessoa no meio deles.

— Ai, meu Deus! Dênis! O que...?

— Calma, calma! — ele berrava, tentando controlar a situação. — Para de gritar, caralho!

— É o Eric! Eu sei que é! — ela agora berrava, às lagrimas.

Conrado assistia àquilo tudo com a mão no peito, acariciando o coração acelerado.

— Para, porra! — Dênis a encarou. — O Eric morreu! Deve ter alguma explicação...

Não a achou naqueles minutos de angústia. Talvez os mais longos que os três haviam enfrentado em silêncio, trocando apenas olhares de pavor um com o outro, receosos por mais algum episódio inexplicável. Ele não veio.

E, então, quando o casal já estava acomodado no sofá, Dênis perguntou:

— Agora, você acredita que não fomos nós? Acredita que tem alguma coisa neste apartamento que fez o Eric enlouquecer?

Lyra, à mesa de jantar, segurava a cabeça com as duas mãos, os dedos servindo como suporte para as têmporas. Não piscava enquanto refletia.

— Não. — Ele não moveu um músculo ao se expressar. — Ainda acho que foram vocês. Pra tudo há uma explicação razoável. E eu vou descobrir qual é...

Conrado impôs o fim da reunião. Não se despediu, apenas empurrou os dois jovens para fora do apartamento, trancando a porta em seguida.

Teve um ataque de asma que vinha contendo desde que Michelle e Dênis chegaram. A angústia pela falta de ar só não era maior que o pavor pelo sobrenatural. As tosses saíam altas, exageradas, como se o medo as incrementassem. A bombinha, antes guardada na maleta, salvou a respiração de Lyra. E o colocou de volta no centro do problema original. O pânico.

Ele voltou à cadeira da sala e fechou os olhos com força. Suas pernas tremiam, seus dentes batiam. Concentrou-se em um só pensamento, as pálpebras curiosas de se abrirem. Com a voz frouxa — e carregada de horror — invocou:

— Pode... Pode aparecer — Lyra clamava. — Apareça, por favor...

Sentiu calafrios em excesso percorrerem seu corpo; os batimentos cardíacos estavam tão rápidos que teve a impressão de estar próximo a um infarto; as correntes de ar do apartamento atingiam seus pés em cheio, provocando-o, cientes de que aquele homem estava a um triz de desmoronar.

Conrado ergueu as pálpebras com a certeza de que se veria frente a frente com uma entidade espiritual. Com o colega de quarto. Ou com o próprio demônio.

Mas nada viu.

Em um primeiro momento, sentiu o alívio de ter fugido do terror. Em seguida, voltou a se armar com a loucura e olhou em volta, receoso de que poderia haver alguém atrás dele. Ali, observando. Embaixo da mesa. Atrás da porta entreaberta da cozinha. Nos lençóis da cama.

Só havia o vazio. E o tempo foi passando, Conrado Bardelli ainda sentado naquela cadeira, nada aconteceu.

Ele, então, tomou uma decisão. Retornou ao quarto, despiu o pijama, vestiu de volta a calça e a camisa. Jogou todos os seus pertences na mala e saiu às pressas do apartamento.

— *A razão...* — ele murmurava para si mesmo. — Você tem que usar a cabeça.

PARTE III
LUCIDEZ

77. ANOTAÇÕES SOBRE A MESA

Passaram-se duas semanas desde que Conrado dormira no 1510-A.

Às oito da manhã, Dirce entrou no escritório com o nariz empinado, orgulhosa de sua pontualidade. Logo ao entrar, viu a porta da sala do chefe aberta.

— Bom dia, doutor Conrado! — ela cumprimentou, com a voz elevada.

Dirce deixou a bolsa sobre sua mesa e esperou, imóvel, pela resposta de Lyra. Silêncio. A senhora deu de ombros e ligou o computador. Curiosa, ela se dirigiu até a porta aberta e deu uma olhada para dentro.

A sala de Conrado Bardelli dava sinais de que havia sido usada. A cadeira da escrivaninha estava empurrada para trás e uma caneta jazia sobre a mesa com a tampa aberta. Havia, ainda, uma folha de papel com palavras rabiscadas largada ao lado da caneta.

Sem sinal do chefe.

Dirce sentou-se à própria escrivaninha, na sala da frente do escritório, e digitou sua senha de acesso ao computador. Deu uma rápida olhada na agenda do dia, mas não conseguiu conter a curiosidade. Assim, levantou-se e foi até a porta do lavabo. Deu três batidas e chamou:

— Doutor Conrado? Doutor Conrado, o senhor está aí dentro?

Na falta de qualquer manifestação no interior do lavabo, a secretária abriu a porta e constatou que ali se viam apenas a pia e o vaso sanitário, inertes e sem uso. Dirce pinçou os lábios com os dedos, dando os primeiros sinais de preocupação. "Será que ele não vem de novo? Achei que esses sumiços tinham acabado!" Percebeu que estava preocupada com o paradeiro do advogado.

Dirce ajeitou o cabelo — mania sua nos momentos de ansiedade — e voltou a se sentar à mesa que lhe cabia. Poucos minutos depois, às oito e vinte, o telefone tocou.

— Alô? Oi, dona Renata, tudo bem com a senhora? Tudo sim, graças a Deus. Pois não? Hum... Olhe, dona Renata, o doutor Conrado não está... Eu não sei... Então, ele tinha dito que estaria aqui, mas teve alguns imprevistos e não... Hum... É, pois é, e não sei se ele conseguirá vir hoje, mas... Isso, exatamente. Não, na semana que vem com certeza! Acho que sim... na segunda-feira mesmo! Pode ligar logo cedo, não tem problema... Isso, pode deixar que eu aviso que a senhora ligou nos dois dias... Está certo, dona Renata, e muito obrigada por entender, viu? É, são alguns casos que ele pega... Não, nada *jurídico*, sabe... Mas eu aviso. Pode ficar tranquila, de verdade, que a primeira coisa que eu vou fazer na segunda-feira quando ele chegar é avisar que a senhora telefonou. Isso. Está certo, dona Renata! Um beijo, bom final de semana. Tchau, tchau. Tchau.

Ela bateu o telefone e enrugou os lábios, fazendo um biquinho que mexia de um lado para o outro.

Levada por aquela mesma curiosidade que lhe tirava o sossego, Dirce empurrou a cadeira para trás e foi de uma vez até a sala de seu chefe. Ela *precisava* saber alguma coisa sobre onde ele estava. Caso contrário, não conseguiria trabalhar.

Entrou e foi direto à mesa. Não ousaria abrir as gavetas — aí já seria uma invasão grave demais para os padrões da secretária. Mas nada a impediria de, *descuidadamente,* passar os olhos pelo que aquela folha de papel continha. Foi com essa falsa distração que Dirce se debruçou sobre o escrito e leu:

"Já me sugeriram que eu fugisse" — o dinheiro?
A cueca e o preservativo — de onde?
Seu Gustavo — chantagem?
Rocha — chantagem?

Fernando Klose — chantagem?
"Meu pai, o Dênis, vai acabar me deixando louco."
Como provar?
Pilates de quinta-feira à noite.
"Desculpe, mas meu pai já está me esperando aí fora."
Reconhecimento.

E, mais abaixo, no fim da folha, Conrado repetira a palavra em letras garrafais:

RECONHECIMENTO.

Depois de ler, Dirce se distanciou e, sem querer, tocou no *mouse* do computador do chefe. A tela, antes dormente, acordou e revelou um arquivo que Conrado andara lendo. "Código de ética" estava escrito no lugar do título.

A secretária voltou à sua mesa um pouco perturbada pelo que lera. Também confusa, pois nem conseguia supor a relação entre os itens listados. Ela tornou a pinçar os lábios.

Ergueu o telefone de sua base e discou para o Departamento de Homicídios — número que ela encontrou em um cartão do dr. Wilson Validus.

— Oi, eu preciso falar com o delegado Wilson Validus... Isso. Quem fala é a Dirce, eu sou secretária de um amigo dele. É importante, sim. Por favor. Obrigada. — Ela esperou com preocupação. — Pois não? Ah, ele não está? Sei... que pena. Não sabe? Bom, tudo bem... Obrigada. Até logo. Tchau.

Por fim, Dirce pôde recorrer a apenas mais uma forma de ajuda. Juntou as mãos em posição de prece e rezou, mentalmente, pedindo pela proteção do chefe.

78. PONTUALMENTE ÀS OITO

Também nesse horário, outra secretária começava o expediente. Janaína abriu a porta do consultório de psicologia do dr. Armando Lopes com a chave que sempre carregava. Entrou, deixou o celular e a bolsa pessoal sobre o balcão e foi com a mochila para a porta de trás. Era um quartinho pequeno, no qual a moça trocou o jeans e a blusa que vestia pelas roupas brancas que trouxera consigo.

Estava ainda encaixando a calça nas pernas quando o telefone tocou. Cedo demais para algum cliente, na opinião de Janaína. Por isso, ela não se apressou a atender. Terminou de se arrumar e só então migrou para o seu posto ao balcão, quando os toques do telefone já haviam cessado.

Mas quem quer que estivesse tentando falar com o consultório era uma pessoa insistente. O telefone voltou a gritar, sua campainha exigente e, dessa vez, Janaína foi rápida em atender — até porque estava mesmo curiosa de saber quem poderia estar ligando àquele horário.

— Consultório do doutor Armando. Oi... Ah, seu Conrado? Tudo bem com o senhor? Eu tam... Hum? É que o doutor Armando ainda não chegou, mas... Tá. Mas agora? É, o doutor Armando tem consulta às oito e meia. Tem. Não, pode ser... Eu preciso falar com ele... Isso, eu não sei se ele pode. Eu? Bom, depende dele, seu Conrado... Tá bom. Não, não tem o menor problema, até porque queremos ajudar... Tudo bem, eu aviso, sim. Assim que ele chegar. Certo, então. Um beijo pro senhor também, seu Conrado... Voltamos a nos falar então. Tchau.

Janaína desligou o telefone, pensativa. Procurou a agenda de consultas — sabia que todos os horários da manhã deviam estar ocupados. A gaveta, porém, se achava vazia. "Droga." Janaína teve que puxar pela memória os pacientes do dia. Por sorte, tinha o telefone de todos eles armazenados no computador. Só não sabia a sequência das consultas. Ligou o computador, separou os números de telefone dos pacientes de que lembrava e anotou tudo em um papel à parte.

Pouco depois, o dr. Armando chegou, carregando a maleta de sempre e dando o mesmo bom-dia para Janaína.

— Doutor? — Ela o reteve antes que ele fosse para a sala. — O tal Conrado ligou.

— Ligou? Quando, hoje?

— Agora há pouco, faz uns dez minutos.
O psicólogo franziu o cenho.
— E o que ele falou?
— Pediu que a gente fosse a um prédio, aquele onde morava o menino que morreu — ela informou, o rosto mostrando certa insegurança.
— Bom, então, vamos.
Ele agiu na hora: foi até o escritório e largou ali a maleta médica. Retornou em seguida, a chave do carro tilintando em seus dedos.
— Mas e os pacientes da manhã? — Janaína perguntou, a voz afinada.
— Bem, desmarque. Ligue pra todos e pergunte se não tem problema reagendar. É urgente, diz isso. — E vendo que sua recepcionista não se mexia: — Você não achou a agenda?
— Ainda não. Ela sumiu.
— Olha, hoje é sexta-feira, dia do Cléber, não é? Eu acho que ele nem vinha, de qualquer forma.
— Tudo bem. Eu acho que a dona Marcela vinha hoje também. Eu separei o telefone dela e do...
— Ótimo, ótimo...
E depois que ela ligou para três pacientes, todos dos quais se lembrou, o dr. Armando indagou:
— Ele pediu pra você ir também, é isso?
Ela olhou de lado.
— É.
— Deve ter alguma coisa a ver com aquele rapaz... Quando terminar de ligar, vamos pro carro. Vai, a gente precisa ir. Afinal, é o seu Conrado.

79. REUNIÃO

— Que bom que a senhora pôde vir, dona Miranda.
Miranda Schatz desceu do táxi com uma pose exageradamente pedante. Olhou primeiro para os dois lados da rua e só então para o

homem que a cumprimentara. Analisou a barba dele e a desaprovou fortemente, pois hoje se achava mais desarrumada do que nunca. O homem, como um todo, estava um trapo: olheiras profundas, olhos vermelhos e cansados, cabelo desgrenhado, camisa amassada. Até mesmo o sorriso de boas-vindas do detetive carecia de energia.

— Seu Conrado... — Miranda exalou um suspiro e chacoalhou a cabeça. Preparou o show de praxe: — Eu já nem tenho mais forças pra repetir o quanto o senhor me atrapalha. Eu achei que nunca mais iria te ver. Ainda mais desde a última visita... Mas não. Não, não, não. Só mesmo *o senhor* pra me fazer desistir *de novo* de compromissos importantíssimos. E, acredite, isso não é um elogio. — Então, olhou para cima e vislumbrou as duas torres esbranquiçadas do Royal Residence. — E, ainda por cima, *aqui*. Eu jurava que nunca mais poria os pés neste lugar em toda a minha vida.

O taxista foi embora depois de receber a quantia devida e deixou para trás a cliente que, no momento, estava sendo conduzida pelo barbudo até o portão de entrada do condomínio.

— O senhor faz questão de manter o clima, não é?

— Clima?

— Esse mistério ridículo.

Conrado abriu caminho para que Miranda o precedesse.

— A senhora me perdoe. É uma questão importante.

— Hum... — Ela elevou o nariz, gesto que a fazia parecer mais alta. — Espero que o senhor mantenha esse mesmo mistério pra... outros tipos de segredo, digamos assim. — E o fitou com uma fisionomia sugestiva.

— Eu não prometi? — Ele esperou que Miranda assentisse. — Agora a senhora me faz um favor? Espere ali no hall. Vêm aí duas pessoas importantes. Por favor, não suba ainda, dona Miranda. Obrigado.

Ela segurou o braço dele antes de seguir pelo caminho indicado e murmurou:

— Eu só vim por receio de o senhor abrir a boca.

— Eu sei.

— Mas não vá achando que estou desarmada. Se o senhor aprontar alguma, eu mostro as minhas armas. E atiro. — Miranda se distanciou.

Foi o tempo de Conrado voltar para o portão e ver que outro carro se aproximava. O vidro da frente revelou Armando Lopes ao volante, ladeado pela secretária, Janaína, vestida em sua roupa profissional. Eles estacionaram na rua e desceram do veículo.

— Seu Conrado! — O dr. Armando veio, seguido de sua subordinada. — Aqui é zona azul? Porque eu vou ter que comprar o bilhete.
— Ah, não esquenta com isso. Não demora. — Apertou a mão do psicólogo.
— Viemos assim que eu cheguei ao consultório, claro. Mas o que aconteceu? Precisa de alguma ajuda?
— Preciso da ajuda de vocês dois. Especialmente da Janaína. — E ao citá-la, Conrado a cumprimentou com um leve aperto de mão.
A secretária retribuiu com um sorriso curto e rápido.
— Venham, venham, por favor. — Seguindo à risca seu papel de guia, Conrado chefiou o caminho até o portão do Royal Residence e entrou junto com os dois outros visitantes.
— Era aqui que o rapaz vivia, então? — Armando inquiriu, seu rosto alterado.
— Sim. Foi ali do lado... — Conrado apontou. — ... que acharam o corpo dele. Muito triste...
Janaína vinha atrás, também um tanto incomodada pelo peso que o ambiente causava em quem sabia o que ocorrera lá.
Seguiram o caminho de pedra da esquerda e desembocaram no hall dos elevadores da torre A. Ali dentro, Miranda Schatz era abordada pelo síndico, Ivan Fortino, cujos gestos expansivos, vistos de longe, só poderiam significar acenos de condolência.
— ... porque deve ser *horrível* perder um filho, eu imagino, eu imagino... — ele dizia para uma Miranda visivelmente desinteressada. — Mas não sei se é *por isso* que a senhora tem que vender o imóvel. Um lugar tão bom, dona Miranda... Mas é claro que vai da senhora. Faço questão de que meus moradores sejam felizes e saibam em *quem* confiar. Por isso, quando precisar, é só falar comigo. E...
Ivan cortou o discurso quando viu que entravam dois estranhos em seu território. Avaliou-os com olhos preconceituosos e, em seguida, percebeu que estavam acompanhados de Conrado Bardelli, que vinha atrás. Ivan pigarreou:
— Oi. Prazer. Vocês, quem são?
— São o doutor Armando e a secretária dele, Janaína — Conrado os apresentou mais para Miranda do que para Ivan. — Foi este o psicólogo com quem Eric conversou, dona Miranda.
Ciente dos bons modos — apesar de contrariada —, a sra. Schatz se pôs de pé e apertou a mão dos recém-conhecidos.

— Prazer.

— Eu lamento muito por sua perda — o psicólogo articulou. — E também pela de seu marido. Ele veio junto?

Miranda Schatz abriu a boca, mas não respondeu.

— Ele não pôde vir, infelizmente — disse Conrado, para o alívio de Miranda.

— Ah... É que o Eric tinha citado o pai naquele dia. Contei isso pro seu Conrado, antes. Por isso, achei que ele estaria aqui e... — Terminou a frase um pouco sem pose, já que percebeu no olhar de Miranda um certo desconforto.

— Mas é exatamente pra isso que eu pedi que o senhor viesse, doutor — anunciou Lyra, sua voz um tanto entusiasmada. — O senhor comentou, sim, que o Eric tinha falado um pouco sobre o pai. E, então, ele disse para você, Janaína, que o pai o estava "esperando lá fora", não é isso?

Assim que Janaína concordou, Miranda esbugalhou os olhos e apertou o braço de Lyra — mais para apoiar-se do que para agredi-lo.

— Como assim? Do que se trata tudo isso? Eu exijo que o senhor me conte agora!

— Pelo que entendi — o psicólogo se intrometeu com a voz calculadamente pacata —, o seu marido tinha ido buscar o Eric quando ele foi pro meu escritório...

— Isso é impossível — Miranda sentenciou. — Meu marido estava no Rio de Janeiro e sem condições de ficar levando meu filho pra cima e pra baixo.

— Ah... bem... — A voz do doutor foi se esvaindo, enquanto a de Lyra se ergueu do silêncio.

— Mas para tudo há uma explicação. E é por isso que eu trouxe vocês até aqui. Vamos subir? — Conrado chamou o elevador.

Todos esperaram, curiosos para saber aonde aquele conversa levaria.

— O senhor dormiu bem naquela noite que passou aqui? — Ivan recomeçou, sem interesse. Como síndico de um prédio cujos elevadores demoravam aquele tanto, Ivan devia mesmo ser um mestre de conversas genéricas.

— Acabei não dormindo a noite toda aqui — Bardelli explicou. — Fui para o meu escritório de madrugada.

— Ah... Não dormiu nada?

— Nem naquela noite, nem nesta agora. Passei a noite em claro.

— Jura? É por isso que o senhor está tão... — E ele se interrompeu aí, quando notou que seria indelicado se verbalizasse as péssimas condições de arrumação nas quais o detetive se encontrava.

O elevador chegou. Lyra abriu a porta e deixou que todos os seus mudos convidados entrassem primeiro. Com todos dentro, o advogado se espremeu no cubículo e, ainda cumprindo o papel de cicerone, apertou o botão do andar ao qual iriam. O décimo quinto.

80. RECONHECIMENTO

Miranda Schatz estava particularmente calada. Talvez perturbada pela situação, talvez receosa de que o segredo sobre seu marido tivesse sido vazado pelo homem que, duas semanas antes, lhe prometera sigilo.

Ivan Fortino, que não fora de fato convidado, parecia analisar cada um dos tripulantes do elevador com olhos que não disfarçavam a curiosidade. Lyra, por sua vez, tinha a vista baixa, o queixo tocando o peito. Era observado por Janaína e Armando que, como gêmeos, pensavam de maneira idêntica e verbalizaram ao mesmo tempo a mesma dúvida:

— Mas... o que o senhor...

— Como o senhor quer exatamente que a gente ajude?

O detetive ergueu o rosto e foi bastante didático quando falou:

— Quero que você, Janaína, reconheça o homem que viu no carro; aquele a quem o Eric se referiu como sendo o pai dele.

Miranda cravou os olhos na moça. Encarou-a quase com agressividade, como se a mulher tivesse culpa por ter visto o que viu.

— Eu... Certo... Tudo bem — a secretária confirmou para o detetive.

O elevador parou no andar certo. Desceram todos em fila indiana e caminharam em silêncio pelo corredor do décimo quinto andar. A alguns passos do apartamento 1510-A, Conrado ganhou a dianteira e lançou um sorriso esperto a seus acompanhantes.

— Lembre-se — Lyra repetiu para a secretária —, quero que você olhe bem pra pessoa e me diga se foi *realmente* ela quem você viu naquele dia, dentro do carro. Tudo bem?

Pressionada pela responsabilidade, Janaína, desta vez, só balançou a cabeça afirmativamente, os olhos sérios e assustados fixos no detetive.

Lyra abriu a porta destrancada do 1510-A e olhou para dentro. Animou-se pelo que viu, pois escancarou um sorriso ainda maior.

— Voltei! — ele exclamou para dentro do apartamento. E abriu mais a porta para que todos entrassem.

Primeiro Miranda — que fez questão de ingressar antes no próprio imóvel —, seguida pelo curioso Ivan Fortino. Então, o dr. Armando e, finalmente, a mais importante. Janaína veio com o rosto vacilante de quem não sabia o que estava prestes a encontrar.

Os cinco pararam no hall do apartamento e se depararam com um casal de jovens que estava parado no outro canto do recinto. Inertes naquela sala, os dois pareciam formar uma comissão para recepcionar os recém-chegados. Só que nenhum deles sorria. A moça tinha cabelo loiro como o feno e expressão insegura. Era Michelle Rocha, Miranda logo reconheceu. A ex-namorada de Eric, em pé, encostada na parede oposta, tinha uma das mãos carinhosamente no ombro de um rapaz sentado no sofá, à sua frente.

Quando ouviu os visitantes entrarem, Dênis ainda tinha o rosto metido entre as mãos. Ao escutar o silêncio, deduziu que todos já haviam entrado e, agora, o observavam. Por isso, ergueu a cabeça. Encarou cada um dos cinco com desprezo no semblante, sentindo-se um animal de circo prestes a iniciar seu show.

E, naquele segundo, Janaína deu um grito súbito.

— Meu Deus, é ele! — Ela apontou o dedo indicador para Dênis e olhou com desespero para Conrado Bardelli. — Ele é que estava dentro do carro! Era a ele que o Eric se referia quando comentou do pai!

Dênis se exasperou no mesmo instante. Ele ruborizou e, percebendo do que se tratava toda aquela situação, começou a chacoalhar a cabeça, perturbado.

— Não, não! — Dênis se levantou, mas não soube para onde fugir. — É mentira! Eu não fiz nada! Eu juro!

Conrado Bardelli o ignorou. Foi para perto de Janaína, com um sorriso vitorioso no rosto.

— Eu sabia! Que ótimo, eu sabia! — O detetive a chacoalhou com entusiasmo, enquanto os demais presentes assistiam à cena descontrolada que Dênis Lima fazia no meio da sala de estar.

— Não! Não foi nada disso! *Não!* — ele lançou o último berro e ameaçou correr.

— Dênis! Dênis, para! — advertiu Michelle, derrotada, a seu lado.

Mas o aviso incentivou o amante a correr. Dênis se lançou até a porta, trilhando o caminho como se não houvesse ninguém para impedi-lo.

Só que havia. E essas pessoas agiram rápido. O dr. Armando deu um salto e agarrou Dênis em um enlace apertado, fazendo de seus braços uma camisa de força. Miranda Schatz também agiu e fez força com as mãos para segurar os ombros agitados do fugitivo.

— Janaína! — Lyra gritou, em meio ao tumulto. — Rápido, chama a polícia! Tem um telefone no quarto, ali, depois do corredor. Corre!

A moça assentiu com a cabeça, determinada, e correu pelo apartamento, deixando para trás a sala e os berros desesperados de Dênis. Michelle, que estava no caminho de Janaína, não a bloqueou. Ficou ali, a observar enquanto o amante era domado pelos outros. Nada, além de vazio, em sua expressão facial.

Na correria, Janaína alcançou a porta certa do quarto de dormir e a abriu com um só movimento.

E, então, parou, pasma.

Isso porque se viu frente a frente com um homem de quase dois metros de altura, dono de um distintivo de delegado e de um bigode grosso. Era o dr. Wilson Validus, ao lado de quem se encontrava um outro homem. Este era miúdo e tinha algemas presas aos pulsos. Janaína reconheceu na hora o prisioneiro — e se deu conta de que caíra em uma cilada.

Pois o seu Gustavo, até então quieto no seu canto, arregalou os olhos e ergueu as mãos algemadas. Foi a vez dele de apontar e gritar:

— É ela! Puta merda, é ela, sim! Ela é a mulher que veio aqui naquela quinta-feira e deixou o carro a noite toda no estacionamento!

Janaína congelou no lugar onde estava. Engoliu em seco e tentou pensar rápido. Deu meia-volta, fechou a porta novamente — como se pudesse rebobinar o tempo e deletar os homens de dentro daquele quarto — e se apressou para voltar pelo corredor.

Entretanto, Conrado Bardelli já estava ali, impedindo sua passagem, com aquele sorriso insuportável no rosto.

— Janaína Ferraz e Armando Lopes — a voz grossa do dr. Wilson soou lo fundo. — Acabou pra vocês.

81. O COLEGA DE QUARTO

— O quê?! — A voz grave e trêmula de Armando Lopes transmitia um desespero incontrolado.

— Mas... eu não entendo...! — Janaína ativou a autodefesa, virando o corpo ora para o delegado, ora para Conrado. Mais que confusa, ela parecia entregue ao pânico.

— Janaína, vem aqui! — o psicólogo a agarrou pelo cotovelo e a puxou. — Deve ser algum engano, delegado. O seu Conrado pode provar: o homem que vocês procuram é aquele ali. — E apontou para Dênis.

— Não, o homem que nós procuramos *é o senhor, sim*! — Lyra devolveu. — Foi o senhor, doutor Armando, que veio aqui na noite de quinta-feira. Foi o senhor que o Zeca viu de madrugada andando por esta mesma sala. *O senhor é o colega de quarto!*

— Isso é um absurdo...!

— Qualquer coisa — Wilson começou — que o senhor disser poderá ser usada...

— Não sei do que os senhores estão me acusando! Sou inocente de qualquer crime! — ele esbravejou, e encarnou a ignorância jurídica de Josef K.*

— Eu até reconheci o garoto! Foi ele, foi ele...! — Janaína arriscou.

— É! — O psicólogo tentava, mas já não via saída.

---

* Nota explicativa: Josef K é um personagem de *O processo*, de Kafka, que acorda certa manhã, e, sem motivos conhecidos, é preso e sujeito a longo e incompreensível processo por um crime não revelado. (N. E.)

— Isso tudo é verdade, doutor Wilson? — Miranda Schatz veio do hall, onde, até então, permanecera assistindo a todo o espetáculo. — Hein? Seja direto! Esse homem... esse homem matou mesmo o meu filho?

Miranda avançava com uma ira animalesca subindo-lhe pela garganta.

— Sim. Será formalmente acusado.

— Não!

Mas Miranda não deu ouvidos ao acusado; como verdadeira mulher de negócios, levou em consideração apenas a informação oficial que lhe foi repassada pelo delegado e rejeitou os desmentidos infundados. Por esse motivo, a mãe de Eric fixou seus negros olhos nos do dr. Armando e desejou, com todo o ódio que somente o mundo dos negócios é capaz de gerar:

— Eu espero que o senhor *apodreça* na prisão. — E deu o tapa mais forte que conseguiu no rosto do psicólogo.

Miranda distanciou-se antes mesmo que Conrado ou Wilson precisassem contê-la. Com a mão sobre a face, Armando expeliu mais alguns rugidos de defesa. De nada serviram. Logo depois, o dr. Souza veio pela porta principal, chefiando quatro homens uniformizados que entraram silenciosos e conduziram os acusados para fora do recinto.

Mesmo depois de a dupla de cúmplices já ter descido pelo elevador, os ecos de seus gritos ainda eram ouvidos pelo décimo quinto andar. Não havia um vizinho sequer que não estivesse do lado de fora para assistir à cena.

82. CHANTAGEM

Assim como não imaginava que voltaria a pisar no Royal Residence, Miranda Schatz também não seria capaz de adivinhar que veria o quarto do filho mais uma vez. Seu plano era vender o lugar o mais rápido possível — mesmo que isso significasse cedê-lo a um preço consideravelmente baixo — e mandar a empregada retirar todas as roupas, toalhas, jogos de cama, móveis e eletrônicos. Guardaria as roupas, mas venderia todo o resto junto com o imóvel.

No entanto, ali estava, agora, sozinha naquele quarto, olhando para a cidade de São Paulo através da janela da qual seu filho despencara. Ela refletia sobre os acontecimentos prévios com uma ferida no peito. Miranda ofendera o falecido filho por achar que ele se suicidara; dissera coisas horríveis aos conhecidos quando eles foram prestar suas homenagens e encontraram uma mãe cética e decepcionada pela última opção de Eric.

Agora, com o assassinato trazido à luz, tudo mudava de figura. E o que restava era apenas um conjunto de vergonha e dor que Miranda Schatz nunca seria capaz de superar. Ela chorou baixinho e quis que o filho ouvisse seus pensamentos. Quis que o filho a perdoasse pelos julgamentos que sofrera da mãe pela vida toda.

— Miranda?

— Pois não, seu Conrado. — Ela se virou. Disfarçava bem as lágrimas.

— O delegado desceu. Quer vir até a sala? Acho que é no mínimo necessário que a senhora saiba de tudo.

Ela concordou e seguiu Lyra. Deu uma última olhada pela janela antes de sair.

A porta da frente ainda estava aberta.

— Para onde foram a Michelle e o outro menino?

— Pro DHPP. Eles mentiram bastante e têm muito a explicar.

— Vejo que não sou a única que foi alvo das suas deduções...

Conrado deu um sorriso simpático.

— Não. E, se me permite, dona Miranda, a senhora foi a que menos me importunou. A senhora, por mais dura que seja, é uma dama e respeita os limites do jogo. Entende o que eu quero dizer? E é tão fascinante quanto eu imaginava antes do nosso primeiro encontro.

Ela agradeceu com apenas um olhar. Foi o bastante para Conrado saber que seu elogio a encabulara.

Ivan Fortino veio do corredor.

— Ai, que correria, meu Pai do céu!

O síndico olhou para Conrado e Miranda, sentados no sofá, e perguntou se deveria fechar a porta. Conrado respondeu que sim e agradeceu. Nesse meio-tempo, a sra. Schatz lançou um olhar de dúvida a Conrado que dizia: "Ele vai mesmo ficar para ouvir a nossa conversa?" Lyra deu de ombros.

— É uma tragédia atrás da outra neste condomínio... Deus! E os outros moradores! Com esses gritos... Fui acalmar todos eles, expliquei que terminou. Mas, gente, o que eles vão achar?! — Selada a porta, Ivan se aproximou e sentou-se na poltrona ao lado. — Mas eu acredito que essa foi a última das tragédias, mesmo. Graças a Deus! E ao senhor. — Uniu as mãos e fez um agradecimento japonês para Conrado Bardelli.

— Esse psicólogo miserável... Um ninguém! — Miranda fez-se ouvir.
— Como o senhor descobriu?
— Como? De várias formas... A mais imediata é que o doutor Armando veio hoje até o condomínio sem que eu passasse o endereço. E o próprio doutor tinha me dito que, na consulta, Eric saíra rápido demais para dar telefone, nome completo, informações pessoais etc. Então, ou o doutor adivinhou o endereço do seu filho ou já sabia porque já tinha vindo aqui antes.

Miranda travou o maxilar com força, a fúria presente naquela mordida agressiva. Ela, porém, se conteve e foi direta:

— Bom, e por quê? Será que o senhor pode explicar de uma vez por todas por que esse crápula matou meu filho? Eles se conheciam antes, por acaso?

Do outro lado, Ivan cruzou as pernas, interessado. Lyra umedeceu os lábios e começou a explicação:

— Não, eu acho que eles nunca tinham se visto até o Eric ir ao consultório dele, há alguns dias.

— Então, por que ele matou meu filho?! — ela deixou a revolta transparecer na entonação.

— Por dinheiro.
— Dinheiro?!
— Ué, é claro! E ele deu sorte de a senhora ser rica o suficiente a ponto de não reparar em quantias desaparecidas de dinheiro; ainda mais dinheiro vivo. Uma equipe da polícia está a caminho do apartamento do doutor Armando e tenho certeza de que lá irá encontrar uma mala cheia de notas de cem reais que pertencia ao seu filho. Talvez um pouco mais vazia... Afinal, já vai fazer três semanas. — E girando a cabeça, sugestivamente, Conrado perguntou: — O Eric guardava uma grande quantidade de dinheiro vivo, não?

Miranda engoliu em seco, demonstrando que não gostava de tratar desses assuntos com estranhos à volta. Impelida pelo semblante de Conrado, no entanto, a empresária assentiu.

— Sim, tinha. É um costume da família. Sempre tivemos pelo menos uns cinquenta mil reais em espécie pra utilizar aos poucos. — E aproximando o corpo: — Quem viveu na época do Collor sabe muito bem que banco nenhum é totalmente confiável. Pelo menos, não pra todos. — Após uma pausa: — E eu me lembrei, *sim*, de que o Eric devia ter essa mala com dinheiro em algum lugar do apartamento. O fato é que esperava reavê-la só no fim do mês, assim que eu mandasse alguém vir buscar as coisas do meu filho.

Lyra concordou e prosseguiu:

— O que me acordou pra essa questão foi o modo como o Eric falou comigo naquele dia. Um jeito que ele, evidentemente, puxou da senhora, eu já disse isso antes. O Eric entrou no meu escritório de madrugada e exigiu uma consulta como se eu tivesse a obrigação de atendê-lo quando ele quisesse. Ele se achava importante, especial... isso, era evidente. E pedia soluções rápidas; queria que eu ajudasse na hora com os problemas dele, algo impossível quando não se sabe direito de que males a pessoa sofre, não é mesmo? E foi exatamente quando eu dei a entender que negaria ajuda que o seu filho ergueu o nariz e me disse: "Eu pago agora, seu Conrado, *em dinheiro vivo.*" Me deu nojo. Pensei, é claro, que ele estava dizendo que podia ir a qualquer caixa eletrônico e sacar uma quantia descomunal de dinheiro e, por isso, não insisti no assunto, porque eu não estava mesmo interessado no dinheiro. Mas e se esse dinheiro em espécie já estivesse em posse do Eric? E foi aí que lembrei que, assim como tinha me visitado, *o Eric consultara outro profissional pedindo ajuda.* E dissera as mesmas coisas, agira com o mesmo comportamento arrogante, exigira as mesmas providências rápidas *e oferecera o mesmo pagamento!* Dinheiro vivo. O doutor Armando me confirmou isso! Mas a diferença é que o doutor Armando, pelo que eu pude perceber pelo humilde consultório dele, parece ser um homem de não tantas posses quanto eu. Não digo que sou rico, mas sou capaz, sim, de rejeitar grandes quantias de dinheiro se o trabalho não me convier. Já o doutor Armando... Um típico homem de classe média decepcionado por não ver o retorno financeiro desejado chegar na velocidade com que sonhava... E acredito que tem mais. Ele estava sendo chantageado e precisava de dinheiro.

— Chantageado?

— Armando não foi muito esperto. Em um dos nossos encontros, ele começou a me contar sobre uma paciente que o visitava. Contou particularidades dela, a história pessoal, as doenças. Contou que ela apanhou dos dois ex-maridos, que o filho é um delinquente... Coisas que eu achei completamente antiéticas de se revelar. Achei que precisassem ficar em sigilo na relação médico-paciente. Mas só. Não liguei isso a crime algum.

Até que me encontrei com a senhora naquela última ocasião, dona Miranda, e a senhora começou a me dizer que ia exigir uma punição para o doutor Wilson. Disse que estava indignada por ele ter compartilhado comigo informações pessoais da família; informações que tinham sido recolhidas durante o inquérito policial e que deveriam ser sigilosas. E, por isso, a senhora ia pedir uma punição baseada em algum código de ética. Acontece que o Conselho Regional de Psicologia de São Paulo, pelo qual o doutor Armando tem registro como psicólogo, tem, sim, um código de ética. A senhora é que me acendeu essa luz. E esse código de ética diz que o psicólogo não pode quebrar o sigilo do paciente a não ser que julgue necessário para algum benefício social ou, então, se for para algum processo judicial. Ele quebrou o sigilo comigo simplesmente pra fofocar, pra jogar conversa fora.

— Que imbecil... — Miranda rosnou.

— E foi aí que eu pensei: "Se ele quebrou o sigilo jogando conversa fora comigo, será que já não fez isso antes?"

— E ele fez? — Ivan indagou, louco de curiosidade.

— Fez. Com aquela mesma senhora, por sinal. Na verdade, acho que ele começou a me contar o histórico da paciente porque ficara nervoso com a situação.

— Que situação? Explique direito.

— É que pouco tempo antes de conversar comigo, essa senhora, chamada Francesca, tinha pedido desculpas ao doutor porque o filho dela tinha gritado com ele. *Ameaças*, ela usou essa palavra. O doutor tratou de despachar a dona Francesca rapidinho e veio logo me dizer que não, que era tudo mentira, que ela inventara tudo. Fiquei curioso para saber se ele fazia isso com frequência. Eu comecei pesquisando pela própria dona Francesca. E xeque-mate. Achei o tesouro sem nem consultar o mapa. Esse filho dela se chama Fernando Klose. A mãe o chama de Dinho. Fernando tem passagem pela polícia por tráfico de cocaína, largou as três faculdades que começou e marca consulta mensalmente com o doutor Armando. O doutor Armando disse que nunca sequer tinha visto esse Dinho. Estranho, né?

— Como descobriu tudo isso? — Miranda perguntou.

— Sobre as consultas, eu roubei a agenda do doutor Armando. O resto foi tudo pedido pelo delegado. Ontem à noite, a polícia teve acesso aos dados bancários do doutor... por isso fiquei essas duas semanas e pouco sem agir. Eu estava esperando a justiça liberar a quebra de sigilo bancário, e esse processo demora pelo menos algumas semanas. Com uma forcinha, o DHPP conseguiu os dados o mais rápido possível. E foi aí, nesta madrugada, que eu confirmei o que já esperava. Descobrimos que nos dias quatro ou cinco de todo mês, o doutor Armando saca sete mil reais. Pra onde vão? Coincidentemente, todo dia cinco há uma consulta marcada com Fernando Klose, às sete e meia da manhã: uma hora antes do horário em que o doutor começa a atender os pacientes. Está tudo anotado na agenda. E, finalmente, a polícia identificou duas ocasiões nos últimos trinta meses em que o doutor Armando não sacou esse dinheiro, mas transferiu para outra conta. Aberta no nome de quem? Fernando Klose.

— Trinta meses?! — Miranda arregalou os olhos.

— Sim, daí pra mais. Agora o doutor Souza, diretor do DHPP, está pedindo todos os registros telefônicos do celular do Armando nos últimos meses.

— E chantagem com base no quê? — Miranda achava aquela história hipotética demais.

— Ah, eu aposto que com base em quebra de sigilo na relação doutor-paciente. Precisamos confirmar ainda. Posso te assegurar, isso sim, que o doutor Armando matou seu filho, dona Miranda, e que ele transfere sete mil reais ao homem que o ameaçou. Mas o motivo exato da chantagem é o que o delegado vai tentar extrair agora dos dois. Eu acho que esse tal de Fernando ouviu alguma vez o doutor Armando falando da dona Francesca, numa dessas fofocas sobre a vida dos pacientes. Os dois devem ter discutido, brigado, e o Fernando teria ameaçado contar isso para alguém. Eu pesquisei o código de ética do Conselho de Psicologia e lá fica claro: se o profissional quebrar o sigilo sem justificativa, será alvo de investigação de uma comissão de ética, que, em último caso, pode cassar o registro do psicólogo. Seria o caso do Armando, que quebrou o sigilo para fofocar, falar mal dos pacientes, sei lá o que mais. Cassar o registro significaria tirar definitivamente o emprego da vida dele; seria tirar o pão da mesa dele. É o pesadelo de qualquer homem que sonha em crescer na vida. Isso sem contar o trâmite judicial que poderia se desenrolar se a dona Francesca decidisse abrir um processo contra o doutor... Então o que eu aposto é que esse tal de Fernando decidiu explorar a miséria do doutor Armando. Decidiu chantageá-lo. Sete mil reais por mês e ele não contaria nada a ninguém sobre a quebra de sigilo.

83. O QUE CAUSA O DESESPERO

— Por isso é que eu acho que o doutor Armando não resistiu quando seu filho, dona Miranda, disse que poderia pagar com dinheiro vivo. Ele, simplesmente, não resistiu à tentação de correr atrás de um dinheiro que lhe daria uma folga da chantagem, um respiro financeiro. Era uma situação de desespero, tenho certeza, por ser escravo de uma chantagem e ter que fazer de tudo para poder pagá-la mensalmente. Ver todo aquele dinheiro ir embora... Não à toa o consultório do doutor Armando é tão mal-arrumado. O dinheiro todo deve ir para a chantagem!

Miranda tremeu de espanto ao se imaginar vítima desse tipo de extorsão.

Lyra prosseguiu:

— O desespero era tão grande que ele não se contentou apenas com o pagamento que o Eric ofereceu. Ele queria roubar toda a água da fonte. Queria ter só pra si todo o dinheiro vivo sobre o qual o Eric comentara. Então, com o seu filho ainda na consulta, o Armando tentou ganhar tempo. Pegou os dados do Eric e inventou algum distúrbio mental, alguma doença que justificasse as alucinações de seu filho. Nem acho que o Eric tenha comprado a ideia. Mas, afinal, do que ele entendia de distúrbios psicológicos? Nada. A situação do doutor Armando era muito confortável: um playboyzinho tinha entrado correndo em seu escritório, pedindo qualquer explicação sobre um caso que, evidentemente, se tratava de uma brincadeira dos amigos e dizendo que tinha uma mina de ouro em casa. Ele fez questão de assustar o Eric o máximo que pôde, disso tenho certeza, e o convenceu a arrumar a mala para fugir do apartamento e, por extensão, das suas paranoias. Por que fugir? Porque, ao arrumar as coisas para deixar o apartamento, o Eric, obrigatoriamente, separaria a tal grana viva para levar junto. Com isso, o Armando nem precisaria procurar pelo tesouro.

Ivan Fortino nem sequer piscava.

— Seu filho fez uma última tentativa de recuperar a lucidez, que já tinha sido dada como morta pelo doutor. O Eric veio até mim, mas eu achei que não se tratava de algo muito sério. Por isso, não aceitei o caso. Foi um dos piores erros que já cometi e peço um milhão de desculpas por isso, dona Miranda. Se serve de consolo, comecei a me martirizar pela decisão errada logo em seguida, quando o Eric me falou que *nenhuma* das pessoas a quem ele contara a história sugerira que chamasse a polícia. Agora, sei que cada um tinha seu segredo pra esconder, por isso ninguém falou nada.

Mas Miranda não queria saber dos outros.

— Como foi que o psicólogo ficou sabendo que o meu filho fugiria na quinta-feira à noite?

Ivan Fortino escutava tudo atentamente.

— Suponho que o doutor Armando tenha ligado pro seu filho... no telefone fixo, não no celular, é claro... e perguntado. O Eric era muito ingênuo nesse sentido. Jovens mimados e acostumados com o mundo dos ricos costumam ser. Ele, na certa, respondeu a verdade: que partiria naquela mesma noite. Então, o Armando não perdeu tempo e veio de carro até o Royal Residence, à noite mesmo, seguindo o endereço que o Eric lhe passara. Deve ter chegado aqui por volta das dez da noite, ou antes, quando o seu Gustavo ainda estava na cabine da garagem. Mas tinha um problema: como entrar sem ser visto? Nem acho que o doutor pensava em jogar seu filho pela janela. Deixá-lo inconsciente e roubar o dinheiro deveria bastar; o que, mesmo assim, seria um crime. E, para escapar dele, o doutor precisaria dar um jeito de não ser visto. Ou *pagar* para não ser visto.

Lyra meneou a cabeça e respirou fundo.

— E entrou em cena o seu Gustavo, um homem que lucra em função do que sabe. Oficialmente, já provamos que o porteiro já chantageou *pelo menos* duas pessoas e foi corrupto ao esconder os fatos da polícia. Portanto, para um homem com esse perfil, não seria nada de mais deixar que dois estranhos estacionassem o carro na garagem por algumas horas e depois o pagassem para fingir que ele não tinha visto nada.

— O meu porteiro? — O síndico levou a mão ao peito, como se a ofensa tivesse sido dirigida à sua pessoa. — O meu porteiro fez isso, debaixo do meu teto? Impossível!

— Foi o senhor mesmo quem me deu essa certeza, seu Ivan. — Lyra o contemplou com um meio sorriso de agradecimento. — Foi quando o senhor estava me contando sobre as vezes em que, supostamente, tinha se esquecido de alguns dos moradores. O senhor mesmo me falou que não tinha reconhecido "uma moreninha do décimo sexto" que o senhor "não fazia ideia de quem era". — Frisou bem as aspas. — Mas graças à memória do seu Gustavo, que disse que ela era moradora, o senhor não passou pelo vexame de ir perguntar quem a moça era. O senhor tinha acabado de voltar do pilates, não é? *Uma quinta-feira à noite.* De três semanas atrás, presumo. Pois aqui vai uma novidade, seu Ivan: a "moreninha" era a cúmplice do assassinato, Janaína Ferraz.

84. INVENÇÕES DA LOUCURA

O seu Ivan Fortino estava boquiaberto.

— Gente! Mas como eu ia saber? — A mão pressionou ainda mais o peito, reforçando o espanto. — Eu... eu...

Ele se calou.

— Foi por isso que o porteiro veio pra cá hoje? — Miranda atraiu a atenção de Conrado. — Porque ele tinha visto a recepcionista na garagem naquele dia? Para reconhecê-la?

— Sim, sim, isso mesmo. E acho que, depois do crime, o seu Gustavo não comentou sobre esse episódio porque, realmente, não lhe passou pela cabeça que aquele casal tinha sido autor de um homicídio. Aquele casal inofensivo que apenas estacionara o carro na garagem, talvez pra ir a algum restaurante aqui perto. Além do mais, seu Gustavo é do tipo que não abre a boca em hipótese alguma. Gosta de aproveitar o conhecimento que tem em ocasiões futuras. Um episódio com escândalo sempre gera uma boa chantagem. Por isso, mesmo se tivesse noção de que acobertava os assassinos, não iria nos contar; iria, isso sim, chantagear os dois.

Lyra arqueou as sobrancelhas e esperou uma reação de algum dos ouvintes. Miranda prendeu a respiração e seu olhar pareceu dizer: "Não se atreva a me chantagear pela morte do meu marido." Ou ela apenas o olhara com firmeza. Conrado não poderia afirmar.

— E aí — Conrado foi em frente — o doutor Armando ligou pro Eric pra saber se o garoto estava em casa e, portanto, se podia subir; mas não obteve resposta, porque não tinha ninguém no apartamento. A essa altura, o Eric estava no bar com o Zeca. O doutor deve ter tentado telefonar até umas onze da noite e, então, decidiu esperar mais algumas horas, até a madrugada, talvez. Só que às onze e meia, o Eric já estava de volta. Ficou pouco, é verdade: logo em seguida, o Dênis se passou por colega de quarto, entrando no apartamento do Eric quando ele foi levar o lixo pra fora. Tudo isso pra assustar seu filho, dona Miranda. E deu certo. O Eric entrou em pânico e saiu com o carro pra ir me procurar. E, com isso, o doutor Armando precisou esperar ainda mais na garagem e deve ter ficado irritado com o número de vezes que ligou sem obter resposta. Lembrando que a vaga do Eric é no segundo subsolo e o Armando estava estacionado no primeiro subsolo. Eles, portanto, não se cruzaram. Até que, finalmente, o seu filho atendeu ao telefone. Às quatro da manhã, depois de tanto esperar, o doutor Armando deixou a Janaína no carro e subiu, sozinho. Foi recebido pelo Eric no apartamento e encontrou exatamente o que queria: duas malas sobre a cama com as quais o assustado Eric ia fugir.

Ivan respirava depressa como se assistisse a um *thriller*.

— Acho que entre uma conversa e outra sobre a alucinação... não tenho dúvida de que o doutor Armando estava disposto a aterrorizar ainda mais o Eric... o rapaz pediu licença pra ir ao banheiro e me telefonou. Recebi a ligação às quatro e meia. Nessa hora, seu filho ainda estava vivo, dona Miranda, e pedia minha ajuda. Ele já devia ter percebido que se metera com as pessoas erradas. Só que ele desligou a chamada sem falar mais nada. A única coisa que eu ouvi foram batidas secas; acredito que tenham sido na porta da frente, já que, nesse horário, o Zeca tinha ido procurar o Eric pra contar tudo o que sabia sobre o colega de quarto. O Eric foi receber o amigo na porta. Os olhos do seu filho estavam vermelhos, dona Miranda. O Zeca achou que fosse maconha. Mas eram lágrimas. Ele chorara ao telefone comigo... Chorara de desespero pelo diagnóstico do doutor. Sabe o que o Eric me disse ao telefone? Que ele existia. O colega de quarto.

— Esse monstro fez meu filho de louco! Ele... ele...! — Miranda decidiu parar de falar antes que perdesse o controle.

— Foi por isso que o Eric insistiu pra que o Zeca *não* entrasse, pra não dar de cara com o psicólogo, é claro. Ele quis deixar o Zeca fora de tudo isso. Mas o doutor foi descuidado. Passou pelo fundo desta sala, sem imaginar que estava sendo visto. Entregou-se, sem querer. Foi o suficiente pra que o Zeca visse e achasse que tinha enxergado, aqui no fundo, a silhueta do colega de quarto que ele mesmo criara.

— Foi o Zeca quem começou toda essa história?! — a mãe se enfureceu.

— Foi, e depois o Dênis e a Michelle tomaram a dianteira. — O advogado deteve a mulher antes que ela formasse opinião. — Mas, dona Miranda, o Zeca foi o único nessa história toda que não desejou realmente o mal do seu filho.

Miranda Schatz não pareceu se convencer muito. Seu rosto, revestido por uma máscara de preconceito, era impenetrável.

— O Zeca foi embora e, a partir daí, não temos mais notícias do que de fato aconteceu. Agora está a cargo da polícia tentar uma confissão do doutor Armando. Mas não vai ser problema, porque o número de provas contra ele, agora, já é o suficiente pra um belo de um processo. — Lyra fez silêncio. Depois, com pesar, terminou: — No entanto, o que dá pra deduzir é que, depois da partida do Zeca, o seu filho resolveu fugir de vez ou então discutiu com o doutor Armando. E cometeu o grave erro de se aproximar daquela janela.

Lyra parou de falar mais uma vez, em respeito à memória de Eric Schatz.

— Eu já imagino o que houve depois. O miserável veio por trás e empurrou meu filho. O meu filho! — Miranda conteve o choro.

Lyra não concordou nem discordou.

— O seu Gustavo ouviu o corpo do Eric cair por volta das cinco e meia. Foi um barulhão, lógico. Por isso, eu imagino que o doutor tenha agarrado a mala de dinheiro e corrido pro elevador de serviço, onde desceu até a garagem e saiu às pressas, com a Janaína ao volante. Na saída da garagem, é raro que os porteiros olhem quem está no carro, por isso, não repararam no casal. Além do mais, com a atenção das pessoas desviada pro corpo que acabara de despencar do décimo quinto andar, posso apostar que ninguém iria reparar no carro que saía pelo portão. Foi nessa correria toda pra fugir que o doutor Armando deixou que quatro notas caíssem da mala. Ele não viu porque elas foram parar dentro do travesseiro, onde eu as encontrei na madrugada da sexta-feira retrasada.

Miranda se continha a custo.

— Mas outros fatores também chamaram a minha atenção para o doutor. E, analisando agora o comportamento que ele teve, percebo o quão ingênuo fui por não ter descoberto tudo. Em primeiro lugar, o doutor Armando era *o único* que parecia cansado na sexta-feira. Lembro que, logo que vi a cara dele, notei que as olheiras eram tão grandes que eu não conseguia olhar pra outro lugar. Eram olheiras de quem passara a noite em claro; mas eu não associei uma coisa à outra naquele momento. Isso sem dizer que o doutor se desesperou logo no início. Imagino que ele nem supunha que a polícia iria bater na sua porta perguntando do jovem que, aparentemente, se suicidara. Afinal, por que o fariam? A situação, do ponto de vista do doutor, era mais uma vez muito confortável: ele não tinha relação alguma com o Eric e, na certa, o Eric não contara pra muita gente que tinha visitado um psicólogo. E mesmo se tivesse contado, o que o psicólogo teria a ver com isso?

Lyra deu de ombros e continuou:

— Mas Eric *me* contou que tinha ido ver o doutor Armando. E eu me senti na obrigação de falar com o doutor, não pra investigá-lo, mas pra perguntar o que ele sabia sobre o caso. E, então, aconteceu exatamente o que o doutor mais temia: a polícia bateu à porta dele fazendo perguntas *do jovem que ele tinha roubado e assassinado*! O Armando entrou em pânico naquele momento, tenho certeza. Prova disso é que, na nossa primeira conversa, o doutor foi completamente evasivo e não disse nada com substância que nos desse a menor ideia sobre o motivo do suicídio. Foi uma entrevista praticamente inútil. Na visão do doutor, porém, tudo parecia diferente. Pois como ele ia saber que nós não suspeitávamos dele? Que não o tínhamos flagrado andando pelos corredores por meio das câmeras de segurança? Assim, ele decidiu agir; fazer aquilo que estivesse à mão para nos despistar. Sua primeira atitude foi me ligar no sábado à noite, quando já tinha bolado um plano pra se safar das suspeitas.

Conrado olhou para a mãe de Eric.

— Eu acredito, dona Miranda, que o seu filho comentou, em algum momento da consulta com o doutor Armando, sobre a situação difícil com o pai.

Miranda Schatz mordeu o lábio, receosa de que Lyra soltasse o segredo de seu marido na frente do síndico. Mas Conrado teve tato.

— A senhora sabe do que estou falando. Eu nem acho que tenha sido alguma informação muito relevante. Porém, com certeza, foi a única coisa de importante que o Eric disse ao psicólogo. Este decidiu, então, se agarrar à informação e tirar o máximo de proveito dela, ou seja, *jogar a culpa no pai*, dar a entender que o Eric tinha, de fato, se suicidado e por culpa do pai. Só que o doutor Armando foi vítima do próprio descuido. Porque o seu filho, dona Miranda, deve ter citado o nome do Dênis logo em seguida; ele também falou um monte de frases desconexas quando veio me ver. E o que fez o doutor? Pressupôs, equivocadamente, que o Dênis era o pai! E com base nisso, ele redigiu um falso relatório da consulta com o Eric e me ligou, dizendo que tinha se lembrado... olha só!... dessas anotações e que elas poderiam me ajudar nas investigações do suicídio.

Conrado deu uma risada sarcástica.

— Mas esse foi outro erro crasso do doutor Armando, porque o relatório que ele me passou estava metodicamente redigido, com letras inteligíveis e palavras bem escritas. *Mas o fato é que o Armando não escreve assim.* Quando tive a oportunidade de dar uma olhada nos outros relatórios das consultas, em uma visita que fiz ao doutor, vi que as anotações eram feitas com pressa, em rabiscos, e tinha vezes em que o doutor nem terminava de escrever as palavras. Como se ele escrevesse enquanto ouvia o paciente, sabe? Como é, então, que ele conseguira redigir tudo perfeitamente na visita do Eric... que ele mesmo tinha caracterizado como "exasperada" e "rápida"?

Ivan Fortino torceu a boca, pasmo com tudo aquilo.

— O senhor é inteligente...

— E, então, o doutor me contou por telefone sobre aquele relatório forjado, antes de me entregar em mãos, no sábado à noite. "Meu pai, o Dênis, vai acabar me deixando louco", diziam as anotações. E eu, ao recebê-las, claro que me mostrei confuso e questionei aquilo, dizendo que não, o Dênis *não era* o pai do Eric. Foi quando o doutor percebeu que pisara na bola e errara feio nas suposições e acusações. Mas, àquela altura, ele já não podia mais voltar atrás e dizer que se confundira e não ouvira direito, uma vez que ele tinha vindo a mim dizendo que se lembrava muito bem daquela frase. Ora, quem se lembra *muito bem* de algo não pode ficar na dúvida. Era, portanto, um caminho sem volta e o doutor não viu outra saída senão insistir nas suas acusações e dar um jeito de jogar as suspeitas pra cada vez mais longe de sua pessoa.

Lyra parou um instante para respirar.

— E o toque final foi essa última invenção de ter visto o Dênis indo buscar o Eric no psicólogo, se passando por Eustáquio. Lógico, uma suposição muito absurda, mas que, vendo agora, poderia surtir efeito, já que o Dênis foi, por um bom tempo, o meu principal suspeito. Ele era o que mais tinha culpa aqui. Agora eu me pergunto se o doutor Armando não chegou, de fato, a acompanhar o caso pra saber quem eram os envolvidos no crime...

Lyra finalizou com um suspiro de tranquilidade. Estava, era visível, aliviado por ter conseguido, finalmente, ajudar Eric Schatz.

Mas o silêncio foi logo cortado. Por uma Miranda Schatz que tinha o rosto alterado por — dúvidas?

— O senhor disse que foi falar com o psicólogo no sábado à noite?

— Isso.

— Mas o homem não poderia estar em dois lugares ao mesmo tempo. Como ele pôde ter atacado a senhora do 1702-B?

85. A PEÇA FALTANTE

O sr. Conrado Bardelli uniu as mãos em um aperto e baixou o rosto.

— Muito bem lembrado — ele falou, devagar. — A senhora tem razão: e a minha amiga Olga Lafond? O doutor Armando estava *comigo* quando ela levou o golpe na cabeça. Eu mesmo posso provar isso; tínhamos acabado de nos despedir quando o delegado me ligou pra contar sobre o ataque. Como é que foi possível?, eu me perguntei mil vezes.

O sr. Ivan Fortino cruzou os braços e sugeriu, com esperteza:

— A secretária! Ela já tinha entrado aqui outra vez...

Lyra confirmou, balançando a cabeça repetidamente.

— Sim, seu Ivan, foi isso mesmo o que eu pensei. A Janaína! Ela, por sinal, já era cúmplice do assassinato. Podia muito bem ter vindo ao Royal Residence pra silenciar uma testemunha que estava atrapalhando todo o caso.

Ele fez uma pausa dramática.

— Mas não estou convencido de que foi isso o que aconteceu. Em primeiro lugar porque nem o doutor Armando nem a Janaína sabiam o que se passava aqui dentro. E como saberiam, sendo que nem acesso tinham ao prédio? Nesse caso, como é que saberiam que a dona Olga descobrira algo importante? E pior: como descobririam isso *lá do consultório, no Pacaembu*? Fora que a revelação que a dona Olga me fez não tinha nada a ver com o doutor Armando. Pelo contrário: jogava a culpa toda em cima do trio Dênis, Michelle e Zeca, o que era, portanto, benéfico ao doutor. E, pra completar, o delegado interrogou uma empregada que passou a noite toda do sábado aí fora e ela não viu ninguém entrar ou sair no horário do ataque. Só viu um carro, de um casal que vinha buscar a filha pra levá-la a uma festa.

Lyra arqueou as sobrancelhas, lançando o mistério. Miranda compartilhou do olhar enigmático, ao passo que Ivan Fortino começou a rir.

— Mas, então, o que o senhor sugere? — ele perguntou com suas maneiras exageradas.

— Eu apenas *acho*. Sabe o que eu acho? Que o senhor, seu Ivan, seguiu a Olga pra dentro do elevador e a atacou no décimo sétimo andar.

O silêncio foi mortal. A tensão instalada no ambiente era fisicamente sentida, como se, de repente, a temperatura tivesse aumentado ou um chiado infernal tivesse começado.

— O... o que o senhor disse? — Ivan não perdeu a pose. Perdeu apenas o sorriso completo, que agora estremecia, incerto.

— Foi por isso que eu quis ter essa conversa com vocês dois a portas fechadas. Fiz questão de que a dona Miranda estivesse aqui junto, porque, afinal, ela é a mãe do Eric e tem o direito de saber de tudo. Além do mais, ela sabe muito bem manter um segredo, não é, dona Miranda? Imaginei que sim, mesmo. Uma mulher de negócios do seu porte costuma saber muito bem o que dizer e o que não dizer. Quanto ao senhor, seu Ivan, o que proponho é o seguinte: que o senhor desça conosco no elevador, vá até o doutor Souza, que está à sua espera na administração, e conte tudo o que fez.

— Tudo... tudo o quê? — Ivan riu, nervoso. — O senhor só pode estar brincando! — O síndico estava decidido a não ceder.

— Seu Ivan, ao falar comigo por celular, no sábado à noite, a dona Olga me disse tudo o que o seu Gustavo tinha contado pra ela sobre o Zeca. Mas ela me contou também que o seu Gustavo tinha dito "um monte de coisas, coisas horríveis" que nem vinham ao caso naquele momento. O que mais de horrível ele dissera? Pois bem. Agora, tudo é uma questão de hipótese. Eu acho, seu Ivan, que o seu Gustavo contou também sobre seu caso amoroso com o Fabiano, que vocês dois mantêm em segredo. Até porque, na manhã da sexta-feira, quando o corpo caiu, a dona Olga escutara muito bem o seu Gustavo xingando o senhor pelas costas; chamando-o de bicha. Eu acredito que ele sempre soube sobre você e o Fabiano. E te chantageava por isso? Agora, é o senhor quem vai confirmar a minha teoria. Novamente, chantagem. É sempre chantagem, eu disse isso alguns dias atrás. — Conrado sorriu com a ironia.

— Convenhamos: por que outro motivo um mau-caráter como o seu Gustavo não teria sido despedido antes? A resposta parece fácil. *Porque ele estava chantageando o chefe.*

O rosto de Ivan Fortino estava cadavérico, como se algum espelho dentro dele tivesse se quebrado com um estrondo.

— O senhor preza por muita coisa, seu Ivan. Primeiro, pelo Royal Residence, que o senhor tem a mania de chamar de "seu". Segundo, pelas aparências. Manter as aparências socialmente aceitáveis são manias típicas de anfitriões tradicionais como o senhor. Foi por isso que o senhor se indignou tanto quando cometeu o erro de me chamar pra tomar um café na administração há duas semanas: porque entregou o seu caso com o Fabiano. Ou acha que eu acreditei mesmo que aquela cueca e o pacote de camisinhas não eram seus? Eu ouvi, sim, quando o senhor voltou do pilates e perguntou ao porteiro se ele não queria fazer um "intervalinho, bem gostoso"...

— Chega! — O síndico bateu com as palmas das mãos nas coxas. Descruzou as pernas e manteve os braços colados ao corpo. — O senhor não tem prova nenhuma! Está falando um monte de bobagens que não têm nada a ver com a realidade! — E virando-se para Miranda, como quem procura apoio, falou: — Imagina! *Eu!* Eu atacando uma moradora do *meu* Royal Residence?! Que absurdo! E um caso com o porteiro?! Ah, faça-me o favor!

Mas Miranda Schatz não o apoiou. Ela estava cética, severa — e seu senso crítico parecia julgar os palpites de Conrado Bardelli como verdadeiros.

— A senhora não está mesmo acreditando nisso, está?

Lyra não deu chance para uma réplica da empresária:

— Naquele sábado, o senhor ouviu tudo o que o seu Gustavo contou pra dona Olga sobre o seu caso. E entrou em desespero, é lógico, assim como está agora. O senhor precisava agir rápido, qualquer coisa que a impedisse de divulgar essa notícia. O que fez, então? Correu atrás da Olga, certificou-se de que ela não tinha dito nada pra mim por telefone... o senhor devia estar ouvindo tudo no banheiro feminino... e foi tomar suas precauções. Ligou para o homem que estava de guarda na portaria e se passou por uma senhora presa em seu próprio apartamento. Foi o bastante pra tirar o porteiro do caminho. Depois disso, o senhor fez proveito do tempo. Apanhou o bastão no hall e foi à portaria pra destruir todo o sistema de gravação de vídeos pra garantir que absolutamente *ninguém* veria o seu crime. E, em seguida, com o mesmo bastão em mãos, correu até a torre direita, a tempo de pegar a dona Olga prestes e subir pelo elevador. O senhor entrou junto com ela e o resto já sabemos. Por fim, o senhor apelou para o mais absurdo artifício pra me tirar das investigações, receoso de que eu pudesse descobrir a verdade. Desligou a energia elétrica do apartamento do Eric durante a madrugada em que dormi aqui pra me pôr medo e me fazer acreditar que os crimes tinham sido cometidos pelo colega de quarto fantasma. Qualquer coisa pra me assustar e me fazer sair correndo daqui, da cena do crime que o senhor tanto quer esconder. Claro que não foi o suficiente.

Lyra concluiu a explicação contemplado pelo semblante destruído de Ivan Fortino.

— O que eu proponho, como já disse, é que o senhor desça com a gente e se entregue pra polícia. Isso vai aliviar bastante a sua pena e não criará grandes escândalos. Se o senhor se recusar ou tentar fugir, eu mesmo terei que tomar alguma providência.

Miranda e Lyra viram o síndico, fora de si, abrir um sorriso alucinado no rosto semimorto. Um sorriso claramente desequilibrado. Tardia, a loucura, enfim, atingiu o sr. Ivan Fortino — o louco faltante.

— Não, seu Conrado. Chega de correria no meu Royal Residence. Não vamos mais incomodar os moradores... — E colocou o dedo indicador sobre os lábios, pedindo silêncio. — Vamos, vamos. Mas sem fazer barulho.

Ivan levantou-se de sua poltrona como que hipnotizado e foi em direção à porta. Conrado Bardelli e Miranda Schatz, preocupados, o seguiram para fora do apartamento 1510-A. No corredor, Lyra trancou a porta principal e apressou o passo para chegar a tempo ao elevador, que já estava estacionado.

Eles puxaram a porta, e Miranda entrou primeiro, tendo em seu encalço o detetive Conrado Bardelli. Antes de entrar também, Ivan Fortino vislumbrou sorridente o corredor deserto do décimo quinto andar e disse de maneira automática, mas estranhamente contente, suas últimas palavras:

— Ah... Enfim, tranquilo. Chega de baderna no meu Royal Residence...

A porta se fechou e o elevador desceu.

86. A TEMPO

Conrado Bardelli dormiu a tarde toda, descontando o cansaço da última noite em claro, e acordou por volta das vinte e uma horas, desnorteado.

Por mais que soubesse que deveria ir dormir de novo, o detetive não tinha sono. Jantou comida instantânea de micro-ondas, enquanto ouvia música, feliz por não ter mais que pensar na morte de Eric Schatz.

Mas, mesmo depois de comer, Lyra não se sentiu relaxado. Pelo contrário: seu corpo recém-abastecido de energia queria se estimular. Assim, ele foi buscar um livro para ler na maleta de mão e, ao enfiar os dedos dentro dela, tocou em outra coisa. Lyra, então, teve uma ideia.

Trocou-se rápido e foi até o carro. Dirigiu pelas ruas de São Paulo preocupado com o horário. Chovia muito. Pegou dois pontos de alagamento e um trecho completamente congestionado da Marginal Tietê. Precisou desviar a rota quando ouviu no rádio que motorista nenhum conseguia passar pela Avenida Vinte e Três de Maio. Pensou em desistir; dar meia-volta e dormir mais cedo naquela noite de sábado. No entanto, ao pensar no possível resultado de sua missão, ganhou novas forças para enfrentar o trânsito. No fim, demorou o triplo do que imaginara. Ficou angustiado porque, se chegasse muito tarde, poderia perder quem queria encontrar.

A sorte, apesar de tudo, estava a seu favor. Deu tempo. Para melhorar, Lyra conseguiu achar uma vaga na rua do Rag Doll. O visor do celular apontava meia noite e vinte e sete. Ele desceu correndo e foi abordado por um flanelinha.

— Sim, sim, pode cuidar do carro. — E Lyra correu rumo à entrada do bar, que agora estava repleta de homens e mulheres vestidos de preto.

Ele enfrentou uma fila de dez minutos para conseguir pegar uma comanda. Bardelli entrou no bar lotado sem passar por nenhum segurança que o revistasse. Talvez não fosse necessário para o porte do bar, pensou o detetive.

Nenhuma das bandas daquela noite começara ainda. O som ambiente, por enquanto, era composto por músicas clássicas do rock, que eram tocadas em um volume alto demais para se conseguir conversar. Lyra imaginou como seria quando as bandas iniciassem seus shows. Fez uma careta.

Conrado avançou pelo salão e pelas mesinhas, acompanhado por olhares de todos os lados. E, dessa vez, as pessoas não estavam intrigadas pela longa barba de Conrado — uma vez que alguns dos homens no recinto tinham barbas parecidas, apesar de muito menos cuidadas. Não: era a própria figura do detetive que chamava atenção. Ele era, afinal, o único que vestia camisa branca na multidão de roqueiros.

Até que encontrou quem desejava. O rapaz estava sentado em um banquinho no balcão, virando doses de uísque de tempos em tempos. Conrado apoiou o cotovelo na superfície do balcão e esperou que Zeca o descobrisse ali.

— Puta merda, que susto!

O detetive não conteve a risada.

— Seu Conrado...

— Tudo bem?

Zeca olhou o detetive sem entender.

— Você gosta de rock?

Lyra deu uma risada genuína.

— Não, Zeca, não muito. — Teve que gritar para que sua voz se sobressaísse em meio à música alta.

— Ah... — O rapaz baixou o rosto e viu o próprio reflexo na bebida que aproveitava. — Ouvi dizer que foi o psicólogo. Que o senhor resolveu tudo.

— As notícias correm rápido, hein? É verdade. Acho que consegui cumprir o que o Eric foi me pedir naquele dia...

— Pena que foi tarde demais... — Zeca afogou a condenação com um grande gole de uísque.

— Eu sei... Realmente, foi tarde demais. — Lyra fechou os lábios com força, como se para impedir que o arrependimento lhe saltasse da garganta. — Lamento muito, Zeca. Eu... de verdade.

— Eu sei, cara. Obrigado.

Lyra deu um tapinha nas costas do rapaz. Zeca olhou para o detetive e, só então, reparou que o barbudo mantinha a mão estendida, oferecendo um pedaço de papel colorido.

Uma foto.

— Meu Deus... Onde... Caramba! Onde o senhor encontrou isso? — Zeca indagou, surpreso, olhando da fotografia para o detetive e vice-versa repetidas vezes. — Eu... achei que tivesse perdido! Ou que alguém tivesse roubado.

— Acho que foi roubado, então — Lyra concluiu. — Estava no apartamento do Eric. Na gaveta dele.

Zeca soltou um riso incontido.

— Quer dizer que foi ele? — E voltou a estudar o rosto jovem de seu melhor amigo. Zeca abriu um sorriso tão largo quanto aquele que o jovem Eric exibia na foto. Quando percebeu, sua visão já estava turva pelas lágrimas que se ajuntavam nas pálpebras. — É engraçado, não é? — Ele não tirava os olhos da foto. — Saber o quão rápido a vida pode acabar. E, apesar disso, como as memórias ficam...

Zeca se esqueceu do uísque e de Lyra por completo, perdendo-se na nostalgia de um dia ter sido o único a dar o valor que Eric Schatz merecia. O valor que qualquer ser humano merecia.

Não teve noção do tempo que gastou contemplando aquela fotografia, lembrando-se de coisas velhas, pensando em uma infinidade de "e se". Só acordou quando um integrante de sua banda se aproximou por trás e lhe deu uma batida no ombro.

— Vamos, *bassman*! Está na hora de a gente começar o show!

Zeca virou o rosto e concordou. Secou as lágrimas depressa, sem que ninguém as visse. Guardou a fotografia no largo bolso traseiro da calça jeans, como se protegesse um mapa do tesouro.

— Vai, Zeca! — gritaram-lhe do palco.

— Estou indo! — ele respondeu com um gesto para que o esperassem. Virou-se para o outro lado a fim de agradecer àquele que lhe concedera o melhor presente de seu ano.

Mas Conrado Bardelli já não estava mais lá.

AGRADECIMENTOS

Se você que lê este livro se lembra de um ou mais momentos em que me ensinou, educou, ajudou ou divertiu, sinta-se parte do resultado. Faço questão de citar meus pais, Marcus e Lydia, a família completa; às revisões e sugestões perfeitas da minha namorada, Mariana Janjácomo, os melhores amigos e todos os profissionais que trabalharam para a publicação deste livro. Obrigado também pela parceria dos amigos de Facebook e grupos de romance policial – aqui preciso mencionar a comunidade Agatha Christie Brasil e o maior pai dela, Tito Prates. Ah! Também preciso agradecer pelas sugestões do Victor Abreu. Ao Raphael Montes, pelo apoio e generosidade. E pela paciência e confiança do Pedro Almeida, editor da Faro.

E a você, leitor, encho a boca pra dizer: muito obrigado!

Esta obra foi impressa pela
Gráfica Kunst em Janeiro de 2019